雲邊咖啡館
Zoody
著
高寶書版集團

目錄
CONTENTS

第一杯咖啡

拿鐵咖啡

姜迎走出辦公大樓的時候，天地間正淅淅瀝瀝下著雨。三月倒春寒，氣溫剛剛回暖又驟減，像是一下子到了了冬天。

路燈映亮濃重夜色，春雨含著粉白花瓣細細密密落了一地。

她從口袋裡摸出手機看了時間一眼，三月十二日二十三點四十八分。

還有十二分鐘啊，她的生日就要過去了。

上了一天的班，企劃案也沒改完。剛剛要不是鎖門的保全大叔催她，她或許要在這裡耗一夜。

這雨下得倒是應景。

姜迎長嘆了一聲氣，撐開糯米紫色的長柄傘步入雨中。

社畜哪配過生日，無非就是提醒她又老了一歲，又這麼稀裡糊塗地過完了一年。

今天下午她出去一趟，再回來時車位就被人占了，轉了一圈才找到位置停車。姜迎垂著頭塌著肩，無精打采地步行過去。

人要是水逆起來還真是一件好事都沒有。

她剛要走到街口，抬眸間被不遠處還亮著燈的一棟小屋吸引了視線。

在寂靜昏暗的凌晨時分，這棟亮著微光的小屋像是從魔法世界意外掉落的寶盒，突兀地藏於樹木和高樓之間。

姜迎停下腳步，目光追隨，經不住好奇向那靠近。

早就聽同事說，附近新開了一家咖啡店，裝潢得挺漂亮。

都這個時間了，還開著？

隱約瞧見裡面的人影，姜迎走到屋簷下，收了傘抖落雨水，輕輕推開玻璃門。

門上掛了鈴鐺，碰撞發出清脆響聲，驚擾了安靜的雨夜，也驚擾了操作檯後的人。

是個年輕男人，白色襯衫外套了一件寬鬆毛衣，鼻梁上架著金邊眼鏡，成熟斯文的打扮。

身穿灰藍色的咖啡師圍裙，但一眼可知他並不是店員，而是店主。

看到姜迎，男人有些錯愕，回過神朝她點了下頭，露出禮貌的微笑，道了句：「妳好。」

姜迎也朝他點點頭，眼珠轉了轉，很快掃視店內的環境一眼——白色為主色調，桌椅都是木製的，布置了很多綠植。進門左側是前檯和後廚，大廳裡有五六張桌子。

簡潔乾淨的北歐風格，但又有許多溫馨的地方，暖黃色調的燈光，桌布是淺綠或黃色格子，每張桌上擺了一小盆花草，靠背椅上擺著印花抱枕。

「這麼晚還不打烊？」她問。

男人只「嗯」了一聲，繼續低頭收拾餐具。

雲峴是這家咖啡店的老闆。

今天有雨，滴滴答答的聲響會讓本就失眠的他更難入睡，索性留在店裡準備明天的食材，消磨點時間和精力。

沒想到這麼晚了還會有客人來。

「現在還可以點單嗎？」姜迎將雨傘立在門框邊，向櫃檯走了過去。走近看，發現這年輕男人還挺帥的。

個子很高，姜迎自己就有一百七，他起碼有一八五吧。薄唇高鼻，內雙眼皮，皮膚很白，氣質溫和。

英俊的咖啡店老闆，能遇見這樣設定的素人帥哥，姜迎抬手蹭了蹭鼻尖，掩住想要上揚的嘴角，心裡偷樂。

按理說已經結束營業了，雲峴有些猶豫，但還是點了頭：「可以，但不是所有餐品都能提供。」

姜迎沒有看菜單，直接問：「還有蛋糕嗎？」

今天正好還剩一塊，雲峴本想自己帶回家的。他留下一句「稍等」，轉身進入後廚，再出來的時候手上端著一盤淺黃色的海綿蛋糕。

「就這麼一塊了，起司霜淇淋，可以嗎？」

姜迎爽快要下：「好，就這塊吧。」

店裡的收銀機已經關機，雲峴問她：「二十二，有現金嗎？」

自從行動支付普及以來姜迎就沒帶過錢包，她搖搖頭，又起了小心思，這可是要到對方聯絡方式的好機會。

怕他下一句就要說「我開一下收銀機」，姜迎加快語速提議道：「我用聊天程式轉帳給你吧？我掃你？」

「好。」雲峴從口袋裡摸出手機，深藍色的液態矽膠保護殼，品味很符合他的人設。

在他解鎖螢幕點開APP的過程中，姜迎暗自在心裡歡呼了一把，老天爺還是善待她的，給了她生日桃花Buff。

——直到看見對方打開了面對面收款。

姜迎：「……」

她心裡那點小心機被便捷人性化的應用科技無情扼殺。

姜迎臉上的笑僵了僵，輸入數值付了二十二元過去。

頁面上顯示他的姓名是「＊峴」。

這個字姜迎不認得，順口就問了：「ㄐㄧㄢˋ？」

雲峴愣了一愣，反應過來對方說的是什麼，回答道：「ㄒㄧㄢˋ，我叫雲峴。」

姜迎低聲默唸這個名字一遍——雲峴，讀起來很順口，又仙氣飄飄的。

帥哥連名字都這麼非同尋常哦。

收到款，雲峴拿出包裝盒想幫她打包起來。

姜迎伸手阻止他：「不用包，你急著關店嗎？我在這吃就行。」

「不急。」雲峴放回包裝盒，從碗櫃裡取出一個藍色瓷盤，將蛋糕盛好遞給姜迎，「請慢用。」

「謝謝。」

櫃檯旁邊設立了吧檯，姜迎就近坐了下來。

店裡音響播放著輕柔舒緩的歌曲。

姜迎舀了一勺蛋糕，起司蛋糕鹹甜，口感綿密，她左手托著下巴，光明正大地看帥老闆在操作檯忙碌。

想到自己知曉了對方姓名，出於禮尚往來姜迎啟唇說道：「老闆，忘了說，我叫姜迎。孟姜女的姜，歡迎的迎。」

雲峴不知她為何要突然自報家門，以為她是無聊想找個人說話，他微一頷首，把話題進行了下去：「妳在附近上班？」

姜迎點頭：「嗯，至誠工作室，做遊戲的。不知道你有沒有聽說過。」

聽到至誠工作室的名字，雲峴勾了勾嘴角。

豈止是聽說，至誠這個名字都是他取的。

得知對方是好友的員工，雲峴放鬆下來：「這麼晚了吃蛋糕，不怕胖？」

「雖然只剩幾分鐘，但今天是我的生日。」姜迎挖了一勺霜淇淋夾心送入口中，凍得牙齒打顫，含糊地說：「儀式感。」

聞言雲峴抬頭看了她一眼，感到略微驚訝，輕聲道了句生日快樂。

女孩看起來挺年輕的，應該剛畢業不久。棕色長髮綁了一個低馬尾，或許因為是單眼皮，讓她的五官添了幾分清秀柔和，是耐看的長相。

他對李至誠的公司瞭解不多，但也知道，起步階段，正是老闆被投資方壓榨，員工被老闆壓榨的時候。

遊戲開發也是個耗頭髮的工作，看她應該是剛下班，疲態盡顯。生日也無法好好過，只能在雨夜趁著最後幾分鐘為自己買一塊小蛋糕。

要是今天不是湊巧他還留在店裡，她或許連一塊蛋糕也沒有。

回想起自己剛工作時窘迫的樣子，雲峴再看姜迎的時候眼神裡多了幾分不忍。

想到這也算是李至誠造的孽，他微微嘆了口氣。

雲峴轉身回了廚房，沒幾分鐘再回來的時候，手裡拿著個小香薰蠟燭。

他把燈關了，只留吧檯頂上一盞，拿打火機點燃蠟燭。

清甜的蘋果香味，火苗在昏暗中簇簇燃燒。

他將蠟燭推至姜迎面前，說：「只找到這個。」

姜迎不明所以，視線從蠟燭移到雲峴的臉上，呆愣愣地盯著他：「啊？」

雲峴挑眉示意她：「許願啊，沒蠟燭，拿這個將就一下吧。」

姜迎「哦」了一聲，垂眸的瞬間嘴角揚起，嘀咕了句：「我當幹嘛呢。」

「嗯……」她想了想，似乎沒什麼太大的願望，工作順利、身體健康、找到男朋友。許來許去總是那麼幾個。

音響播放的歌曲進入尾聲，深沉的男聲低低唱著——

「Good night dear world.

Good night old trees.

Good night and goodbye.」

「每年都許了很多願望，也沒幾個能實現。」姜迎雙手合十，閉上眼睛，輕輕說道：「那就關心關心人類吧，我希望今晚，失眠的人都睡個好覺。」

她的音色很特別，不軟不嬌，音調偏低，語氣平和，像是盛在玻璃杯裡的果酒，晶瑩剔透，香味淺淡，和她清恬乾淨的面容倒是很相襯。

幾秒後，姜迎睜開眼，吹滅蠟燭，仰起頭和雲峴道謝：「謝謝你啊，雲老闆。」

視線交匯相遇，雲峴失神了一瞬。

雨夜天沉，屋裡燈光昏暗，她的眼眸卻盛滿燭光，彷彿收攏著世間所有星火，偷偷在夜晚燃燒。

很少見單眼皮的眼睛也能這麼大，水光瀌瀌，很有靈氣。

睡個好覺。

對於失眠者來說，這句話太蒼白。

旁人無法明白夜晚拖著疲憊的身心卻久久無法入眠的痛苦，輾轉反側，神經脆弱敏感，明明用力讓自己平靜卻越來越焦躁，大腦高速又無序地運轉，像是臺失控的機器，在某一臨界點後陷入崩潰狀態，最後才是麻木、空洞。

所以「晚安」是雲峴最害怕聽到的一句話。

因為他的夜晚無法安寧，需要靠著藥物強制將身體關機，等意識昏沉歸於一處，最後跌入混亂的夢境。

他們素未謀面，姜迎不可能知道面前這個男人的困擾。

萍水相逢，她將「晚安好夢」許作願望。

如果是願望，那麼這句話就太溫柔了。

雨聲停了，長夜回歸靜謐。

焦慮不安的情緒突然得到了安撫，雲峴偏頭望向窗外，或許是因為身心放鬆了下來，他生出幾分難得的睏意。

雲峴正了正錶帶，帶著後悔說：「早知道是妳生日，這塊蛋糕該我請妳。」

姜迎笑起來，勾起的弧度扯出兩邊酒窩：「這算新顧客的福利嗎？」

她指了指桌上的蠟燭：「沒事啦，你已經幫我慶祝了。」

雲峴仍想補救：「這樣吧，明年妳生日來我店裡，我幫妳補上。」

姜迎淺淺笑著應聲好，抱拳道了句「老闆大氣」，心裡只當這是句客套的場面話。

雲峴卻是認真的，想想還是過意不去，他從櫃檯抽屜裡找出便利貼和筆，俯下身子粗糙地自製了一張優惠券。說粗糙是真的粗糙，藍色的紙上只有「生日券」三個字和他隨手畫的一塊小蛋糕。

雲峴拿起看了看，又在下面添了一行小字——「姜迎所屬」。

在紙的右下角他留了自己的簽名，字跡瀟灑，算是蓋個章以保信用。

他將那張便利貼遞給姜迎，語氣誠懇道：「我說真的，拿著，明年來找我兌換。」

姜迎接過，看見紙上的字被逗樂笑出聲：「兌換什麼？你和我約會陪我過生日嗎？」

雲峴沒料到她會這麼理解，臉上閃過一絲尷尬，不太自然地解釋道：「我的意思是送妳一塊生日蛋糕。」

氣氛陡然變得有些微妙，雲峴邊脫圍裙邊轉身回了櫃檯，姜迎咳嗽一聲，撇開視線將臉頰邊的碎髮夾在耳後。

正當她將紙小心摺好放進包裡的時候，男人又折返回來。

他手裡還拿著未疊好的圍裙，十指修長，節骨分明，襯得在深色布料上的手背皮膚更顯白皙。

姜迎抬起頭與他對視，問：「怎麼了？」

雲峴抬手推了下滑落的眼鏡，姜迎這才發現他左眼正下方有顆小痣，因為被鏡框擋住所以不明顯。

不知道從哪聽說，有淚痣的人愛哭，心也柔軟。

或許確實如此，因為她聽見雲峴說——

「過生日也可以，如果那天沒人陪妳的話。」

玻璃窗外雨夜寂寥，姜迎的眼眸裡映著橘黃色的燈光，淺淺勾起唇角。

「好啊，那明年見。」

走出咖啡館，姜迎從包裡拿出那張便利貼，展開捏在指尖。

不管明年這家咖啡館還在不在這，這張券能不能被兌換，在所有的祝福和禮物中，這已經是她收過最難忘和最好的一份。

姜迎在她第一次駐足的地方停下腳步，回身透過玻璃窗看裡頭的人。

雲峴。

她默唸著溫習這個名字一遍。

姜迎，剛過完二十五歲生日，新晉社畜一隻，最害怕老闆和週五例會。

此刻她懷裡抱著電腦和筆記本，一手握在門把上，沒有立即推開，先深呼吸一口氣。

高中時被老師叫到辦公室就是這種心情，刺激又駭人。

會議室裡她是最後一個落座的。

影印好的文件已經分發到每個座位上，坐在主位上的是老闆李至誠。

姜迎拉開椅子坐下，和對面的運營總監方宇點了個頭算是打過招呼。她用餘光瞟了李至誠一眼，穿著熨帖的黑色西裝，正面無表情玩著手裡的鋼筆。

金屬筆帽在桌面一頓一頓輕敲，聲響不大，在場所有人的心臟都跟著這節拍發顫。

慣常的部門彙報，李至誠逐一詢問近況和進度。視線掃了一圈，最終落在姜迎身上，男人的聲音成熟低沉，帶著領導者的威嚴：「修改後的企劃我看過了。」

輪到自己，姜迎只覺全身神經都被吊了起來，煎熬地等他說出後半句話。

「總體還行。」

簡單四個字，卻讓姜迎如釋重負般地舒了口氣。

「但是……」

她立刻又提氣坐直，屏息凝神。

李至誠的手指落在桌面上，說：「我說過，模擬類手遊想要做得出色，玩家的代入感很重要。你們別搞得那麼小言情，接一接地氣，對話語言生活化一點。」

姜迎虛心接受：「是，玩家的回饋我也看到了，我們組會重點討論和改進這個問題的。」

李至誠點了點頭，又問：「下一次主線更新，妳有什麼想法？」

上課的時候最怕哪種老師？

就是這種，批改完你的作業，還要問你有沒有預習下一課的。

愣了一瞬，姜迎清清嗓子，端起從容的姿態，打開筆記本停留在某一頁，同時大腦飛速運轉，簡單地想了一下措辭後，她啟唇彙報：「下一章的主題我覺得可以考慮春日咖啡館。上班族日日忙碌，高樓大廈間的咖啡館就是他們的休息站，瀰漫咖啡的醇厚香氣，櫥櫃裡陳列著精緻的蛋糕，音樂舒緩放鬆身心，在這裡緊繃的神經得以短暫放鬆。之前市場部做過調查，其實我們的手遊占比最大的用戶是二十至二十五歲之間的年輕工作者，我相信咖啡館這個主題比起之前的幾章會更具吸引力，代入感也會更強一些。」

李至誠未表態，先問其他人：「你們覺得呢？」

「我覺得挺好的。」方宇率先開口表示支持。

「前幾章打的都是情懷牌，劇情是不錯，但玩家也反映場景不夠細緻，如果是咖啡館，我們美術組會有很大的發揮空間。」

「確實更迎合受群眾的喜好。」

有驚無險地過關，這個靈機一動的想法算是得到了初步認可。

「策劃組下週給個詳細提案，今天就先到這。」李至誠放下交疊的腿，宣布散會。

這話堪比下課鐘聲，姜迎聳了聳肩，呼出一口氣將額上的瀏海吹起。

正當大家收拾東西陸續走出會議室的時候，李至誠朝姜迎看了一眼，發話說：「姜迎，等等來我辦公室一下。」

老師的絕招——留課。

散會的輕鬆愉悅剛冒頭就被無情驅散，姜迎勉強擠出笑容：「好的，我知道了。」

李至誠的辦公室在最裡面，姜迎敲門進去的時候，他正靠在椅背上看手機，姿態懶散。她放輕腳步走過去，喊了一聲「老闆」。

李至誠收起手機，指了指面前的椅子：「坐。」

「前兩天加班到很晚？」李至誠也沒鋪墊，開門見山地問了。

這話倒是出乎姜迎的預料。

他怎麼關心起這個了？是保全大叔和他告狀的？他心疼公司的電費？

卑微打工仔趕緊解釋：「啊，也沒有很晚，我看剩下沒多少就不想中斷。下次我一定帶回家做！」

李至誠抿著唇，無奈地嘆了一聲氣：「我不是這個意思。我不提倡熬夜加班，下次別這麼晚，早點回家休息。」

姜迎快速地眨了幾下眼睛，她沒聽錯吧？

冷面魔王什麼時候施行人道主義了？

李至誠又問：「是我給的 dead line 太趕？」

姜迎連忙擺手：「沒有沒有。」

他也料到對方不會說實話，起身從掛在衣架上的外套口袋裡摸出一張卡：「去幫大家買點下午茶，這段時間辛苦了。吃什麼妳決定，我報銷。」

姜迎單眼皮的眼睛，因為倍感受寵若驚而睜得很圓，她雙手鄭重地接過信用卡，就差鞠躬謝恩：「謝謝老闆！」

李至誠揮揮手：「去吧。」

姜迎剛從辦公室出來回到自己座位，周晴晴就坐著椅子滑了過來，湊近她小聲問：「李天王找妳說什麼？」

姜迎勾起嘴角，用拇指和中指夾著信用卡在周晴晴眼前晃了晃：「說要請大家喝下午茶。」

「我靠！」周晴晴忍不住驚呼，被姜迎瞪了一眼，趕忙掩嘴降低音量，「李天王變慈父了？」

姜迎猜測道：「可能是今天開會順利心情好吧。」

周晴晴認同地點頭：「說起來，妳今天那咖啡館的提案什麼時候想的？他提問的時候我都慌死了。」

「什麼時候？」姜迎拿起桌上的本子，翻到那一頁遞給周晴晴，「就剛剛。」

周晴晴接過本子，上面哪有什麼想法，紙上列著姜迎近來的開銷，右下角還有她恍神畫的塗鴉。

「不過也多虧了它。」姜迎的視線停留在最後一行字上——起司蛋糕，二十二。

剛剛就是看到這一行字，想起那天的事，才靈光乍現提了春日咖啡館的想法。

姜迎舉著筆記本，眼前又浮現那晚男人在櫃檯忙碌的身影。

好幾天沒見，對方的長相模糊在記憶裡。她只記得他左眼下方有顆小痣。

「晴晴，我去買下午茶了啊。」姜迎起身，從桌上摸了手機和卡就快步出了工作室。

今天天晴，微風暖洋洋的。

雲峴訂的幾株幼苗到了，他自己動手栽在店外的空地上。

前幾日剛好是植樹節，這也算為綠色地球做一點貢獻。

襯衫沾染了泥汙，一雙白淨的手也髒了。剛剛在勞動不覺得，這時潔癖發作，雲峴舉著手走回店裡，用手肘打開水龍頭，仔仔細細擠了兩遍洗手乳將裡外都洗個乾淨。

等洗完了手，他把襯衫外套脫下收了起來，就穿著一件T恤。

雲峴出生在九月，處女座人士，雖然性格不咄咄逼人惹人厭，但典型的那些小毛病也不少。潔癖還好說，愛乾淨怎麼說都是好習慣，就是有點強迫症，受不了白色的東西被弄髒，多小一個汙點都不行，看了刺眼，心裡難受不舒服。

他偏偏又最喜歡白色，襯衫、T恤多是白色，店裡的主色調也是白的。

——要不然怎麼說處女座麻煩呢。

今天是工作日，到店裡的顧客不多，一個下午也就來了三桌，中午的時候倒是賣出許多杯咖啡。

春睏伴著天氣回溫侵襲人類，趙新柔邊擦杯子邊打哈欠，一個接著一個。都說哈欠會傳染，蘇丞坐在一旁的小板凳上打遊戲，也跟著打。兩個人此起彼伏，跟二重唱似的。

雲峴終於看不下去，邊用紙巾擦乾手邊對兩人說：「小趙、蘇丞，今天客人不多，明天週末有得忙，給你們放半天假吧。」

趙新柔眼冒星星：「謝謝老闆！」

蘇丞熱淚盈眶：「哥你人真好。」

兩人的睏意蕩然無存，興高采烈地脫了圍裙拿上自己的背包準備下班。

雲峴低頭笑了笑，下班的動作倒是迅速，生怕他這個老闆又改了主意。

手機傳出提示音，他從口袋裡取出，解鎖螢幕，是好友李至誠傳來的訊息。

至誠：『剛散會，把小女生叫到辦公室安慰了一下，還掏卡請員工吃了下午茶。』

至誠：『有被仁慈的自己感動到。』

見山：『公雞拔毛，難得啊。』

至誠：『還不是被你嚇的。』

至誠：『讓我一整天負罪感滿滿。』

他又傳了一個貼圖，攥緊拳頭的小胖手。

雲峴看著螢幕上的訊息，低聲笑起來。

今早簽收樹苗的時候他想起姜迎，那個在植樹節過生日的女孩。

他媽平日最愛分享文章給他，當季養生食補到最新社會新聞，各式各樣，全方位涵蓋。

雲峴翻了幾頁聊天記錄，挑了幾篇傳給李至誠。

——「驚！公司職員連續在崗二十四小時猝死！」

——「五十個熬夜的危害！看完你還敢熬嗎？」

——「員工過勞死，公司賠償五十萬……」

收到訊息李至誠傳了一排問號給他，還打了個電話來確認是不是他本人有沒有被盜號。

雲峴跟李至誠簡單敘述了那晚在咖啡館遇見他員工的事，省去諸多細節，重點凸顯雨夜淒涼的氣氛和加班後女孩楚楚可憐疲憊憂愁的神態。

李至誠聽得心裡發虛，愧疚不已。

至誠：『我今天給卡的時候，覺得自己特別霸道特別帥。』

至誠：『給卡的那一瞬間我是爽的，給完又覺得心好疼。』

見山：『至於嗎？』

至誠：『在存老婆本，正拮据呢，你懂個屁。』

雲峴懶得再和他廢話，直接匯了個紅包過去堵他嘴。

對方樂顛顛地收了，回了一個小狗歪頭的貼圖。

店裡最後一桌客人也離開了，雲峴道了聲「慢走」，放好手機起身去收拾桌子上的餐具。

他剛將碗碟疊好拿起，就聽到身後鈴鐺聲響起，下意識地張嘴說：「歡迎光臨。」

樹蔭下前幾日雨後積起的水潭還未乾，暖陽落在人間，白雲淡薄，和風吹過枝葉，世界金黃燦爛。

女孩背著光踏入門內，雲峴只能看見模糊的身形，往前邁了幾步，光線切換，面容才置於明亮下。

是姜迎。

穿著淺紫色的針織衫，淡藍牛仔褲勾勒出一雙筆直勻稱的腿。

許是陽光正盛，將她映得柔暖。

「雲老闆。」姜迎叫他，嘴角的笑容像是春日的山櫻，兩眼目不轉睛地盯著他看。

「妳好。」雲峴端著碟盤回到櫃檯，瓷盤被放進水槽裡，摩擦碰撞發出聲響。他洗了把手，抽出紙巾擦乾水漬，遞了一張菜單給姜迎，問：「今天想吃什麼？」

姜迎粗略掃了一眼：「十份蛋糕，五杯拿鐵五杯美式吧，幫我打包。」

雲峴猜到她為何而來，卻明知故問：「幫同事買下午茶啊？」

姜迎點頭，摸出卡晃了晃：「今天我們老闆請客。」

爽快地刷一下，李至誠的手機收到扣款提醒，卻不知這筆錢進了誰的口袋。

十份製作起來要些時間，雲峴有些後悔今天讓趙新柔和蘇丞提早走了，但至少有事可以忙碌能讓他不那麼無聊。

姜迎也不著急，坐在吧檯旁的高腳凳上撐著下巴看他熟練操作，恍惚間好像又回到那個雨夜。

「你什麼時候開始學做咖啡的啊？」

雲峴攪拌著美式回她話：「就這兩年，有興趣所以學了一點。」

姜迎誇他：「你看起來特別專業。」

雲峴笑了笑沒說話。

全部餐點製作完畢，雲峴找了個紙箱幫她打包好，他自己拿起來拎了拎，發現重量不輕：「拿得動嗎？要不要叫妳的同事來幫忙？」

「沒事，拿得動。」姜迎小心捧起箱子，有些吃力，但拿到公司沒問題。

「雲老闆，再見啊。」說著姜迎轉身就要走。

「欸，等等。」雲峴叫住她。

姜迎將箱子的邊抵在桌沿，問：「怎麼了？」

雲峴遞來一張便利貼，上面寫著一串數字：「這是我的電話號碼，以後要是再幫公司買下午茶，打個電話來，我讓店員送過去。」

姜迎接過紙，攥在手裡：「好。」

走之前她猶豫了幾秒，還是鼓起勇氣問他：「方便加你聊天帳號嗎？」

不等對方回答，她又急急補充：「這樣聯絡你方便一些。」

雲峴點頭：「可以。」

得到應允，姜迎懷裡抱著沉甸甸的十杯咖啡和十塊蛋糕，心情卻輕飄飄的像踩在雲上。

雲峴走出櫃檯送她到門口，幫她推開玻璃門：「小心一點，再見。」

女孩的聲音很輕快：「老闆再見！」

雲峴保持著嘴角的弧度，目送她抱著紙箱離開，背影很快消失在轉角。

等又空閒下來，他回身看著空蕩蕩的店內，突然感到有些無所事事。

白晝越來越長，又要做什麼消磨時光呢？

姜迎將正方形的便利貼攥在手裡，等到了公司再攤開，紙張已經被掌心的汗沾濕了，皺皺巴巴的，好在上面的數字沒被模糊掉。

她把紙箱遞給周晴晴，讓她分發下午茶。

一聽有吃的，無論手頭在做什麼的人都停了下來，像廣場餵鴿子般圍了過去。

姜迎退到人群之後，回到自己的座位。

她點開聊天APP的搜尋功能，一個一個數字敲下，緩慢而認真。

很快便跳出那人的資訊。

暱稱是見山二字，大頭照是夜晚的雲與月。

地區寫的是北京，怪不得聽他的口音不像本地人。

動態裡沒什麼東西，都是無關緊要的日常。

對著寥寥無幾的資訊，姜迎反反覆覆看了許久。

直到周晴晴端著蛋糕過來，問她：「妳是不是在雲邊買的？」

「雲邊？」姜迎剝開咖啡杯的蓋子，抬起啜了一口。

拿鐵溫熱，微苦，回味在口腔裡的是淡淡奶香。

「就旁邊那家新開的咖啡店啊，我和妳說過的。」

「啊……」姜迎點了點頭，原來叫雲邊，她去過兩次，竟都沒留意店名。

周晴晴倚著桌沿吃蛋糕，光明正大地摸魚和姜迎閒聊：「怎麼樣，妳有沒有見到他們老闆？」

「老闆？怎麼了？」姜迎按下添加到通訊錄，把手機翻扣在桌上，打開蛋糕盒。

周晴晴嘖了一聲：「難得一見的優質型男啊，妳沒注意到嗎？」

還沒等姜迎說什麼，周晴晴又自顧自地道：「最近這一帶女人的話題都是他，今天在不在店裡、穿了什麼衣服，隨便點開哪個群組就能知道。」

姜迎吃蛋糕的動作頓了頓：「大家都認識他啊？」

「嗯，妳想呀。」周晴晴湊近姜迎，輕聲道：「年輕的咖啡店老闆，財務自由、時間自由，長得又不錯，天啊，誰能不動心呀？這設定太完美了。」

姜迎用勺子戳著蛋糕上的芒果果肉，有些心不在焉。

周晴晴還在喋喋不休：「樓下那工作室的美女攝影師妳知道吧？很文藝很有氣質那個，聽說最近天天去雲邊刷存在感。唉，我等草芥之輩就不用肖想了，欣賞欣賞美顏飽飽眼福就滿足了。」

等一塊果肉被姜迎戳得面目全非，她「啪」一下放下勺子：「說到人設，這兩天好好想想新章節男主角的人物設定和劇情大綱，下週一前交給我。」

周晴晴叼著勺子，瞬間委靡了：「啊，可今天是週五欸。」

姜迎拍拍周晴晴的肩：「那就週末加個班，我陪著妳呢。我們組這次趕趕進度，別像上次一樣全卡著截止日期才交，到後面都來不及。」

周晴晴擠出假笑：「好的，我知道了。」

她沒了聊天興致，回到座位上老實工作。

耳邊清靜下來，姜迎舒了口氣，拿起手機。

訊息清單頂端顯示：「你已添加見山，現在可以開始聊天了」。

姜迎挺直了背搓搓手，一瞬間緊張起來。

拳頭握了又鬆，她在鍵盤上敲下「你好，我是姜迎」傳送過去。

看到「對方正在輸入中……」，姜迎提了一口氣，眼睛緊盯著螢幕。

見山：『妳好。』

妳好。

然後呢？

然後她要回什麼？

姜迎正煩惱，瞥到手邊的蛋糕，立刻恢復了活力。

落日橙：『今天的蛋糕是什麼口味的？挺好吃的。』

見山：『芒果千層。』

落日橙：『不過我還是更喜歡上次吃的那塊。』

見山：『起司霜淇淋對吧？不巧今天小師傅沒做。』

落日橙：『那等下次。』

見山：『嗯。』

話題又終結了，姜迎癱在椅背上，還真該和周晴晴學學沒話找話的本事。

離下班還有兩個小時，她打算在週末到來之前列好下週的工作安排，再把任務分工下達給其他組員。

姜迎雖然從小成績不算頂尖，但有個優點，一旦開始某件事就會全身心投入其中。

同事們陸陸續續打卡下班，格子間又只剩她一人。

姜迎敲下最後一個輸入鍵，儲存文件收拾東西。

拿起手機才發現五點多的時候雲峴傳了訊息給她。

見山：『下週小師傅要做新品，紅絲絨和海鹽芋泥，可以來試試。』

時至傍晚，夕陽呈現血橙色，沉入大廈與樹木之間，天際吹過微風。

姜迎的心情因晚霞和週末將至而輕鬆愉悅起來。

也為這句勉強算是的邀請。

落日橙：『好。』

週六，難得能一覺睡到自然醒，姜迎起床時已經快到下午。

她點了份外送，盤腿坐在地毯上，後背靠著沙發，翻閱起社群首頁。

某位知名情感網紅上傳了一篇新文章，標題叫作——「我發現，戀愛真的會讓人變得小氣」。

姜迎沒點開全文，只是視線久久停留在這句話上，咬著吸管不知在想什麼，一杯檸檬水快要見底。

茶几上的筆記型電腦發出提示音，是一封新郵件，來自周晴晴。

姜迎放下手機，移動滑鼠點開附件，幾頁文件，是初步擬好的劇情梗概和人設。

她回覆說：『收到，辛苦啦，好好過週末吧。』

至誠工作室成立於兩年前，旗下開發的遊戲《小世界》去年年底正式上線，是一款面向年輕人的以美食為主題的手遊，將傳統經營模擬遊戲和角色扮演結合。玩家以主角蘇小的身分展開故事，在品味美食的途中找回丟失的記憶，邂逅新朋友，經歷各種有趣事件，逐步解開多年的謎團。

觸控手機初被使用時，單機遊戲最先風靡。隨著手機性能不斷發展，如今最流行的是大型即時對戰類手遊。此類遊戲一局耗時十分鐘以上，長者甚至要達半個小時，不易利用零碎時間。

《小世界》不同，一個關卡和劇情的推動往往只需兩三分鐘，且劇情和新模組不斷更新，玩家就像在追一部連載漫畫，體驗感更強。除此之外，《小世界》畫風清新治癒，美食的畫面製作精緻逼真，被玩家稱為「最下飯遊戲」。

姜迎是美術生，但在老闆李至誠的建議下進了策劃組，如今除了閒暇時練練筆，在工作上她基本不參與繪圖，現在看著螢幕上的幾行字，她腦子裡隱隱約約浮現出一個形象。

靈感來了就有點手癢，姜迎按捺不住衝動，俐落起身從櫃子裡翻出電繪板，連接好設備，點開繪圖軟體，提筆開畫。

簡影：咖啡店老闆，三十二歲。深棕色頭髮和眼眸。著裝：淡藍色襯衫和西裝褲，戴一副銀框眼鏡。性格溫和穩重，謙恭禮貌中帶著疏離，來歷無人知曉。

人設圖的要求是簡影坐在店裡一角，手持一本書，桌上咖啡熱氣繚繞，窗外櫻花盛開，春意融融。

並不難，姜迎戴上耳機播放音樂，一邊在腦海中構思，一邊在電繪板上移動畫筆。

不知是人設刻意與某人契合，還是最近去雲邊的次數太多，等粗略地繪出草圖勾了線，姜迎才恍然發現自己一直代入雲峴的樣子。

甚至最後收筆時，她還放大人物眼部在眼瞼下方點了顆小痣。

心虛使然，姜迎越看畫面上的人物越覺著像雲峴。

臉蹭地就紅了，像是被揭開了隱祕的心事。

她咬著下唇擦去人物眼下的小黑點，又狠狠心，把圖上人物的五官和神態做了調整。

可剛剛畫上的人物五官比列拿捏精準，這時再改，就得牽一發動全身。

她擦了這邊線條又補了那塊陰影，結果卻適得其反，越看越不順眼。

姜迎在工作上一直是個完美主義者，畫圖一定要改到自己滿意，實在不行就重新再來。

她新建畫布，深呼吸一口氣，重新提筆勾勒線條。

兩個小時後。

姜迎煩躁地揉亂自己的頭髮，扔了畫筆趴在桌面上，一臉挫敗。

螢幕上的男人雙腿交疊，姿態從容優雅，手中捧著一本書，垂眸淺笑，似是心緒已沉浸於書中情節，認真專注。他坐在深綠色的布藝沙發上，半邊身子浴在陽光中。木桌上咖啡冒著熱氣，白色瓷杯旁邊是一片金色鏤空雲紋書籤。

身後玻璃窗外，春日暖陽，一樹繁花燦若雲霞。

怎麼畫，都能在簡影的身上瞧見雲峴的影子。

難道咖啡裡還能下蠱不成？姜迎捶了捶腦袋。

怎麼滿心滿眼都是人家。

她維持著趴伏的姿勢，手伸到桌邊的抽屜，熟門熟路地打開，手指探了探，摸到裡面的硬紙盒和打火機握在掌心取出。

萬寶路雙爆珠，經典又流行的女士菸。

姜迎趕畢業展覽時抽過一陣子烈的，夠味，但是會留味道。女士菸溫和了點，稀奇古怪的口味多，也不會留下過重的菸草味。

打開盒蓋就聞到清甜香氣，爆珠一粉一橙，吸的時候草莓味，呼的時候橘子味。柔軟的唇含潤菸尾，白牙咬破嘴邊的粉色珠子，香甜的草莓味順著呼吸灌入肺腑。

姜迎坐在陽臺的小鞦韆上，前幾日忙於工作忘了打理花草，在春天萬物生長的季節她養的橘色月季無精打采地垂著頭。

一根菸她抽得輕又緩，慵懶地吞吐，盤著腿望著窗外發呆。

不知誰家孩子在樓下追逐打鬧，笑聲稚嫩清亮，並不吵，反倒添了幾分熱鬧。

三月裡的晴天，風吹過鄰居家窗臺上的藤蘿，金黃陽光灑進室內，橘色花瓣被映得透亮。

菸燃盡，橘子的甜味卻彌留在齒間。

姜迎將菸頭掐滅在橘貓造型的菸灰缸裡，這是春節和閨密去鄰市遊玩時找到的寶貝。那次還順路去了一趟大覺寺。

寺廟百級臺階，爬上去要了她半條命。姜迎不信神佛，但來都來了，總要求點什麼。她跪在蒲團上，虔誠地閉眼叩頭，許了個庸俗的願望。

——菩薩，佛祖，信女空窗期許久，實在有些寂寞，你們幫我捎個信給月老，求他保我來年有個好姻緣。

雲峴是不是她的好姻緣她不知道。

只是用一根菸的時間姜迎想明白了，她看上人家了。

因為他長得合她眼緣，因為雨夜的蘋果味香薰蠟燭，因為他寫的兩張便利貼。

因為她發現，那天周晴晴說起他有多麼受歡迎的時候，自己的不開心應該叫作「吃醋」。

畢竟，喜歡一個人就會變得小氣。

第二杯咖啡

美式咖啡

春日咖啡館的策劃穩步推進，姜迎交了初步提案。

周晴晴寄文件給美術組的時候一同把姜迎畫的那張人設圖寄了過去，對方索性按照著繪製。最後呈現出來的效果很好，姜迎自己也挺滿意的。

李至誠審完後沒提太多意見，只是目光在新角色的形象上停駐了很久，最後也沒說什麼，讓姜迎完善好後儘快交給程式部製作。

一切順利，只是在為簡影找配音演員的時候遇到了點波折。

成熟溫柔的男聲並不難找，但試了幾個ＣＶ（配音員）姜迎都覺得不夠滿意。

紀晗快把圈內所有適合這個風格的配音演員找了一遍，姜迎還是搖頭要她再找。

「姐，哪裡不行了，我看禾風老師挺適合的啊。」紀晗拿筆戳著桌面，試探著開口問：「是不是妳有心儀人選了？大佬級別的？那我們不一定能請來。」

姜迎背靠在椅背上，換了個坐姿，否認道：「沒啊，我不也是在找。」

紀晗欲哭無淚：「那要不要再考慮考慮禾風老師？」

禾風是圈內小有名氣的配音演員，音色和聲調多變，但以溫潤公子音最為知名。

他來為簡影配音，是最好不過的選擇。

紀晗的話讓姜迎反思一下自己。

她好像方向偏了，明明應該是為簡影挑配音演員，現在卻一門心思要找一個與雲峴相似的聲音。

帶了私人情感果然容易誤事。

姜迎屈指用關節揉了揉眉骨，對紀晗說：「再給我聽聽禾風的聲音。」

紀晗一聽還有機會，趕緊找出片段點擊播放。

禾風錄的是簡影初見蘇小的三句臺詞。

——「歡迎光臨。」

——「或許吧，或許我們曾經見過。」

——「妳的拿鐵，小心燙。祝妳有個愉快的週末。」

禾風不愧是專業的CV，不加背景音樂和畫面，這三句話還原了最本質的音色，清洌如泉，溫潤如玉，禮貌謙恭與克制在心中的感情都拿捏的恰到好處。

確實不錯。

「就決定禾風老師吧。」姜迎決定。

「耶！我立刻去和老師說！」紀晗一掃之前的沮喪，從椅子上一躍而起。

姜迎意識到什麼，瞇著眼打量她：「有私心？」

紀晗嬌羞地笑：「不是啦，人家就是覺得老師很適合，看到他被選中很開心。」

姜迎笑著擺擺手，讓她趕緊去聯絡好演員準備正式錄音。

會議室安靜下來，姜迎起身，拖動進度條將音訊再次播放了一遍。

禾風適合簡影，卻不像雲峴。

聽了這麼多聲音，也沒找到一個有幾分相似的。

配音演員的聲音經過專業訓練和打磨，音色語調近乎完美無暇，每一句臺詞都是把握好的速度和輕重。

正因如此，比起平時說話少了幾分自然隨意，面對麥克風，總要端著幾分。

雲峴的聲音沒有那麼驚豔，說出口的字句輕緩不急，過耳卻不會被輕忘。

她到現在都記得他那晚說的話，一字一句沒什麼特別，但想起來就讓人心情愉悅。

比起禾風，他更像是春日拂過草木的微風和秋天林間潺潺湧動的溪水。

溫和無害，自然而質樸。

想著想著，姜迎拿起桌上的紙杯喝了口咖啡，澀意蔓在舌尖，她嫌棄地皺起眉頭。

即溶的果然比不了手沖的。

她舔了下嘴唇，又想去雲邊了。

六點，姜迎打卡下班。

才四月，天氣已悶熱無比，到了傍晚也沒涼快下來。

如往常一般推開雲邊咖啡館的玻璃門，伴隨鈴鐺聲一同響起的是一句「歡迎光臨」。

「姜姐姐，妳來啦。」趙新柔正在拖地，看見是她露出笑臉甜甜地打了個招呼。

「嗯。今天客人不多？」姜迎坐在吧檯的老位子上，取下身上的包。

蘇丞端著一盤蛋糕從後廚出來，見到姜迎便問她今天想喝什麼。

姜迎用手搧著風，問蘇丞：「有沒有涼快一點的，熱死我了。」

「來杯白桃氣泡水？」

「行。」

這一個月，姜迎成了雲邊咖啡館的熟客。

雲峴不是都在店裡，遇到他姜迎就坐在吧檯欣賞忙碌的雲老闆，偶爾閒聊幾句。沒遇上就點杯咖啡坐一下，算是下班以後的短暫放鬆時刻。

與雲峴沒什麼新進展，和店裡兩名店員倒是熟悉了。

蘇丞今年二十二歲，是店裡的甜點師傅。留著俐落的平頭，總是穿著黑色衣服，看起來像個痞裡痞氣的不良少年，但櫥櫃裡精巧的蛋糕都出自他之手。

雲峴愛叫他小師傅，姜迎打趣他是心有猛虎細嗅薔薇。

趙新柔還在上學，咖啡店的工作是兼職，沒課就會來店裡幫忙。店裡客人不多的時候，總能看見她戴著耳機嘴裡背著英文單字。

蘇丞手腳俐落，一杯冰飲料一下子就製作完畢，白桃果肉墊在杯底，蘇打水冒著小氣泡，還用一葉薄荷作了點綴。

「謝謝。」姜迎接過，一口就喝了小半杯。

冰涼的液體灌下去，解了悶熱和口渴，頓覺心情好多了。

玻璃門又被推開，順著鈴鐺聲姜迎偏頭望去。門口站著的女人長髮微捲，妝容精緻，一件黑色吊帶裙襯得人骨感清瘦，迎面走來的時候能聞到她身上散發的淡淡香水味。

姜迎認識她，樓下工作室的美女攝影師 Wendy。

Wendy 走到櫃檯，環顧了一圈，十分自然地問道：「雲老闆不在啊？」

趙新柔微笑著回：「是的，您要喝點什麼？」

美女的失望溢於言表：「那外帶一杯冰美式吧。」

姜迎坐在一旁默默地喝著蘇打水，等 Wendy 拎著打包好的紙袋離開店裡，才裝作不經意地問：「雲老闆今天不在啊？」

趙新柔擦著桌子回她：「嗯，峴哥今天去醫院了。」

姜迎心裡一緊：「他生病了？」

趙新柔說：「沒，好像是他朋友吧。今天老闆接了個電話就走了。」

「哦，這樣啊。」姜迎用吸管攪著杯子裡的果肉，暗自舒了口氣。

恰好這時手機鈴聲響起，見備註名是弱智老闆，姜迎飛快拿起接聽：「喂，老闆。」

『下班了沒？』

「下班了，有什麼事嗎？」

李至誠的聲音聽起來嘶啞虛弱，沒了平時的中氣：『我得請幾天假，有什麼事妳和方宇先定奪，每天下班後抽時間和我彙報。』

「好的，」姜迎猶豫了一下，想起今天一天李至誠都沒來，還是多嘴問了一句：「老闆，你是……生病了嗎？」

電話那端沉默了幾秒，傳來一聲『嗯』。

姜迎還在想接下來要怎麼說，李至誠就先一步開口了：『胃病，小問題。』

「啊，那你要好好休息。」

心中剛可憐他一下，姜迎又聽到李至誠用虛弱但冰冷的聲音說：『我的手機連著公司監視，即時監督你們，好好上班，不許偷懶。』

「……好。」

李至誠這人，嘴毒、嚴肅、要求高，發起火來更是可怕，但只要不是更新前的死亡週，平日裡對員工們還是挺好的。

考慮到他是沒人照顧的單身男人，這種時候又是拍馬屁獻殷勤的好時機，姜迎溫柔了語調，輕聲問：「老闆，你在哪個醫院呢？」

對方並不買帳：『幹嘛？來看看妳老闆奄奄一息的樣子然後在心裡暗爽嗎？』

姜迎呵呵笑了幾聲：「沒有，我想代表公司同事去探望一下您。」

聽筒裡響起一聲冷哼：『人民醫院十六樓。來的時候別帶花和水果，打包一份皮蛋瘦肉粥給我。我報銷。』

「好的，我馬上就到。」

姜迎掛了電話，拿起包，和蘇丞和趙新柔揮手道別：「我走了啊。」

人民醫院十六樓A76病房，李至誠穿著條紋病服懶懶躺在床上，他頭髮黑且濃密，襯得臉色更蒼白。

「不吃了？」

桌上的餐盒還滿滿的，顯然沒動幾口。

「我嘴裡發苦，你還讓我喝白粥，就不能多點料嗎？」李至誠側躺著玩手機，發大少爺脾氣。

雲峴抱著手臂看他，覺得像是養了個叛逆期兒子。

「你要是現在覺得難受，昨晚那酒你別喝啊。」

又戳中傷心事，李至誠一撈被子蓋過頭頂，單方面切斷通話。

雲峴邊收拾飯盒邊數落他：「當初周以要出國，你借酒消愁，現在人家回來了，你還喝酒。倒是首尾呼應。」

被子裡發出悶悶的聲音：「誰說的？我心情不好喝喝小酒都不行？」

雲峴伸長手臂扯下他的被子：「小酒？大哥，你空腹喝了一斤白酒。你當胃病是小事？」

李至誠堂堂七尺男兒，能屈能伸：「峴峴，好峴峴，快回去吧，還還還等著你投餵。」

雲峴無奈地搖搖頭，替他掖好被子：「那我走了，夜裡有事打電話給我。」

「好的。」李至誠撅起嘴朝他送了一個飛吻，肉麻得雲峴直起雞皮疙瘩罵他傻子。

還還是李至誠養的橘貓，意為一還一還鈔票財源滾滾早日暴富。

他宿醉昏睡到中午，被胃疼鬧醒，雲峴把他送到醫院，一天忙碌下來，可憐的小主子還沒人餵。

雲峴從病房出來，嘆了一聲氣。怎麼每次李至誠和周以折騰最後受罪的都是他？

他正思考如何自然無痕地把李至誠住院的消息透露給周以，就聽到前方有人叫他。

「雲老闆！」

那聲音帶著驚喜，在安靜的走廊突兀地響起。

醫院不宜喧嘩，或許是意識到自己的音量過高，姜迎趕忙捂住嘴，朝他快步走了過來。

剛要問他怎麼在醫院，又想起在店裡趙新柔說了，今天他來探望朋友。

心裡的話繞了一圈，到嘴邊變成一句：「好巧啊。」

雲峴點點頭，問：「妳怎麼在這？」

姜迎舉了舉手裡的袋子：「看我老闆，他生病了。」

聞言，雲峴的視線落在她手裡的包裝袋上，右邊眉毛輕挑。

想起李至誠在病房裡那副模樣，雲峴勾了勾嘴角說：「倒是不忘壓榨員工。」

姜迎沒聽清楚，問他：「你說什麼？」

雲峴搖搖頭：「沒什麼，快去吧，我先走了。」

「哦，好。再見。」

「嗯，再見。」

告別雲峴，姜迎找到病房，輕輕推開房門，在最裡面的病床上看見李至誠。

「老闆。」

李至誠此時見到她如同見了親人，第一次用熱情無比的聲音說道：「妳來啦！」

「粥還熱著，你快喝。」姜迎撐起小桌子，除了粥她還點了一份奶黃包，一打開蓋子，香味撲鼻而來，一天沒怎麼進食的李至誠聞著味道都覺得滿足了。

他剛拿起勺子舀了一口粥送到嘴邊，手機螢幕亮起，傳來一則新訊息。

李至誠瞟了一眼，手一抖，勺子脫落掉進碗裡。

見山：『皮蛋瘦肉粥好喝嗎？』

姜迎見李至誠惶恐地左看右看上瞧下瞧，不解地問：「老闆，怎麼了？」

李至誠微微緩了過來，問她：「妳剛剛在路上遇見誰了？」

姜迎有些茫然，搖搖頭：「沒有啊。」

那還真是奇了怪了。

李至誠一掀被子，抓起手機啪啪啪打字。

至誠：『你在哪裡裝了監視器？』

見山：『你腦子裡，趁你昏迷的時候我讓醫生幫你植入了晶片。』

至誠：『？』

不知道是不是心理作用，李至誠覺得腦子隱隱作痛。

姜迎見他捂著頭，關切地問：「老闆，你頭疼嗎？要不要叫醫生？」

「不用。小姜，把皮蛋瘦肉粥收了吧，我突然沒什麼胃口了。」

「哦，好，那等等你餓了再吃，」

手機螢幕再次亮起。

見山：『我正好遇見姜迎，你讓她買的粥吧。』

見山：『少吃一點，吃兩口解解饞就行。』

李至誠心裡直道無語，傳了一個小人揮拳的貼圖給雲峴。

至誠：『你嚇得老子差點去開顱！』

螢幕那方，雲峴輕笑一聲，低罵了句「傻子」。

懸疑科幻劇落幕，李至誠手一揮，如坐鎮朝堂的君王指點江山：「小姜，把粥拿來，我又想吃了。」

剛收了桌子的姜迎抿著唇看了李至誠一眼，表情一言難盡。

回去的路上，姜迎點開手機，避開老闆和同事上傳一則動態。

『老闆生病，腦子壞了。我深感震驚，原來他也有腦子啊。』

到了社區門口，雲峴傳訊息給李至誠說到家了。

看見朋友動態一欄有個眼熟的頭貼，他隨手點開，看見姜迎剛上傳的動態。

讀完螢幕上的文字，雲峴忍不住，噗嗤一聲笑了出來。

他想這則一定是遮蔽那位「老闆」的，所以放心大膽地留下一個讚。

回到公寓，雲峴換鞋開燈，將手中的購物袋放在玄關處，先喊了一聲「還還」。

主子慢悠悠從客廳出來，拿毛茸茸的肥臉蹭他褲管。

雲峴蹲下身把牠撈進懷中，順了順毛：「餓了吧？」

幫還還換了水倒了貓飼料，雲峴把購物袋裡的東西分類歸置整齊，長舒了一口氣癱倒在沙發上。

貓主子饜足地吃著晚飯，雲峴還餓著肚子。

腹中空空，他卻懶得再料理自己，從客廳茶几上拿了一包李至誠的小熊餅乾，撚了一塊放進嘴裡。

過甜的巧克力味，雲峴覺得膩，但高熱量的東西飽腹感也強。

又吃了兩塊，他拍怕手上的碎屑，喝了口杯子裡的涼水。

天已完全黑了，夜色深重，城市亮起萬家燈火。

有些無聊，平時要是兩人都在家，李至誠會拉著他看球賽玩遊戲，現在那個傻子在醫院，家裡突然冷清下來。

想起還有正事沒幹，雲峴打開手機，上傳了動態。

『紀念李至誠的青春復興。』

下面配的圖是他臨走時抓拍到的李至誠，穿著一身病服，臉色蒼白表情愣怔，猝不及防被他留下黑歷史。

考慮到李至誠三十歲的臉面，雲峴設定了分組，僅李至誠和周以可見，但為了營造效果，他故意在底下留言。

『喝酒喝多了，胃疼。』

『學妹，不用太擔心你李師兄。』

『謝謝大家關心，病人現在情緒穩定。』

雲峴一邊打字一邊把自己逗樂了，看看他為兄弟的愛情付出的良苦用心。

很快就收到李至誠傳來的問號攻擊。

至誠：『？』

至誠：『？』

至誠：『？』

至誠：『趕緊給我刪了！』

至誠：『哪個學妹關心我？我怎麼看不見留言？』

見山：『沒學妹，分組可見，就周以能看見。』

至誠：『靠！你他媽不遮蔽她還僅她可見？』

五分鐘後，雲峴看見周以的留言，忍不住笑出了聲。

『讓醫生治治他的中二病。』

李至誠也看到了，立刻找雲峴。

至誠：『她什麼意思？』

見山：『說你幼稚。』

至誠：『我幼稚？她怎麼不去治治公主病？』

雲峴揉了揉脖子，無意看兩人隔空明嘲暗諷。

見山：『早點休息吧。』

退出聊天室再回到動態，他隨意往下翻了翻。

他的好友不多，大多都是同學和以前的同事，匆匆掃過，也懶得動手點讚。

手指滑動到一個粉色頭貼時卻停下了。

姜迎的頭貼和暱稱似乎是配套的，黃昏時分天際橘粉色的落日餘暉。

她的動態大多都是文字，像是隨時隨地的有感而發。

吐槽老闆、抱怨天氣、期待週末，或是分享一張隨手作的畫。

包括現在這樣，帶著煙火氣息的一碗鴨血粉絲。

『老闆請的宵夜！他是世界上最帥氣最優秀的人！』

雲峴看見李至誠點讚了，有些心疼這傻子，大概正為這馬屁偷著樂呢，殊不知人家剛剛怎麼嘲諷他的。

姜迎這個女孩其實與她給人的初印象出入很大。

看外表是個清清淡淡的女生，沒什麼特別，但進一步瞭解之後，就會發現她的有趣和可愛。

雲峴閒暇時很喜歡翻看她的動態，尤其愛看她提起李至誠。

也許是因為她的狗腿和吐槽都那麼坦然真實，一如這個人，鮮活而明亮。

圖片上的美食經過調色更誘人，雲峴摸著空癟的小腹，饑餓感又襲來。

挨餓實在痛苦，雲峴自我掙扎了一下，還是決定順從內心，遵循馬奎斯所說的「誠實的生活方式」。

於是他打開姜迎的聊天室，輸入文字，點擊傳送。

見山：『可以問問鴨血粉絲是哪家的嗎？』

對方幾乎是秒回。

落日橙：『等等，我把店鋪分享給你。』

落日橙：『你要是喜歡吃，有空一定要去南京吃吃正宗的。』

見山：『好。』

落日橙：『我倒是沒想到你也會吃這種東西。』

見山：『？』

落日橙：『你看起來太仙了，像只喝露水。』

落日橙：『吃青菜都要撇撇油那種。』

雲峴讀完螢幕上的字，被對方的言語逗笑。

他還是第一次見到這樣的形容，誇不像誇貶不像貶。

見山：『確實不常吃。』

落日橙：『這家是溪城最好吃的，你放心！就在咖啡店旁邊那條街上，很衛生很乾淨。』

見山：『好的，謝謝妳。』

姜迎傳來一個貼圖，是粉色的兔子在吸麵，雲峴猜她的意思是「祝你用餐愉快」。

當晚十點，一天只喝了幾口粥的李至誠收到雲峴傳來的一張圖片。

畫面上是一碗澆著辣油的鴨血粉絲，湯底濃鬱，鴨血鮮嫩，點綴著香菜，堪稱色香味俱全。

見山：『改天去金陵玩玩吧，嚐嚐正宗的。』

至誠：『呵呵，Faatybuterhamburg。』

見山：『？』

至誠：『麻瓜，不懂了吧，我對你下咒了，你的腹肌馬上就變成肥肉。』

見山：『反彈。』

週五，姜迎下班後打算去雲邊打包一塊蛋糕留著週末吃。

一進店門就看見正要出去的雲峴，今天對方罕見地穿了一身運動裝，清爽健氣。

姜迎問他：「你要去健身啊？」

雲峴擰緊水杯的蓋子，「嗯」了一聲。

姜迎的眼珠子轉了半圈，開口問：「健身房？」

雲峴回：「嗯，就街角那家。」

「那家啊！」姜迎面露喜色，「我在那裡有卡。」

雲峴望著她，淺淺勾起嘴角：「經常去？」

姜迎點點頭，拉伸著手臂，面不改色扯謊：「我挺喜歡運動的。」

卡的確有，去年年會她抽到的獎，合理懷疑是李至誠辦了不想去才設了這麼個雞肋獎項。人家都是iPad、switch，再不濟也是養生壺、泡腳桶，就她這個不愛運動的肥宅偏偏抽到了健身卡。

雲峴垂眸，不動聲色地打量她。

四月裡天氣暖和，姜迎今天穿了T恤和牛仔短裙，她不胖，也不算清瘦，露出的小腿白皙勻稱，單看線條就能知道她平時不怎麼運動。

偏生出了使壞的心思，他故意逗她：「那一起去？」

「啊？」姜迎顯然沒料到會是這個發展，扯起尷尬的笑，「今天我有事，下次、下次吧。」

雲峴壓住想要翹起的嘴角：「那我先走了，再見。」

姜迎揮揮手：「再見。」

目送對方出門，姜迎放下笑臉頹喪地走到吧檯，有氣無力地點單：「外帶一塊起司蛋糕。」

「叮——」手機響起提示音，姜迎滑動螢幕解鎖。

是一則七秒的語音訊息。

『雖然我是咖啡店的老闆，但還是要提醒妳一下，最近是不是甜食吃的有點多了？』他的聲音貼著耳朵響起，姜迎蹭地紅了臉，雙頰冒熱，她在心底暗暗嘀咕：吃得多還不是怪你呀！

從雲邊咖啡館出來，姜迎開車回了父母家。

工作以後她另外租了房子，和家裡說的原因是離公司近，每天早上可以多睡二十分鐘。但其實是考慮到自己時常熬夜加班寫企劃，怕父母碎碎念。

剛掏鑰匙打開門，她一句「我回來了」憋在喉嚨口沒能說出來。

沙發上邵玲芳正坐著打電話，語氣嚴肅，一口吳儂軟語罵起人來也很彪悍。

「一頓飯吃到八點還不夠？你還要不要回來？」

「去之前就和你說別喝多了，又喝到爛醉回來我才不管你！」

姜迎提著一口氣，小心翼翼換鞋進屋。

邵玲芳氣憤地掛了電話，和女兒發洩不滿：「妳說說妳爸，一把年紀了，上次去醫院就說血壓高脂肪肝，還喝！」

「好了好了，別生氣了，我買了蛋糕給妳。」姜迎打開盒子，舀了一勺餵給她媽。

「怎麼這麼甜啦，要胖死我了！」

「吃點甜的心情好嘛。」記著雲峴的話，姜迎只吃了一小口，「爸在哪吃呢？我去接他吧。」

邵玲芳說了地點，嘴上說著不管了，卻還是起身去廚房煮醒酒湯。

姜迎剛坐下不到五分鐘，又拿了車鑰匙去接人。

餐廳離家不遠，她打電話給姜天暉，不成想是別人接的。

『姜迎？』

對方是個年輕男人，聲音聽起來有些耳熟。

姜迎還在腦子裡搜尋是誰，他就自報了姓名：『我是符晨，妳還記得嗎？』

咚。

那兩個字像是石塊，拖拽著她的心情往下沉。

姜迎被定格住，舉著手機腦袋空白，直到紅綠燈跳轉，後面的車輛按響刺耳的喇叭，她才回過神，快速地說了一句：「和我爸說一聲我去接他了。」

幾分鐘的路程，姜迎把車停好，卻沒立即下車。

她降下一半車窗，舔了舔嘴唇，想抽菸了。

在雜物盒裡翻找了一陣子，才找到一包之前留下來的，也就剩兩根了。

火苗點燃菸頭，姜迎細長的手指夾著菸在昏暗的車廂裡吞雲吐霧。

直到一根菸燃盡，她打開車門踩滅菸頭，用衛生紙包好扔進垃圾桶裡。

剛轉身就看見姜天暉被人扶著從大門走出來，她爸紅著一張臉，腳步虛浮，醉態盡顯，嘴裡不知在唸著什麼。

姜迎趕忙迎上去，皺起眉抱怨：「怎麼喝成這樣？回家又要被罵了。」醉鬼聽不到，搖搖晃晃嚷嚷著還能喝。

「先扶叔叔上車吧。」

姜迎抬眸瞥男人一眼，沒多說話，只是點了點頭。

符晨比以前成熟不少，穿著襯衫西裝褲，頭髮被髮膠梳成背頭。

他是單眼皮，眼尾上翹，有些凶的長相。

以前上學的時候女生就偷偷討論過，有人說符晨很 man 讓人有安全感，也有人說他長了一張攻擊性太強的「家暴臉」。

不管那些兩極分化的評價，單對姜迎來說，他是學生時代避之不及的噩夢。

姜迎壓抑自己對他的排斥，儘量語氣平和道：「謝謝你，我們先走了。」

「欸，等等。」她剛轉身就被符晨拉住手臂。

姜迎警惕地往後退了一步，下意識躲避。

對方見她的反應，聳了聳眉，不動聲色地收回手插在口袋裡：「聽叔叔說，妳現在在科技園區上班？」

姜迎低頭避開他的視線：「嗯。」

「有機會出來聚聚？」

「再說吧。」

車裡姜天暉哼哼了兩聲，姜迎認準時機，說道：「我先走了。」

急匆匆地上車啟動，她轉動方向盤，從後視鏡裡看到符晨還站在原地看她。

男人舉起手揮了揮，朝她喊：「下次見。」

姜迎皺眉，在心裡說了句「下次見個鬼」，一踩油門絕塵而去。

姜迎這個人不愛記仇，尤其是這麼多年前的事情，過去了就過去了。既然如今毫無瓜葛，要是偶然重逢，彼此平淡地打個招呼問句近況，互相留一個體面就好。

面對符晨的好友申請，姜迎決定先晾著不管，但對方卻很執著，不知道又從哪裡要到了她的手機號碼，接連傳了三則簡訊。

姜迎怕再不理下去，符晨甚至會寄郵件給她。

訊息一來一往太耗時間，姜迎沒心思跟他掰扯太多，乾脆俐落地撥了一個語音通話過去。

電話接通，對方先開口：『最近很忙啊，現在才回我訊息。』

姜迎忍住心頭的不悅，用公事公辦的語氣說：「不好意思，確實挺忙的。找我有事嗎？」

符晨在電話那頭笑起來：『沒什麼事啊，就想找妳敘敘舊。』

聽到這話姜迎沉默了一下，哼笑一聲問：「敘舊嗎？我們那應該叫算帳吧。」

在符晨回話之前，她又搶先說道：「我真的挺忙的，沒事就先掛了。」

等按下紅色按鍵通話結束，姜迎沒有一絲停頓地把對方拉進了黑名單。

哪裡涼快哪裡待著。

符晨的出現只是一個小插曲，姜迎並沒有放在心上。

她最近來雲邊的次數越加頻繁，有的時候週末覺得在家工作效率不好，就會把筆電帶到雲邊。怕一樓吵鬧，姜迎常常一個人坐在二樓的角落裡。

二樓光線不太好，雲峴遇見她幾次看她都在工作，便買了一盞落地燈調節亮度，還把木凳子換成了鬆軟的單人沙發。

那個位置除了姜迎不常有人坐，漸漸地，似乎成了她的專屬座位。

這天下午陽光晴朗，姜迎一邊捏著脖子一邊推開玻璃門。

雲峴調著咖啡，抬頭瞟她一眼：「脖子不舒服啊？」

姜迎懶懶地「嗯」了一聲，拉開吧檯的高腳凳坐下：「一直坐著沒起身，疲。」

「久坐對頸椎不好，偶爾起來活動活動。」雲峴把菜單遞給她，「今天想吃什麼？」

姜迎揉著癟下去的肚子：「鮮芋牛奶和雙重起司吧，我現在急需糖分。」

雲峴看她一副有氣無力的樣子，問：「沒吃飯？」

姜迎點頭：「我忙完才發現午休時間都快過了，偷溜出來的，快餓死了。」

雲峴收走菜單：「那也要記得吃飯。」

姜迎朝他笑了笑。

「姜迎？」

聽到有人喊自己的名字，姜迎回頭看去。

是個和她年紀相仿的男人，穿著隨意休閒，姜迎覺得他的相貌眼熟，卻一時想不起來對方是誰。

見她皺著眉苦想，男人走近一點，自我介紹道：「我是徐航，妳還認得嗎？高一的時候我們同班。」

「哦！」這麼一說姜迎就想起來了，「我記得你，好巧啊，你也在這。」

徐航說：「是挺巧的，我本來還打算要聯絡妳。」

姜迎愣住，指著自己問：「我？」

她和徐航算不上熟，短暫的一年同學生活裡沒什麼交集，她只記得他那時是班級裡的體育股長，運動系男孩，人緣很好。

姜迎把頭髮捋到耳後：「找我是有什麼事嗎？」

徐航低頭看了手錶一眼：「妳現在方便嗎，我想和妳聊一聊。」

姜迎猶豫了兩秒，點頭答應：「好。」

兩人換了一個位置落座，等飲品和甜點上齊了，姜迎搓搓大腿，對徐航說：「說吧，找我什麼事？」

徐航喝的是加濃美式，一口苦澀下去，連眉頭都沒皺一下，他問：「最近是不是見到符晨了？」

姜迎心裡一咯噔：「他和你說的？」

徐航斂目笑了笑，「他最近在群組裡頻繁地提到妳，還和大家打聽妳的消息。」

這句話曖昧不明，姜迎聽得不太舒服：「你有話就直說吧。」

「他在高中交的女朋友不下七八個，認識的女生滿山滿谷，但現在。」徐航頓了頓，「他只記得妳一個人，妳說奇不奇怪？」

心底泛起一陣怪異的感覺，像是打翻一杯變味的番茄汁，褐紅色的濃稠液體散發酸味，讓人作嘔。姜迎靠在椅背上，無語到發笑：「怎麼，他還是反斯德哥爾摩啊？」

徐航放下咖啡杯，他的態度同樣讓人捉摸不透：「他懷著什麼心思我不知道，我只是想來告訴妳，前幾天在飯局上他打了個賭，揚言一個月的時間要把妳追到手。」

其實徐航已經重新調整了語言，那天符晨說的原話是——你們猜我遇見誰了？姜迎，你們還記得嗎？沒想到啊，她現在變得挺漂亮的，就是太記仇了，對我特別冷漠，看都不看我一眼。嘁，老子還不信了，你們看著，頂多一個月，我讓她貼我還來不及。

姜迎聽到這話只覺得好笑：「為什麼啊？」

徐航只是提醒她：「最近離他遠一點吧，他瘋起來什麼樣妳也不是不知道。」

姜迎警惕地看著徐航：「那你又為什麼要來和我說這些？覺得我真會上他的當？」

徐航笑著搖搖頭：「就是覺得該說一聲。」

姜迎垂眸，用指腹摸索著玻璃杯口，像是想起了什麼。

徐航這個人總是笑著，待人不親不疏，好像和誰都是朋友。她以前在學校沒什麼交情好的同學，之所以還能喊出徐航的名字，就是因為他是為數不多給過自己好意的人。

姜迎低著聲音說：「謝謝。」

徐航的真實情緒如往常一樣隱沒在笑臉裡：「不用。」

姜迎抬起頭：「這句是欠你的，體育器材室是你幫我開門的吧。」

和徐航道別後，姜迎又在雲邊坐了一下緩緩神，她撐著下巴對著屋外發呆，看著人來人往，玻璃門一開一關，清脆的鈴鐺聲時不時響起。

門前的空地上停了一輛黑色保時捷，姜迎瞥到車牌號碼覺得熟悉，還沒反應過來，她就看見李至誠從車裡下來了。

還有什麼比上班時間偷溜出來卻被老闆正面逮住更可怕的事?

心中警鈴大作，姜迎壓低聲音罵了句髒話，飛快起身，四處張望，想找地方躲。

雲峴察覺到她的動靜，問她：「怎麼了?」

姜迎來不及思考，眼看門就要被推開，她看了不遠處的李至誠一眼，又回頭望向雲峴，大腦空白，心跳得快要冒出嗓子眼。

鈴鐺聲再次響起的時候，姜迎剛貓著身子在櫃檯後蹲下。

聽著李至誠的皮鞋踩在地板上發出的噠噠響聲，她緊張到快要爆炸，下意識地攥住雲峴的褲管，胸腔起伏，捂著嘴不讓自己發出一點聲音。

李至誠忙了一天，臉色都蒼白了，懨懨地對雲峴說：「快給我一杯檸檬茶續命。」

雲峴偏頭看了看遠處架子上的茶包，面不改色道：「沒了，你喝別的吧。」

李至誠不信：「這還能沒？」

「嗯，忘記補貨了，喝別的吧。」

李至誠只能妥協：「那好，給我一杯氣泡水吧。」

雲峴又偏頭看了看冰箱，顯然也不在他現在能活動的範圍內。

目光鎖定在面前的咖啡機上，雲峴面無表情地問：「只有咖啡，你喝不喝？」

李至誠在投資方那裡低聲下氣了一天，這時還要被如此對待，氣不打一處來，一拍桌子就提了嗓子吼道：「我靠，你們店對顧客這種服務態度？你故意的吧？」

縮成一團的姜迎被嚇了一跳，手指攥得發白。

救命，怎麼還吵起來了啊？

李至誠發起火來挺可怕的，但雲峴不怕他，知道怎麼幫他順毛：「就喝咖啡吧，我新學了拉花。」

聞言李至誠瞇著眼睛上下打量他，哼笑道：「哦，想讓我嚐嚐你的手藝不早說，那我勉為其難喝咖啡吧。」

聽到李至誠拉開椅子坐下，姜迎鬆了一口氣，也鬆開了一直抓著雲峴褲管的手。

他穿著深色的西裝褲，被她攥緊的那一塊有些皺了，姜迎輕輕撫了撫。

感覺到那股阻力消失了，也看到她的動作，雲峴用手蹭了下鼻子，想要掩蓋嘴角的笑。

危機暫時解除，櫃檯後，姜迎從包裡拿出手機，偷偷拽了拽雲峴。

雲峴不動聲色地低頭看她一眼，咳嗽了聲，手指有意一帶，金屬長柄勺從臺上掉落在地。

清脆的一響，驚動李至誠向他看過來，見沒什麼，又轉過視線，繼續低頭玩手機。

雲峴往後退了一小步，蹲下身子和姜迎平視，用嘴型問：「怎麼了？」

姜迎把打好的字給他看：那個就是我老闆！他今天下午不在所以我偷溜出來了，鬼知道在這裡遇上了！我要是被他逮到獎金就沒了！救命！讓我躲一下！

匆匆把螢幕上的字掃完，雲峴看了姜迎一眼，撿起地上的勺子起身。

「今天不去公司？」他問李至誠。

李至誠回：「等等去看一眼吧，沒剩幾個小時就下班了。」

聽到這話姜迎想死的心都有了。

雲峴用餘光瞥到姜迎臉上精彩紛呈的表情，抿唇偷笑。

他把做好的咖啡遞過去，催李至誠道：「快去吧，老闆在這偷懶像什麼樣子。」

李至誠一副理所應當的樣子：「老闆偷懶怎麼了？員工別給我偷懶就行了。」

無意中被嘲諷的姜迎閉上眼睛，心裡默念阿彌陀佛。

所幸李至誠喝了半杯咖啡，坐了大概十分鐘就走了。

待男人消失在視線中，雲峴低頭說：「他走了，起來吧。」

姜迎抬手搭在桌沿，想借力站起來，剛一使力卻被一陣酥癢感衝擊，在腿部極速流竄。

「嘶——」她彆扭著身體，要站不站要蹲不蹲。

雲峴問：「腿麻了？」

姜迎皺著臉，欲哭無淚地點了點頭，她動一下就會牽起一陣刺骨的麻，難受得直吸氣。

雲峴上前一步扶住姜迎，給她支撐：「別急，站一下就好了。」

姜迎咬著下唇點點頭，再尷尬也只能硬著頭皮借男人的力站穩。

兩個人就這麼以一個怪異的姿勢站了三四分鐘，等稍稍恢復，姜迎試探著往前走幾步，覺得沒事了拔腿就要跑：「我先走了啊。」

看她急匆匆的背影，雲峴喊了句：「專心上班，再有下次我可不包庇了。」

姜迎揮了揮手，推開門跑了出去。

回到公司，姜迎喘著粗氣，把工作證重新戴在脖子上，挺胸抬頭，一臉淡定地走向格子間。

大家都在認真做事，沒人注意到她。

姜迎滑動椅子湊到周晴晴身邊，問：「李至誠回來了？」

周晴晴抬起頭說：「嗯，剛進辦公室。」

姜迎：「他看見我不在了嗎？」

周晴晴拿手掩著嘴，小聲說：「當然看見了，他還問妳去哪了呢，我說廁所。」

姜迎鬆了口氣，拍拍她的肩道：「好姐妹，改天請妳喝飲料。」

周晴晴抽了張衛生紙按在她臉上：「奶油擦擦，去哪吃好東西了？」

姜迎笑了笑沒回答，攥著衛生紙回到自己座位，危機解除，她傳訊息跟雲峴報平安。

落日橙：『我到公司啦！』

見山：『妳老闆沒罵妳吧？』

落日橙：『同事謊稱我去廁所了，什麼事都沒！』

見山：『同事人不錯。』

落日橙：『嗯嗯，為了報恩我請她喝下午茶了。』

見山：『那我呢？』

姜迎咬著指甲，試探著傳了一句。

落日橙：『那改天我也請你吃飯？』

見山：『不用，我開玩笑的。』

見山：『專心上班吧，別又被抓到在摸魚。』

姜迎撅高嘴，別不用啊，可以請的，這麼客氣幹什麼呢。

既然人家讓她專心上班，姜迎也不好再多說什麼，正當她打開文件開始審閱，前檯的同事喊她，說有她的快遞。

姜迎想不起自己有什麼東西寄到公司，疑惑著走了過去。

前檯小吳看見她，把東西遞了過來，笑著說：「姜迎姐，好漂亮的花呀！男朋友送的？」

面對懷裡的一大捧玫瑰，姜迎傻眼了，她眨眨眼睛，看見花上夾了卡片，趕緊拿起打開。

週五晚上一起吃飯吧——符晨。

P.S：拉黑可是個不禮貌的行為。

第三杯咖啡

澳白咖啡

匆匆掃完兩行字，姜迎氣得想翻白眼，低聲罵了句「神經病」，捧著花回去不是，扔了也不是。

這難處理的花最後只能被寄存在前檯，走之前姜迎不放心，湊近小吳小聲叮囑：「別說出去哦。」

小吳心領神會地點了點頭，只當她是為人低調不想張揚。

回到辦公桌前，姜迎喝了口咖啡，讓自己的心緒重新平靜下來。

她把符晨從黑名單裡放了出來，傳了一句『好，週五晚上不見不散』。

對方回得很快，姜迎卻沒再理他，專心做著手邊的事。

大概是她的回應給符晨打了一針雞血，這幾天裡訊息不斷，早中午日常問候，時不時就一句：『妳在幹什麼？』

姜迎偶爾回個『哦』終結聊天，絕對不多說，符晨太能扯了，一個人自言自語也能霸占螢幕。

週五，等六點下班鐘響起，同事們陸續起身離開。

姜迎拎了包，沒立即下樓，先去洗手間幫自己補妝。

平時上班她都化淡妝，但今天不一樣，眼妝精心鋪色，睫毛夾得根根分明，眼線拖長上挑，正紅色唇釉，腮紅也打得比平時重了一些。

她的五官清秀，屬於淡顏系，鮮少會化這麼明豔的妝容。

一個精緻的略帶攻擊性的妝讓姜迎增添了不少底氣，收拾了化妝品，她把連身裙腰間的繫帶重新綁了蝴蝶結，散了馬尾抖抖頭髮，將髮圈箍在手腕。

在鏡子面前反覆檢查，確定全身沒有不順眼的地方，姜迎才深呼吸一口氣走了出去。

符晨說要來接她，被她拒絕了。上車之後根據他傳來的地址設定了導航，姜迎打轉方向盤前往目的地。

晚餐在一家新開的西餐廳，也許是那一大捧玫瑰花讓符晨確定物質是攻略姜迎的關鍵，而他最不缺的就是錢。

姜迎不喜歡繁瑣又講究的西餐，覺得這樣拘謹安靜的環境讓人渾身彆扭。她站在門口，理了理頭髮，跟著服務生的指引到了符晨訂的桌位旁。

「來啦？」符晨抬眸看見她，嘴角勾起一抹笑。

在他要過來盡紳士禮儀的時候，姜迎不解風情地自己拉開椅子坐了上去。

符晨只能收回手，笑了笑，對她說：「妳變得挺多。」

姜迎攤開餐巾疊在腿上，問他：「哦？那我以前什麼樣？」

這問題太犀利了，符晨無法回答，說是敘舊，但他心裡清楚，想要今晚能聊下去，以前的事最好一個字也別提。

他不動聲色地把話題扯到別處去，問了姜迎的近況。

姜迎有問必答，沒再擺臉色。

她看著眼前西裝革履、舉止得體周到的男人，真是感慨。

生意場上打拼幾年讓他變得圓滑，再也看不到從前那個囂張跋扈的紈絝子弟的痕跡。

一些無關緊要的話題過後，菜品陸續上桌。

猩紅液體倒入玻璃杯，姜迎舉起杯子淺淺抿了一小口，並不澀嘴，甘甜順滑，她忍不住又多喝一口。

符晨意味深長地盯著她看，說：「姜迎，這幾年我總是會想起妳。」

姜迎放下酒杯，勾起嘴角問：「為什麼？」

「我本來也想不明白，但那天看見妳的時候，我好像知道原因了，妳對我來說很特別。」

姜迎安靜地聽他說話，嘴角始終保持若有似無的笑意：「特別？其實我也對你記憶挺深刻的。」

符晨滿意地笑了笑：「是嗎？」

姜迎拿起刀叉切著盤子裡的肋眼牛排，輕笑一聲後開口說：「實在難忘啊，沒有證據就咬定流言是我傳的、孤立我排擠我、把我關在器材室害我上課遲到、運動會自作主張幫我報名了八百公尺，還有什麼？」

一件一件事羅列出來，符晨的臉色沉了下去，摸著脖子尷尬道：「這些事就不用再提了。」

姜迎誇張地「哦」了一聲：「還有把只印了單面的試卷發到我桌上，害我作業沒做完，在體育館用籃球砸我，應該也是你故意的吧？我聽到你和那群男生在笑我。」

符晨咳嗽一聲：「欸，姜迎，現在說這些就沒意思了啊。」

姜迎放平嘴角，冷冷地看著面前的人：「我以前忍氣吞聲，是覺得多一事不如少一事，等你覺得沒意思了就行了。當然，也是我沒本事敢跟你對著幹。過去的事情是沒必要再提，我也早把你忘了，但你現在又非要來噁心我。」

手中的刀尖劃過瓷盤，發出高頻刺耳的聲音，讓人嫌惡地皺起眉頭：「現在呢，我不怕惹事了，我們就新帳舊帳一起算，好好掰扯掰扯。」

姜迎的態度在符晨的預料之外，他扯了扯領帶，冷笑一聲，饒有興致道：「姜迎，妳什麼樣我難道還不知道？」

姜迎平靜地看著他，想起自己以前懦弱不敢吭聲的樣子，認同地點了點頭：「確實，我以前是個膽小鬼。」

嘎吱一聲，椅子滑動，姜迎越過桌子走到符晨面前。

清脆的一巴掌打在臉上，果斷而用力，符晨瞬間大腦空白，瞪大眼睛看著姜迎說不出話來。

這一下動靜驚動餐廳裡的其他客人紛紛看過來。

姜迎的手心泛起密密麻麻的刺痛，她盡力克制住聲音裡的顫抖，問符晨：「那你看看我現在呢？」

「媽的。」符晨的戾氣一下子被點燃，凶狠地瞪著她，猛地站起來揚手。

姜迎下意識抬起手臂想擋住臉，卻突地被人扯了一把跌進懷裡。

她的胯骨撞到桌角，刀柄掉落在地上，叮噹響了兩聲，姜迎喘了口氣，抬起頭來。

四目相對，雲峴皺著眉，同樣呼吸急促，第一次見他這麼慌張的樣子。

眼前這張熟悉的臉讓姜迎的怒氣值瞬間清零，張著嘴不知道該說什麼，他怎麼會在這，看到了什麼，看到了多少，又會怎麼想她。

雲峴握住姜迎的手臂，把她帶到身後，肅著聲音問符晨：「想幹嘛？」

符晨看了看四周的看客，不少人舉起手機竊竊私語，他這人好面子，臉漲得通紅，指著姜迎，留下一句「這巴掌就當我欠妳的，我們兩清了，以後別再讓我看見妳」，便快步離開。

他身後，姜迎忍不住張牙舞爪追著喊：「兩清個屁，你欠我的多著呢！」

察覺到有人舉著手機拍攝，雲峴抓住姜迎揮舞的手，有意遮住她的臉，拿起桌上的背包帶著她走出店門。

夜晚七點，正是熱鬧的時候，大街上人來人往，城市燈光閃爍。

微涼夜風一吹，姜迎晃了晃腦袋，沉沉呼出一口氣，衝動的情緒慢慢消退了。

「你怎麼在這裡啊？」她問雲峴。

雲峴回：「和朋友吃飯。」

姜迎撓撓頭髮：「你都，看到了？」

「嗯。」

姜迎挑了一處臺階坐下，用手捂著臉，發出懊惱的一聲嘆息。

雲峴走過去，坐在她身邊：「現在知道丟人了？」

姜迎抱著膝蓋小聲說：「沒，我沒想到你會在那裡。」

「我也沒想到妳會這麼……」雲峴頓住，沒繼續說下去。

姜迎替他補完：「這麼猛這麼勇是吧？」

雲峴笑了笑，算作默認。

姜迎偏過腦袋，咬著下唇看向雲峴。

雲峴問：「怎麼了？」

姜迎誠實回答：「我在猶豫。」

「猶豫什麼？」

為了留下好印象，她在雲峴面前其實一直是壓著性子的，不過今晚這麼轟轟烈烈地幹了一場都被人看見了，她現在有點想破罐子破摔。

「算了，反正都這樣了。」姜迎打開自己的包，拿出菸盒和打火機，熟練地抽出一根點燃，夾在指間開始吞吐。

隨著煙霧繚繞在空氣裡的是一陣清甜的果香。

她抖了抖菸灰，看著街道問雲峴：「是不是對我很失望？」

雲峴只問她：「為什麼失望？」

姜迎伸出手指列舉自己的罪狀：「抽菸、說髒話，還打架。」

雲峴說：「就是有點想不到。」

姜迎點點頭，他這是在委婉地表達他的失望。

她知道雲峴想問，所幸自己說了，這時心頭煩亂，確實想找個人傾訴：「那個，是我高中同學，我爸是他爸的下屬。上學的時候，有人傳了一個流言，說他進我們學校是他爸花錢的，他還做過不少壞事，都是他爸拿錢擺平的。後來不知道怎麼的，他一口咬定是我說出去的。老實說，雖然我對他的種種事蹟略有耳聞，但我沒這麼無聊。不過這也不重要了，他咬定是我，那我怎麼辯駁也沒用。然後我就成了眾矢之的，被同學排擠孤立。他那點腦細胞，每天全用來想要怎麼折磨我了。」

曾經漫長的噩夢如今三言兩語就能說完，姜迎輕輕嘆了一聲：「本來是陳年往事，這弱智不知道最近發什麼瘋，和他的狐朋狗友打了個賭，說一個月就能追到我。我今天來就是想和他說清楚，以後別再來煩我，剛剛脾氣一上來沒忍住，就……」

姜迎懊悔地嘀咕：「早知道你在，我肯定不會這麼衝動。」

雲峴沉默著聽完，並沒有對她的舉動作出評價，只是告訴她：「女孩子一個人在外面，還是儘量不要和人起正面衝突。」

姜迎老實認錯：「知道了，我以後絕對……」

原本要說的話戛然而止，因為雲峴突然抓住她的右手，撥開她的掌心。

男人的溫度和聲音都是溫溫和和的，「妳打他，疼的也是妳自己。」

菸叼在嘴邊，姜迎垂眸看著自己通紅的手掌，現在還有火辣的痛意。

雲峴拎高她的手，輕輕吹氣。

大概是這人長得實在太正經太謙謙公子，這樣的舉動並不狎暱也不輕浮。

他怎麼能這麼好，姜迎的腦袋裡只剩下這句話。

風一吹，菸灰飄到手臂上，姜迎被燙得一縮，才如夢初醒般回過神，抽走自己的手，偏過腦袋想要藏起自己緋紅的雙頰：「那個，你能不能忘了今天的事情啊？」

雲峴失笑：「知道了，我刪除記憶。」

姜迎試圖挽回自己的形象：「這雖然可能是真實的我，但絕對不是全部的我。」

雲峴笑著沒說話。

眼前的女孩紅裙妖冶如滴血的玫瑰，指間夾著一點星火，面容淹沒在煙霧繚繞裡。她今天格外的漂亮。

雲峴說不清自己心裡的想法，有意外，有無措，有擔心，以及他可以肯定的，眼前這一幕將會被他永遠刻在腦海裡。

就像是朱茵的紫霞仙子眨眼，林青霞的東方不敗飲酒，成為類似電影的經典鏡頭，讓人想來就心緒起伏的畫面。

旁邊是一條步行街，兩邊全是琳琅滿目的攤販，空氣中飄散著各路小吃的香味。

姜迎晚上沒吃什麼，這時聞到香味突然覺得肚子餓了。

雲峴順著她的目光看去，放眼十里熱鬧非凡，比天上繁星更明亮的是城市燈火，於是他提議道：「我們去逛逛吧。」

姜迎應好，站起身拍拍衣服，她走出去幾步，發現雲峴沒跟上來，便回頭看去：「怎麼了？」

雲峴搖了搖頭，跟上她的腳步：「就覺得有什麼事忘了，算了，走吧。」

西餐廳內。

李至誠狂敲鍵盤。

『人呢？』

『人呢？』

『我上個廁所回來你去哪了？』

『喂？雲峴？』

『摩西摩西，你被外星人綁架了嗎？』

步行街人聲鼎沸，路燈亮著橘黃色光芒，小販們的吆喝聲此起彼伏，狹窄的道路擠滿了行人。

雲峴和姜迎並肩前行，步伐不疾不徐，權當散步。

看路邊有人賣關東煮，姜迎買了一杯，鮮嫩的魚丸澆上番茄醬，比剛剛那盤沙拉美味多了。

她饜足地嚼著甜不辣和北極翅，心情指數一點一點上升回及格。

走了沒幾步，姜迎察覺到異樣，低頭看了一眼。

「雲峴。」她喊住他，「等一下，我鞋帶鬆了。」

聞言雲峴垂眸，視線跟著看過去。

姜迎今天穿了一件到膝蓋的法式連身裙，領口偏低，露出鎖骨的線條，棕色微捲的長髮披散在肩背，腳上是一雙白色帆布鞋。

平時她是清冷的池中白月，今天卻明豔得像在春日成熟的櫻桃果實。

姜迎的五官不算出眾，江南多美人，她僅僅是耐看的長相。

但雲峴愣愣地藉著月色看了她許久。

直到姜迎要把手裡的紙杯遞給他，雲峴才恍然回神。

「妳穿著裙子，不方便，我來吧。」說著他就單膝跪了下去，男人的手指修長，靈活地打了一個漂亮的蝴蝶結。

意識到男人在做什麼，姜迎的四肢僵住，只覺身體裡炸開了一簇煙花，火星四處飛舞，心怦怦，連帶著呼吸也錯亂了頻率。

即使心裡知道對方只是出於紳士風度，但姜迎還是不爭氣地淪陷了。

她看著白色帆布鞋上的蝴蝶結發呆，心裡亂糟糟的。

幾分鐘前她才剛說服自己，這個人和妳沒機會了，和他做朋友就好。

但是這一刻，因他而掀起的怦然心動卻無法控制。

雲峴見她一直沒跟上來，停下腳步轉身：「姜迎？走了。」

姜迎咬著下唇，沒出聲，只是默默邁步走到他身邊。

步行街很長，街頭街尾卻是兩種光景，他們快走到盡頭，周遭漸漸安靜下來。

晚風吹亂頭髮，姜迎將拂在臉上的一縷夾到耳後。

「雲老闆。」她叫了雲峴一聲。

雲峴停下腳步看向她：「怎麼了？」

姜迎說：「忘了和你說謝謝了。」

雲峴點點頭：「嗯，不客氣。」

姜迎又說：「還有抱歉，不好意思啊，給你添麻煩了。」

雲峴回：「沒有的事。」

姜迎還想說什麼，卻見雲峴駐足在一個賣首飾的小攤前。

老闆是個年輕女生，正坐在椅子上打遊戲。

聽到動靜，她飛快地抬頭掃了他們一眼，和隊友急急說了句：「我客人來了，先掛下機啊。」

姜迎朝她笑了笑，體諒道：「妳繼續玩吧，我們自己看看就行。」

「好嘞好嘞，不好意思啊。」女生又風風火火地撿起手機殺回峽谷。

見雲峴俯著身子認真挑選，姜迎問他：「你要買啊？」

「嗯。」他點點頭，拿起一對給姜迎看，「這個怎麼樣？」

雲峴挑了一對櫻桃樣式的耳環，金色的葉柄，圓潤的果實鮮紅晶瑩。

姜迎評價道：「挺漂亮的。」

老闆娘邊操作著人物邊問他：「帥哥要拿一對嗎？都是純手工製作的，一個款式只有這麼一副。」

「嗯，就要這對。」雲峴爽快掃碼付了錢。

老闆娘指了指一旁的禮物盒：「要幫你打包起來嗎？」

雲峴搖頭：「不用。」

他握著那對耳環，轉過身對姜迎說：「戴上試試？」

姜迎這才反應過來，指著自己一臉不可思議：「這是買給我的？」

「不然呢？」雲峴把耳環遞給姜迎，「戴上看看。」

姜迎有些愣怔地接過耳環，俯低身子湊在鏡子前，不知道是不是因為光線太暗，她怎麼戴都戴不上。

「嘶——」針尖刮到肉，姜迎輕呼了一聲。

「我來吧。」雲峴接過她手裡的耳墜，抬手用拇指和食指輕輕揉了揉被戳紅的耳垂肉。

藉著一盞照明燈，雲峴找到耳洞，他的動作生疏笨拙，但十分小心。

他俯身靠近的時候，姜迎屏住了呼吸，移開視線偏頭看地上的影子。

——親密地貼合在一起，像在擁吻。

老闆娘抬頭看了他們一眼，笑咪咪地說：「妳男朋友眼光太好了，好配妳今天的裙子。」

有了經驗，另一邊他戴得很快，雲峴直起身子，退後半步，滿意評價道：「不錯，挺適合妳。」

耳垂上多了一點重量，姜迎咽了咽口水，連耳朵尖都泛起淡紅色。

老闆娘擊殺了一名敵方，霸氣的女聲宣布：「You have slain an enemy.」

姜迎只覺得她也在瘋狂掉血，即將被對方收割人頭。

「為什麼買這個給我？」她問。

雲峴答：「覺得適合妳，不是什麼貴重東西，就當戴著玩玩。」

頓了頓，他又道：「姜迎，今天晚上的事情，妳只要從這條街開始記憶。」

晚風吹拂，姜迎摸了摸耳墜，天地廣闊，她的世界裡好像只有眼前這個男人，再也看不到其他。

他們並肩回到餐廳，姜迎喝了酒無法開車，叫了代駕，上車前雲峴叮囑她到家報個平安。

姜迎平靜地揮手和他道別，平靜地回到家，平靜地傳訊息給雲峴說到家了，平靜地準備卸妝洗漱。

卻在摘下耳墜的那一刻，再也控制不住表情，嘴角瘋狂上揚。

雀躍在心尖的躁動讓姜迎急需一個人分享此刻的心情。

沈暄剛接起電話，就聽到一連串的『啊啊啊啊啊』。

「妳他媽啊什麼呢，我要聾了！」沈暄邊揉耳朵邊控訴。

姜迎語調激昂道：『沈暄，春天到了！』

電話那頭沉默幾秒，問：「妳是不是喝酒了？」

『喝了一點，但還好，沒醉。』姜迎抬手摸了摸滾燙的臉頰。

「那妳裝什麼喜鵲給我報春？」

『不是，我是說，』姜迎發出一陣呵呵的傻笑聲，『我的春天到了。』

沈暄立刻會意：「喲，有情況了？誰啊？」

姜迎翻了個身：『就是我和妳說過的，樓下咖啡店老闆。』

沈暄催促她：「快仔細說說！他都幹什麼了？」

姜迎抓著手機，正欲開口卻又止住，她今天和符晨起衝突的事情還是不能說。

想了一下，她直接跳過前面的情節，從長街開始回憶。

姜迎一邊分享，一邊在腦海裡快速回憶那些畫面，悸動又浮上心頭，她咧著嘴，顴骨升天：『我今晚好幾次都想停下來掐自己人中，真的要暈過去了。』

沈暄磕著瓜子，忍不住感嘆：「這也太甜了吧！」

『我本來已經打算放棄了，都在他面前澈底暴露本性了。』姜迎的聲音低下去。

『但是沈暄，我真的好喜歡他哦。』

春天到了，山櫻盛開，沉寂了一個冬天的昆蟲王族捲土重來，社區裡的貓兒不分晝夜懶懶地叫喚。

曖昧和悸動在這個季節瘋狂生長。

與她的柔腸百轉不同，手機裡沈暄直爽道：「喜歡就去追唄。」

『可是我……』

不敢啊。

她正想讓閨密出出招，就聽對方黏黏膩膩說道：「我老公回來了，不說了哦。祝妳和妳的湘琴早日一吻定情。」

姜迎還沒來得及再說什麼，對方已經掛了電話。

「無語。」她翻了個白眼，憤憤然在心裡記了這已婚女人一筆。

姜迎的生日在植樹節，又姓姜，所以得了個「姜植樹」的花名。

湘琴？

和雲峴的形象也太違和了。

姜迎打開ＡＰＰ，找出雲峴的聊天室，點開設定，幫他改了一個新備註。

改完自己又反覆欣賞，蘋果肌笑到痠痛。

記憶不能清除，也無法消失。

但以後回想起這一晚，她不會記得餐廳裡和符晨的那一幕鬧劇。

她只會記得熱鬧長街和櫻桃耳墜。

雲峴站在餐廳門口的時候，終於想起他忘記了什麼。在通知列表裡找到訊息，匆匆掃了一眼，全是李至誠傳來的，趕緊撥了個電話過去。

『喂。』

『綁匪嗎？撕票吧，我不贖人。』

雲峴的聲音透著笑意：「你還在餐廳嗎？」

李至誠反問：『你還在地球嗎？』

雲峴自知有錯，誠懇道歉：「我突然有點事先走了，忘記和你說一聲，不好意思啊。」

『滾吧，臭男人。』李至誠罵完，又小聲問道：『你在哪裡，要不要我去接你？』

雲峴笑起來：「不用了，我自己回去。」

回到家，李至誠正坐在客廳打遊戲，雲峴從冰箱裡拿了兩瓶啤酒，扔給他一瓶。

李至誠操控著搖桿，問他：「突然出了什麼事啊？」

雲峴拉開拉環，喝了口冰啤酒，面不改色扯謊：「蘇丞請了個假，我去店裡打烊。」

「這你都能忘了和我說？」李至誠拿起個抱枕就朝雲峴砸。

雲峴穩穩接住：「年紀大了，記性不好。」

李至誠哼了一聲，說道：「不過你今天錯過好戲了，我後來聽說餐廳裡有一男一女打起來了。」

雲峴心不在焉地「嗯」了一聲，靠在沙發上回姜迎的訊息。

落日橙：『我到家啦。』

見山：『嗯，早點休息。』

李至誠說：「好像還是男的被揍，狠狠挨了一巴掌，嘖嘖，大概是出軌被抓。活著不好嗎，惹什麼女人。」

雲峴腦子裡閃過餐廳裡的那一幕，姜迎落掌的時候沒有一絲猶豫，快、準、狠。

他拍了拍李至誠的肩，語重心長叮囑道：「以後對你員工好一點。」

週末，晴空萬里，暖風吹過窗邊的藤蘿。

姜迎抱著筆電推開雲邊的玻璃門，一進門就看見雲峴抱著手臂站在一面白牆前，一動也不動，彷彿在面壁思過。

她走到櫃檯，小聲問趙新柔：「他怎麼了？」

趙新柔解釋道：「昨天店裡有幾個小朋友調皮，往牆上踩了幾腳，老闆在盯著那腳印看呢。」

姜迎不解：「腳印有什麼好看的？」

趙新柔聳了聳肩：「誰知道呢。」

人似乎總愛跟自己過不去，越看不順眼的東西就越管不住自己的眼睛想往那裡瞟。

雲峴今日路過那面牆四五次，明知道白牆上的腳印會讓他心裡不舒服，像被人捏皺，再也鋪不平的白紙，視線卻還是不由自主地跟過去。

每看一次，他就會皺著眉嘆聲氣。

姜迎實在看不下去了，問他：「要不要拿顏料覆蓋掉？」

雲峴搖搖頭：「還是會髒。」

姜迎看向白牆，遠看那小小的腳印其實根本不顯眼，於是她意識到什麼，含笑問：「雲峴，你是處女座的吧？」

雲峴：「……」

沉默代替回答，姜迎滿臉寫著「我就知道」。

她打量那面牆一眼，位於樓梯口，上面掛著一排裝飾相框。常有小朋友在樓梯跑上跑下，所以那面牆格外容易髒。

姜迎提議道：「要不要試試牆繪？那面牆還挺適合的。」

雲峴的目光從牆移到她身上，認可地點頭：「可以啊，好想法。」

「畫個夜景吧。」姜迎坐在高腳凳上，伸出手比量，「這裡畫夜空，月亮在右邊，這裡畫咖啡館的輪廓，旁邊一顆大樹。你覺得呢？」

雲峴看著白牆，在腦海中想像姜迎所說的畫面：「好，我現在就來找人。」

看他要拿出手機，姜迎制止住，拍了拍自己的胸脯，驕傲道：「不用麻煩，有我啊，我可是專業的。」

她從椅子上起身，走到那面牆前：「我大學的時候畫過學校的牆繪，不難，幾個小時就能搞定。」

雲峴也沒客氣，問她：「那妳什麼時候能幫我畫？」

「就今天吧，正好明天週末我不上班。」姜迎偏頭看向雲峴，話裡帶著笑意，「也怕再不快點，我們處女座雲老闆就要抓狂了。」

當天晚上雲邊咖啡館打烊後，雲峴和姜迎留下來開了個夜工。

姜迎先定好草稿，大片的鋪色雲峴來，姜迎負責勾勒細節。

即使穿著灰色圍裙，沒多久身上和衣服上還是沾到了顏料。

姜迎邊捧著調色盤畫畫邊不忘調侃雲峴：「你身上也髒了，能忍嗎？」

雲峴無奈地看了她一眼，語氣嚴肅的為自己辯解：「我沒有潔癖，也沒有強迫症，我只是不喜歡看到白色東西上的汙點而已。」

姜迎趕緊哄著他：「好好好，我知道了，我懂我懂。」

他們專注在繪畫上，等進度快過半，雲峴起身，甩了甩有些痠的手臂，問姜迎：「渴不渴？」

剛剛不覺得，這時問起來姜迎才發覺喉嚨乾澀：「拿杯水給我吧。」

雲峴回櫃檯，倒了杯水，拿了根吸管插著，走到姜迎身邊遞給她。

姜迎兩隻手都拿著東西，低頭湊過去，咬著吸管一口氣喝了半杯水。

看她豪飲的樣子，雲峴笑了笑：「要是累了今天就畫到這裡吧。」

姜迎擺擺手：「馬上就結束了，我不累，半成品放在這也不好看。」

一直在工作，姜迎出了汗，覺得有些悶熱，長髮被汗沾濕黏膩在脖子上，很不舒服。

畫完咖啡館的輪廓，她從伸縮梯上下來，放下手中的調色盤和畫筆，取下手腕上的髮圈隨意地綁了個馬尾。

姜迎今天穿著一件方領的白色上衣，長髮被握成一簇束起，露出她流暢的肩頸線條。

雲峴看見她左肩的刺青——好像是一顆星球和紅色玫瑰。

姜迎喝著水，站遠打量自己的作品，問雲峴：「這就是大概的樣子了，還差點細節，你覺得怎麼樣？」

原本單調的白牆變得色彩斑斕，墨色夜空懸一輪明月，星星散落四周，咖啡館亮著暖黃色燈光，樹下站著一個男人。

雲峴指了指那個男人的背影：「他身邊再畫個人吧，看起來好孤獨。」

姜迎點了點頭：「好。」

夜深了，等姜迎畫完最後一筆的時候，窗外月光皎皎，萬籟俱寂。

她伸了個懶腰，長長舒了口氣：「畫完啦！」

雲峴把水拿給她喝：「辛苦了。」

姜迎揉著痠痛的肩膀，在雲峴的笑裡消退了滿身疲憊，再辛苦都是值得的。

他們並肩站著，和牆上的一雙人影重合。

「現在就不孤獨了吧。」

「嗯，不孤獨了。」

雲峴送完姜迎回到家的時候，已經快夜裡兩點多了。他簡單洗漱完，從冰箱裡拿了兩瓶啤酒推開李至誠的房門。

鍵盤和滑鼠發出劈里啪啦的響聲，李至誠戴著耳機，盤著腿坐在椅子上，正全神貫注在遊戲裡。

雲峴在床沿坐下，把一瓶啤酒放在他手邊，問：「什麼時候打完？」

李至誠雙手忙著，掀眼看他一眼，又快速回到螢幕上：「等等啊等等——靠啊，不是讓你等等，你給我上啊！」

雲峴有時候特別羨慕這傻子，他半夜不睡覺只可能是在打遊戲或看球賽，玩累了看睏了就倒頭睡下，一覺到天亮，睡眠品質好得出奇。

李至誠情緒激動地與遊戲裡的隊友交流：「媽的，你能不能注意點啊大哥？老子來玩槍又不給你當奶媽，我這十幾分鐘別的沒幹全用來扶你了。」

雲峴皺眉，露出嫌棄的表情：「你今天火氣這麼大幹什麼？周以又怎麼了？」

他不提還好，一提李至誠又煩了，又叭叭叭地胡亂罵了一通。

李至誠的純粹發洩式戰鬥很快結束，他摘下耳機，疲憊地嘆了口氣，拿起桌上的啤酒拉開拉環灌了一口，問雲峴：「大半夜的什麼事啊？」

雲峴小口抿著酒：「我媽又打電話給我了，讓我回去。」

李至誠從電腦旁的零食盒子裡找出兩包牛肉乾，扔給雲峴一包：「那你怎麼想的？」

雲峴說：「我當然不願意了，但凡能多忍一天，也不至於剛升職就辭職。」

李至誠嚼著牛肉乾，點了點頭：「嗯，是，放著這麼好的工作不要，我是你媽我也罵你。」

雲峴白他一眼，繼續說下去：「我以前覺得我來溪城是為了逃避，等有一天我厭煩了這裡就走了。但是這兩天……我突然想留在這裡也挺好的。」

「遇見喜歡的人了？」

雲峴抬眸看向李至誠，表情複雜。

「我猜對了？」

雲峴沉默以對。

李至誠的一針見血讓雲峴傻了，大概是認識的時間太久了，李至誠總是被他喊作傻子，他忘了面前這個人聰明又敏銳，並且最瞭解自己。

無論是身邊的好友還是以前的老師，都說雲峴比李至誠穩重很多，但其實雲峴心裡明白，反倒是李至誠比他成熟，比他更通人情世故。

他這兩天心裡亂著，各種事情堵在一起找不到出口發洩，才大晚上來找好友聊聊。

「差不多吧。但你知道的，說好聽點，我來溪城是想換種生活方式，但其實我就是來治病的。我自己的人生都還沒過明白，這種時候去談這些，不適合。」

「那哪種時候適合？」李至誠看著雲峴，嘖嘆著搖了搖頭，「你把這事想得太複雜了。難道只有那些功成名就生活如意的人才談情說愛嗎？可遇不可求你懂嗎，人海茫茫裡挑出一個順眼的本就不容易了，你顧慮總是這麼多，小心錯過良人。」

李至誠正經完，又湊近雲峴露出不懷好意的笑容，八卦道：「那女生漂不漂亮？哪家的啊？你喜歡人家什麼啊？」

雲峴往後躲了躲，移開視線，抬起酒瓶喝了一口。

李至誠興致來了，喋喋不休道：「我說實在的，你要是真的想把人生過個明白，就得談場戀愛。你知道嗎？在一個女人身上你能學到的東西無窮無盡……」

雲峴揉揉眉骨，覺得頭疼，起身道：「走了，你早點睡。」

「欸，等等。」李至誠叫住他，「我話還沒說完呢。」

雲峴沒理他，揮了揮手，邁步回房。

回到自己房間，雲峴躺上床，揉了揉酸澀的眼睛卻生不出睏意。

厚重的黑色窗簾阻擋所有光亮，屋子裡一片漆黑。

深夜的寂靜在某種程度上能給他一種安撫，他討厭失眠，卻又矛盾的喜歡凌晨時分。

雲峴閉上眼，打開歌單，從淅淅瀝瀝的雨聲到海浪怕打礁石。

腦袋裡回想起剛剛李至誠說的話，心裡又變得煩躁。

他睜開眼睛，摸到手機解鎖螢幕，無聊地翻著動態，看到姜迎分享了自家陽臺種植的月季花，他停下滑動的手指點了個讚。

往下翻翻沒什麼有趣內容，雲峴剛想退出，卻發現一分鐘前姜迎傳來了訊息。

落日橙：『還沒睡？』

見山：『嗯，有點失眠，睡不著。』

剛傳完這行字頁面上就跳出語音通話。

雲峴點擊接受，把手機放在耳邊。

『我讀英語吧。』姜迎說：『我讀英語特別催眠，上學時每次早自習讀英語都能把我隔壁桌讀睏，也算個超能力吧。』

她的聲音貼著耳邊響起，雲峴笑了笑：「行啊，妳讀。」

姜迎那裡發出窸窣聲，好像是起身在找什麼，她問：『你想聽什麼？』

雲峴想起她左肩的刺青，說：「《小王子》吧，有嗎？」

『有。』姜迎打開藍色封面的書，頁面摩挲發出輕微響聲，模仿助眠影片裡的主播，用近乎耳語的聲音說：『你現在躺好，換個舒服的姿勢，閉上眼睛，把手機放在耳邊。』

雲峴聽話地照做，懶懶地「嗯」了一聲。

姜迎放輕了聲音，語速平緩道：『Once when I was six years old I saw a magnificent picture in a book,called True Stories from Nature,about the primeval forest.It was a picture of a boa constrictor in the act of swallowing an animal……』

是標準的美國腔，雲峴在她平和溫柔的聲音裡放鬆了神經。

也許是真的累了，也許是難得不想著其他煩心事，也許是姜迎的超能力生效了，雲峴生出睏意，意識逐漸空白。

『雲峴？』

他好像聽見有人在叫他，迷迷糊糊地「嗯」了一聲。

電話那頭，姜迎輕輕道了句『晚安』。

雲峴不記得自己的晚安有沒有說出口。

難得一夜好眠沒有中途驚醒，等到再次睜開眼，雲峴拿起掉落在枕邊的手機起身下床，先拉開了窗簾。

陽光灑進來，他瞇起眼睛適應光亮。

人間四月天，樓下的海棠開了，暖陽透過枝葉的縫隙落下斑駁光影，鳥啾啾叫了兩聲。

他鮮少能清醒後如此有精神，心情愉悅地伸了個懶腰。

李至誠說的沒錯，珍貴的東西總是可遇不可求，就像他路過那間廢棄廠房，決定在這裡開一家咖啡館，就像那個初春的雨夜，姜迎推開玻璃門走到他的眼前。

父母從小就告訴他，人要學會權衡利弊，學會選擇和捨棄。

他曾經認真權衡，做出捨棄，可是他們又說——你這是胡鬧，你是不是瘋了？

他沒有胡鬧，也不會後悔。

辭去高薪的工作不是，離開生活三十年的北京不是。

比起曾經的渾噩度日，他現在過得很好。

不用每晚睜著眼睛盯著天花板，厭棄自己的一切和這索然無味的生活。

這一刻雲峴望著窗外的尋常風景，突然覺得心房酸脹，像是春日的新芽破土而出——他從來沒有這麼期待過新的一天來臨。

五月上旬《小世界》就要更新主線劇情，至誠工作室的員工們整日忙碌，還要隨時隨地提防最近脾氣更加古怪莫測的老闆。

連軸轉了近半個月，直到連假來臨姜迎才得以好好休息。

換做以前的小長假，姜迎都是和沈暄滿世界跑，想去哪個城市就去哪個城市。但今年年初沈暄被查出懷孕了，乘風破浪的計畫只能暫時擱置。

在家也挺好，姜迎打算利用勞動節好好彌補缺失的睡眠。

誰成想假期第一天的清早她就被一通電話吵醒。

「喂。」姜迎憑著感覺摸到手機，眼睛還閉著，半夢半醒道：「誰啊？」

『姐！救命啊！』

「姜媛媛？」聽到堂妹的聲音，姜迎瞬間清醒，以為她惹了事，騰地坐起身，「怎麼了啊？」

電話裡姜媛媛和她抱怨道：『我被小模特兒放鴿子了！現在什麼都準備好了，她告訴我她來不了了。』

姜迎一聽又軟了身子倒下，扯過被子裹住自己：「那妳找我幹嘛？」

『姐。』姜媛媛央求地叫了一聲，『妳救救我，來當一天模特兒唄？』

「我？我不行。」姜迎的聲音越來越含糊，像是隨時能再次睡過去。

『妳幫幫我嘛——就拍兩張宣傳圖，很簡單的，幫幫人家啦——』姜媛媛捏著嗓子。

姜迎不為所動：「我要睡覺。」

『睡個屁啊妳妹我屁股著火啦！』姜媛媛軟招使了不管用，就要來硬的了，『姜迎，妳幫不幫我，不幫我我就告訴大伯妳是老菸鬼還經常去酒吧。』

姜迎深吸一口氣：「妳威脅我？」

『救命的呀姐姐，攝影師到了，男模特兒也到了，假期本來就忙我只約了人家今天，妳不來幫我真的要完蛋了。』

電話那頭沉默了，姜媛媛知道她姐要妥協了，趁熱打鐵拿出殺手鐧：『今天的模特兒小哥超帥，妳不來會後悔死。』

姜迎：「……來接我。」

『我愛妳麼麼麼麼麼麼麼！』

姜迎掛了電話，揉了揉頭髮試圖讓自己清醒過來，不情不願地洗漱換完衣服，她剛抹好防曬姜媛媛就風風火火地到了。

車上，姜媛媛先給了她一個熱情的熊抱，待看清她素面朝天的臉，又嫌棄地推開：「妳怎麼妝都沒化？」

姜迎翻了個白眼：「我也得來的及啊。」

眉眼在那，她素顏並不醜，就是差點氣色，加上之前連續加班熬出來的黑眼圈，現在更顯憔悴。

姜媛媛從自己的包裡掏出化妝包，不由分說就往姜迎臉上拍打塗抹。

「幸好今天拍JK，化個淡妝就行。」姜媛媛邊幫姜迎描眉毛邊說。

姜迎睏意未散，閉著眼補覺，以至於她並沒有留意姜媛媛說了什麼，敷衍地「嗯」了一聲。

連假外出遊玩的車輛多，路況差，司機慢慢地往前挪，十分鐘過去了還在同條街上。

姜媛媛等得心焦，姜迎卻恨不得就這麼塞著，她好多睡一下。

等姜媛媛把她叫醒，姜迎已經做完一個短暫的夢，一臉迷糊惺忪。

她想揉眼睛，被姜媛媛阻止：「別把眼妝蹭花了，我包裡有薄荷糖，妳含一顆提提神。」

「哦。」姜迎剝了一顆薄荷糖塞進嘴裡，覺得四周的環境有些眼熟。

她下車，看見姜媛媛從後車廂裡拿出今天拍攝要用到的衣服——白色襯衫、蝴蝶結領結、五顏六色的格子短裙。

姜迎察覺到不妙，睜圓眼睛，指著那堆衣服問：「今天要拍這個？」

「對啊，最近很流行，怎麼樣，是不是特別青春洋溢？」姜媛媛說著晃了晃手裡的裙子，滿臉期待。

姜迎只覺被那花花綠綠晃暈了眼，大腦當機。

姜媛媛的網路商店剛開業時請不起模特兒，會找堂姐姜迎幫忙拍攝。

之前上架的女裝或溫柔或甜美，姜迎都能撐得住。

但女子高中生校服，顯然不在她能招架的範圍之中，再怎麼說也二十好幾了。

突然，薄荷的清涼味直沖天靈蓋，姜迎猛然驚醒，回身望去。

精緻溫馨的小屋，店裡熟悉的裝潢，以及門邊白牆上掛著的logo，藍色雲紋打底，秀氣瀟灑的兩個白色大字——「雲邊」。

第四杯咖啡

冰博客

如果時光倒退到一個小時前，姜迎就算被她爸打斷一條腿，也不會受姜媛媛威脅同意幫這個忙。

自從上次幫雲峴畫完牆繪，她有段時間沒來了。平時在公司圖方便就泡杯即溶咖啡，還挺想念雲邊那臺價值昂貴的咖啡機。

但想念是一回事，在雲峴面前扮純情高中妹又是另一回事。

瘋了，真的要瘋了。

姜迎被姜媛媛拖著不情不願地進去，一路以手掩面，她飛快瞟了櫃檯一眼，只看見趙新柔在忙碌，蘇丞應該在後廚。

沒看見雲峴，姜迎心裡暗自鬆了一口氣。

她扯了扯姜媛媛，做最後的掙扎：「人家還要做生意呢，在這拍不好吧？我們換個地方，去公園怎麼樣？」

「我和老闆溝通過了，人家同意拍攝的，而且早上沒什麼客人。」姜媛媛把裙子和衣服塞姜迎懷裡，把人推進洗手間，「快去換快去換。」

既然逃不掉，索性速戰速決，早點拍完早點溜。

只要不在熟人面前，姜迎這人其實不怕羞，有次和沈暄在海島上，有演員扮成原住民拉她們跳舞她都能大大方方玩起來。

換好衣服，姜迎抻了抻衣領，把領結擺正，推開了洗手間的門。

她飛快進入角色，十分少女地轉了個圈，甩甩頭髮問姜媛媛：「怎麼樣？」

雖然和平時的風格出入很大，但她穿上齊膝的百褶格子裙竟意外適合，年輕姣好，昭昭元氣。

姜媛媛左看看右看看，滿意地點頭：「姐，妳保養得真好，一點都看不出來妳二十五了。」

姜迎的嘴角瞬間放平：「妳還是別說話了。」

和她合拍的男模特兒穿著同色的格子褲和白襯衫，瘦高個子，長相清秀，年齡大約二十出頭，是來兼職賺外快的大學生。

姜媛媛幫姜迎綁了個高馬尾，將蝴蝶結別在她的頭髮上：「姐，等等自信一點，妳要相信妳就是今天全溪城最嫩的女人！」

姜迎皺起眉，低聲警告她：「給我閉嘴。」

攝影師挑了一個光線好的座位，點了兩杯飲料和蛋糕做桌面擺飾。

「等等呢兩位可以有一些互動，不用太親密，有點羞澀的校園戀愛的感覺。」攝影師比劃著為他們耐心講解。

姜迎不時點點頭，視線偶爾落在對面的模特兒上，心裡偷偷感嘆現在的孩子真會長，她上大學時怎麼沒遇見這樣的帥哥呢。

「姜迎姐，原來是妳要拍攝啊！」趙新柔端著餐盤來到他們桌邊，面露驚喜。

姜迎撓撓頭髮，訕訕地笑，指了指姜媛媛說：「這我妹妹，來幫她拍照的。」

趙新柔點點頭，誇讚道：「妳今天好可愛。」

姜迎不好意思地笑了笑：「裝嫩、裝嫩。」

正式開拍，攝影師擺好桌上的裝飾，根據光線調好設備：「兩位低頭……男孩子看女孩子……對視。」

模特兒很有經驗，也很敬業，幾個動作做得十分自然，表情恰到好處。對方的自如讓姜迎漸漸放鬆下來進入狀態。

這一組的場景就是他們面對面坐在咖啡館裡，沒什麼難度。

又幫衣服拍了幾張特寫，姜媛媛讓她去換下一套。

而另一邊的櫃檯，趙新柔把後廚裡的蘇丞喊了出來，兩個人湊在一起跟看戲似的圍觀他們拍攝。

趙新柔擦著杯子，感嘆道：「姜迎姐今天好漂亮好少女哦。」

蘇丞拿了一盤水果邊角料，邊吃邊說：「老闆怎麼偏偏今天不在呢。」

趙新柔停下手裡的動作向蘇丞看去，兩人交換眼神，心領神會。

——「你也看出來他們有問題？」

——「我靠！我以為是我想多了呢！」

嗑CP之心熊熊燃燒。

「我觀察很久了。」趙新柔小聲說：「只要老闆在，姜迎姐就留在店裡，只要他不在，她要麼外帶要麼坐下玩一下手機就走了。」

蘇丞也從記憶裡搜尋蛛絲馬跡：「還有那天下午，老闆放了一塊起司蛋糕在後廚冰箱。有個客人點了，我剛要去拿，他直接說已經賣完了。後來姜迎姐來了我才知道他是幫人家留的。」

一頓情報分享完，兩個人擊掌為盟達成共識——這兩人必有姦情！

趙新柔琢磨了一下，問蘇丞：「你說我要不要告訴老闆姜迎姐在這？」

蘇丞往那看了一眼，好傢夥，都餵上蛋糕了。

「說！換我我肯定忍不了。」

當機立斷，趙新柔拿出手機偷拍了幾張遠處的拍攝現場傳在工作群組裡。

趙新柔：『老闆，姜迎姐在店裡拍照呢，好像是幫她妹妹拍商店的宣傳圖。』

蘇丞：『那男模特兒幫她擦嘴了。』

趙新柔：『好甜啊！姜迎姐笑得好開心！』

蘇丞：『不錯，我看他們挺般配的。』

兩人一唱一和加油添醋轉播戰況，一連傳了幾十則，越說越起勁。

突然，沉默許久的雲峴終於出現。

雲峴：『店裡很閒？沒事幹了？』

群組裡霎時寂靜無聲。

老闆平時太和善，他們都忘記自己的薪水命脈掌握在誰手中。

蘇丞回後廚繼續製作蛋糕，趙新柔拿起杯子仔細擦拭。

一瞬間店裡又回歸平常。

「雲峴？別玩手機了，看著你的竿，我剛剛好像看見它動了。」李至誠翹著二郎腿坐在折疊椅上，一副悠閒的大爺姿態。

雲峴收了手機，確定自己的魚竿，水下並無動靜，他重新坐下，望向湖那頭的遠山。

平靜的心思被攪得一團糟，剛剛還氣定神閒，現在突然變得坐立難安。

今天一大早他就被李至誠拉著來山裡釣魚，到現在已經坐了兩個多小時。

雲峴乾咳了一聲，開口道：「我看差不多了，就到這吧。」

李至誠摘下墨鏡，表示質疑：「你一條我一條，這就夠了？」

「今天店裡忙，我這個老闆遊手好閒說不過去，你不盡興就自己再釣一下。」雲峴起身收杆。

李至誠一個人也懶得在這郊外陶冶情操：「行吧，那今天就到這吧，過兩天去燒烤嗎？」

「再說吧。」

李至誠把魚拎回去，春暖水漲，湖裡的魚正肥美，雖然只有兩條，但個頭都挺大。他在水池邊洗了把手，問雲峴：「留下吃午飯再走吧，釣了一個早上呢，不噹噹？」

「不了，幫我和叔叔、阿姨說一聲，走了。」雲峴揮了揮手，拿了鑰匙上車。

從山莊回城裡要近一個小時，雲峴加快了車速，到雲邊門口時剛好過去四十分鐘。

縷縷燦陽透過雲層，春花招展，麻雀棲於屋簷，年輕人的笑聲融進暖風裡。

姜迎無意間望向窗外，恰好看見男人踏著一地落花而來。

他穿著白色T恤，外面罩了一件襯衫，淺藍色牛仔褲和白色板鞋，很清爽的打扮，好看得讓人移不開眼。

昨夜下過雨，春風吹落一地粉白花瓣，像是為他鋪了一條鮮花簇擁的路。

察覺到什麼，雲峴突然停下腳步向玻璃窗望去。

對視的那一秒，姜迎只覺心神一蕩，春風灌了滿懷。

他微微翹起嘴角，朝她點了點頭，又移開目光重新邁步向前走去。

「姐？姐？」

「啊？」姜迎回過神。

姜媛媛問：「妳看什麼呢？」

「沒什麼。」

門上的鈴鐺響起，姜迎聽到櫃檯的趙新柔說了一句：「老闆回來啦！」

攝影師在為拍攝講解，她卻心不在焉只聽到幾個字。

下一組是外景，模特兒們要站在樹下互動。

「你們怎麼站這麼遠，靠近一點。」攝影師半蹲在地，舉著相機指揮兩位模特兒。

姜媛媛在旁邊看著，問姜迎：「姐，妳是不是害羞啦？」

姜迎提高聲音反問：「我害羞什麼？」

說完她就往帥哥模特兒旁邊跨了一步，兩人肩靠著肩。

攝影師滿意點頭：「很好，就這樣。」

姜迎咽了咽口水，沒來由的感到心虛，她朝雲峴那個方向看了一眼，卻發現對方也在看她，還是隔著那扇玻璃門，一個在屋裡一個在屋外。

她瞬間被釘在原地，四肢僵硬。

帥哥模特兒蹲下身，從地上挑了一朵乾淨完整的花別在姜迎耳後。

攝影師按下快門抓拍到這一幕：「不錯，來，你們兩個面對我，牽一下手。」

姜迎移開目光，總覺得雲峴的視線還落在自己身上，她突然變得綁手綁腳，完全不知道下一步該幹什麼。

太奇怪了，像當著面和別人偷情。

這個想法在腦海裡誕生，姜迎忍不住唾棄自己——偷什麼情！呸呸呸！妳怕什麼！扭扭捏捏什麼！

她繼續幫自己洗腦：今天是勞動節！所謂幹一行愛一行！妳要敬業、敬業！

姜迎心一橫，抬起手牽上模特兒的手。

「好，來，看一下對方，笑一笑。」

快門聲連續響起，像是在提醒她這只是工作。

「好了！辛苦兩位了！」攝影師確認最後一張照片無誤，宣布今天的拍攝結束。

「謝謝大家，辛苦辛苦。」姜媛媛遞上礦泉水。

姜迎打開蓋子灌了一口下去，臉都曬紅了，額頭上也冒了層細汗。

模特兒和攝影師收拾了東西先行離開，姜迎和姜媛媛姐妹倆留下整理衣服和道具。

姜迎換回來時穿的那套衣服，T恤、牛仔褲和帆布鞋，瞬間覺得自在不少。

想來還是要打個招呼，姜迎讓姜媛媛先去車上等著。

「結束了？」雲峴站在操作檯後，正在挽襯衫袖子。

「嗯。」姜迎點點頭。

雲峴笑了笑，揶揄她：「我還不知道妳有這種副業呢。」

「沒有沒有。」姜迎連忙擺擺手，「是被我妹拉來做苦力，不是副業。」

「挺好看的。」雲峴舀了一勺冰塊到塑膠杯裡，倒了半杯牛奶。

姜迎只當他是客套，胡亂接了一句：「哦，你喜歡制服play啊？」

雲峴正用茶筅攪著抹茶，聞言動作一頓，抬起頭不解地看向姜迎。

「我是說……清純可愛的，你喜歡清純可愛的？」

雲峴挑了挑眉，將攪拌好的抹茶倒進杯子裡，深綠與奶白相融，形成一杯清新香甜的抹茶拿鐵。

「我就是覺得妳穿還挺好看的，看起來像還在上學。」蓋好蓋子，雲峴用毛巾擦了擦杯身，拿了一根吸管遞給姜迎，「拿著喝吧，看妳好像渴了。」

姜迎接過那杯飲料，臉頰上的紅加深了一點。

雲峴雙手撐在桌沿，看著店外他們剛剛站過的地方，突然問：「黿頭渚的櫻花是不是很漂亮？」

春日櫻花季，黿頭渚繁花十里，絢爛如天邊雲霞，是享譽全國的好風景，吸引無數遊客。

姜迎點點頭：「是啊，但都五月了，馬上要謝了吧。你想去啊？」

雲峴收回視線，對上姜迎的目光：「嗯，想去。要不然趕個末班車，帶我去看看？」

姜迎沒有理由拒絕。

連假的第二天，姜迎吃了昨天的教訓，為能夠滿足一覺睡到自然醒的小小願望，她把手機設定成靜音模式。

萬萬沒想到，她躲過了電話卻躲不過清晨八點的門鈴聲。

對方按得很有水準，似乎料到她不會立刻就開，很有節奏地間隔一段時間再按一遍，每個間隔時間都正好抓在姜迎「醒過來」和「即將睡去」的時間點上。

被這麼折磨了快五分鐘，姜迎實在賴不下去，瞇著眼跌跌撞撞走到門口：「誰啊？」

「美團外送。」門外響起慵懶的女聲。

姜迎認出聲音的主人，瞬間清醒，帶著驚訝打開門：「妳怎麼來了？」

沈暄對著她笑了笑，拎起地上兩大包東西進屋：「來找妳玩啊。」

姜迎關上門，走到洗手間洗漱，邊擠牙膏邊問沈暄：「搭高鐵來的？」

「老周開車送的，一直送到門口呢。」沈暄把袋子裡的東西取出，都是帶給姜迎的。小楊生煎包、綢紅青團、蛋黃酥、豬扒包和排骨年糕，滿滿兩大袋，不知道的還以為她是申城小吃代購。

姜迎露出幸災樂禍的笑：「你們吵架啦？」

「吵個屁，他現在敢惹我生氣嗎？」沈暄摸了摸微微隆起的小腹，「他今天下午要去羊城出差，家裡沒人我無聊。」

姜迎洗好臉，屁顛屁顛走到茶几邊，東瞧瞧西看看，驚喜地指著生煎包道：「我想吃這個好久了！」

沈暄起身，把盒子裡的生煎包放進微波爐裡叮了兩分鐘，問她：「連假沒約湘琴出去玩？」

姜迎反應了兩秒才意識到她說的是雲峴：「約了去鼋頭渚，不過不是連假，連假人太多，我們打算下個週末去。」

沈暄說：「那時花都謝了吧？」

姜迎不以為意：「難道還真的去看花嗎？」

沈暄領會她話裡的意思，捶了下她的肩：「妳可以啊姜植樹。」

姜迎叼著一個生煎包，向她得意地眨了眨眼。

吃完早飯，沈暄拉著姜迎要去逛街。

她前三個月的時候胎兒情況不太好，一直待在家裡不敢出門，等現在情況穩定了，她閒不住，總想出去走走。

換衣服的時候，姜迎習慣性地拿出白T恤和牛仔褲。

沈暄「嘖」了一聲，問她：「妳就穿這個？」

姜迎看了看手裡的衣服：「怎麼了？又不是出去浪。」

沈暄把她手裡的寬鬆T恤拿走，塞了件紫色一字肩上衣過去：「穿漂亮點，妳總不想輸給寶媽我吧。」

姜迎瞇起眼上下打量她。

沈暄無論在何種時候都是精緻又漂亮的樣子。從前她的髮色隔一段時間就會換一種顏色，從亞麻青到葡萄紫，畫畫的時候會用黑色髮圈隨意地綁個丸子頭。

她一看就是個藝術家，姜迎總是這樣評價沈暄。

現在這位懷有四個月身孕的準媽媽，一頭深棕色中長髮，除了微微隆起的小腹，身材依舊苗條如少女，細肩帶背心外披了件綠色薄針織外套，下半身是一條牛仔短褲，露出一雙筆直纖細的腿。

因為覺得屋裡悶熱，沈暄把衣袖往上捲了捲，布滿手臂內側的刺青若隱若現，不知從手腕一直蔓延到何處。

簡直是辣到不能再辣的妹。

姜迎若有所思地點點頭，朝沈暄敬了個禮：「向您看齊，戒掉粗糙，爭做都市麗人。」

她化妝的時候，沈暄邊躺在床上和老公傳訊息邊說：「別人看我們，都說很多事情是我帶壞妳的。其實我真的冤枉，姜迎，妳比我敢多了。妳就是天天裝得賢良淑德。」

她們兩個人，沈暄眉眼明豔，性格灑脫恣意，美得張揚外露。而與她相反的，姜迎看起來安靜內斂，在人前總是保留著乖乖女的形象。

但其實，就像那天她和雲峴說的那樣，人們看到的也許是真實的她，但絕對不是全部的她。

身在摩登城市，心在四方江湖，說的就是姜迎。

十九歲那一年跟著沈暄學會了抽菸，二十一歲的時候在左肩刺了一顆星球和一朵玫瑰。前一刻在動態吐槽老闆假期還逮著她修改提案，資本主義慘無人道，下一秒又在個人社群上興致勃勃地寫下小作文，記錄她在凌晨三點的海邊偶遇某位不知名歌手，收穫一場沙灘上的月夜限定演唱會。

──『最廉價的場地和最稀少的聽眾，啤酒的麥芽味混著鹹濕海風，我聽著或快或慢的音樂，突然感謝前一晚上腦子抽風，用十分鐘買下機票訂好酒店逃來鷺島的自己。』

姜迎只是個普普通通的女孩子，但她又是活在世俗裡的浪漫主義者，即使成年人的世界總是遍布雞零狗碎，生活工作無聊無趣，她也要往自己那本書上繪出幾筆或許突兀，但色彩斑斕的線條。

姜迎挑了一支眼線筆，湊近鏡子微抬下巴，說：「好想出去旅遊啊，我好久沒出去玩了。」

沈暄摸著肚子，失落道：「我也是呀，但怕是沒有機會了。」

「為什麼沒有機會了？」

「孩子媽是沒有自由的。」

姜迎透過鏡子看沈暄，好像恍惚間透過那層玻璃看見了八年前的她們。

初相識的時候，她們有著相似的孤獨，格格不入地游離在人群之外。

好像就是因為這樣成為朋友的。

姜迎塗好口紅，完成整個妝容，她拿起桌上的香水噴在手腕上——LOEWE的事後清晨，纏綿之時，破曉之後，充滿欲望又溫柔浪漫的氣味。

她微笑著起身，面容明豔如春光：「但妳永遠是沈暄呀，妳的名字不是誰誰誰的妻子也不是誰誰誰的媽。」

這話是沈暄曾經告訴她的。

在每一次她自我懷疑和自卑頹喪的時候，沈暄不會說什麼鼓勵的話，從來只有這一句——「但妳永遠是姜迎」。

所以做自己就好，妳是獨一無二的存在。

現在姜迎把這句話送還給她。

在為人妻為人母的同時，沈暄依然是沈暄，她永遠可以擁有鮮活明亮的自我。

沈暄看著她也笑了，也許是孕期情緒敏感，她吸了吸鼻子，眸光閃動，說：「姜迎，我現在怎麼有種吾家有女初長成的欣慰感呢。」

姜迎朝她嘻嘻一笑：「我們明年去川西旅遊吧，聽說那裡的星空很漂亮。」

沈暄鼓掌歡呼：「好欸！我要看康巴漢子！」

沈暄一共來過溪城兩次，每次來都會去姜迎中學對面那條街上的餛飩店。孕婦口味多變，這一次沈暄沒吃兩口就放下了勺子。

姜迎擔心她，問她有沒有其他想吃的。

沈暄托腮作思索狀：「嗯……我想吃蛋糕。」

「蛋糕？旁邊好像有麵包店，我去買啊。」姜迎說著就要起身。

「欸，等等。」沈暄拉住她，意味深長地笑起來：「我是說，我想吃妳家湘琴店裡的蛋糕。」

姜迎了然她的心思，重新坐下：「妳就在這等著我呢？怪不得讓我今天穿漂亮點。」

沈暄晃著她的手：「走吧走吧，我可期待了呢。到底有多帥啊，被妳說成這樣。」

姜迎想了想，形容道：「這麼說吧，我每次去茶水間倒水，都能聽到我們公司的女生討論他今天穿了什麼，都快成科技園區紅人了。」

沈暄聽罷咂咂嘴，提醒她：「那妳可要抓緊了，別被其他女人捷足先登了。」

「不會。」姜迎搖了搖頭，「據我所知，我們公司樓下那個美女攝影師到現在連聊天好友都沒要到。」

沈暄微微瞇起眼，問：「那妳怎麼要到的？」

姜迎美滋滋地喝了口湯，愜意地笑著答：「他主動給我的呀。」

叮鈴鈴——

「歡迎光臨。」雲峴正忙著手裡的拉花，頭也沒抬直接問：「想喝點什麼？」

姜迎熟練地點餐：「一杯拿鐵，一杯青檸養樂多，再來一塊起司蛋糕。」

聽到熟悉的聲音，雲峴抬起頭，視線先在姜迎身上停了幾秒，然後移向她旁邊的那位女孩子。

「朋友？」他問姜迎。

「嗯。」姜迎挽住旁邊的人，介紹道：「沈暄，住在申城，來找我玩的。」

雲峴微笑著向沈暄點了點頭，莫名覺得對方的眼神不太友好，準確的說是帶著一種直白的審視和考察。

——像是在把關女婿的丈母娘。

想到這個比喻，雲峴微不可見地勾了勾嘴角，嘲笑自己跳躍的思考能力。

開好單子，雲峴把發票遞過去：「找個位子坐吧，稍等。」

姜迎剛要往裡走，沈暄就拉開吧檯的椅子一屁股坐下。

「坐這？」姜迎問。

沈暄點頭：「嗯，就坐這。」

「好吧。」姜迎也跟著坐下，取下挎在肩上的包。

和櫃檯的距離太近，沈暄湊近姜迎壓低聲音說道：「可以啊，一表人才。」

姜迎挑了挑眉，彷彿是誇在自己身上：「我的眼光能錯嗎？」

「多大了？」

「三十。」

「本地人？」

「不，北京的，去年才來溪城。」

「家裡人做什麼的？」

「……妳調查戶口呢？」

「我嫁女兒不得問仔細點。」

姜迎失笑：「我親媽都沒妳操心。」

很快兩杯飲料和蛋糕就被端到她們桌上，姜迎問雲峴：「今天新柔不在啊？」

「嗯，我放了她假，和同學去玩了。」

「哦，這樣啊。」

等雲峴一走，沈暄就揶揄起她：「喲喲喲，對店裡員工那麼熟悉，不愧是要做未來老闆娘的人啊。」

姜迎瞪她一眼，咬牙警告：「別胡說。」

她們坐著聊了一下天，從八卦祕聞扯到家長里短，許久不見倒是有說不完的話。

突然，沈暄一拍桌子，驚呼道：「妳看我這記性，把這件事忘了。」

姜迎被她嚇一跳，問：「什麼事？」

沈暄低頭在包裡翻找：「一個意外之喜，不過不是妳的喜啦。」

姜迎有種不好的預感：「什麼意思？」

「恭喜妳，紅色炸彈。」沈暄從包裡摸出一張請帖遞到姜迎面前，又把自己的話否定，「不對，這種級別的是導彈。」

姜迎接過那張請帖，剛要解開絲帶就聽沈暄緩緩啟唇道：「陸廷洋把婚期提前了，這是請柬。」

姜迎猛地抬頭，不自覺提高聲音：「他不是下半年才辦婚禮嗎？」

沈暄說：「他老婆懷孕了，要不然也不會把日子定在他生日吧，畢竟你們也是他生日時在一起的。」

姜迎攥緊拳頭，忍住自己想飆髒話的衝動。

沈暄還看熱鬧不嫌事大地說：「我怎麼記得某人當時說屆時一定到場，還要帶著男朋友一起。」

姜迎小聲為自己辯解：「我是想著事情還遠，嘴炮一下，誰讓他分手的時候說我這種人不配談戀愛。」

沈暄搖搖頭，評價她：「死要面子活受罪。」

「現在怎麼辦？不去，顯得我沒膽，一個人去，又打我臉。」姜迎搗著杯子裡的咖啡，漂亮的愛心拉花已經看不出原樣。

沈暄清清嗓子，捋著頭髮說：「我也是這樣想的，所以陸廷洋給我請帖的時候，我說好的，姜迎一定會帶著男朋友到場的。」

姜迎聽了這話只覺得好笑，有氣無力地問：「我哪來男朋友？」

沈暄的聲音輕飄飄地響起：「他問我妳男朋友姓什麼，我說，姓雲。」

姜迎瞪大眼睛，提起一口氣，一臉「妳他媽在說什麼」的表情，她大喘了一下，手忙腳亂地解開絲帶打開喜帖，那撒著金色細閃的紅紙上赫然寫著「誠邀姜迎小姐」，以及一看就是後來才添上去的「和伴侶雲先生」。

她心裡一咯噔，脫口而出五個字：「雲妳個鬼啊！」

效果可謂擲地有聲，一屋子的人都朝她看了過來，包括雲峴。

他們的目光對上，雲峴拿手指了指自己，問：「我？」

姜迎趕忙擺手：「不是不是。」

雲峴點頭，移開目光繼續做咖啡。

姜迎扶著額頭，咬牙切齒對沈暄說：「我真是謝謝妳。」

沈暄笑嘻嘻地回：「不客氣。」

姜迎盯著手邊的請帖，打開又合上，坦白道：「我承認如果他能陪我去的話我一定能在陸廷洋面前狠狠揚眉吐氣，可是我要怎麼和人家開這個口啊？」

「這還不簡單？」話音剛落，就聽到沈暄舉起手臂喊道：「湘，啊不對，雲老闆，姜迎有事找你。」

姜迎來不及捂她嘴，只在雲峴聞聲過來之前狠狠剜了她一眼。

「什麼事？」雲峴放下手中的杯子，在圍裙上擦了擦手。

「就是……」姜迎腦子裡一片空白，窘迫得抓耳撓腮，「那個，我……」

雲峴露出微笑，十分善解人意道：「沒關係，妳說。」

姜迎絞著手指，硬著頭皮問：「有個忙你能幫我一下嗎？」

雲峴問：「什麼忙？」

姜迎心裡亂著，提了口氣脫口而出道：「你能做我男朋友嗎？」

在姜迎和雲峴眼瞪著眼彼此茫然的時候，沈暄出聲打斷：「姜迎，妳說什麼呢？」

姜迎回過神，意識到自己剛剛的胡言亂語，連忙補救道：「啊，是這樣的，我有一個婚禮要去參加，所以……」

雲峴反應過來，接著她的話問：「所以要找個走過場的男伴？」

姜迎一拍手：「對！」

店裡來了新客人，雲峴對姜迎說了句「稍等」，轉身回了櫃檯。

沈暄撐著下巴，視線在姜迎和雲峴身上流轉。她攪拌著杯子裡的飲料，養樂多加了檸檬，是很合孕期口味的清爽酸澀，也像極了此時兩人之間的微妙氣氛。

姜迎低著頭，神色懨懨，瞪了沈暄一眼，怨道：「都是妳，突然叫他幹什麼，我沒準備好，剛剛都說了什麼呀。」

沈暄笑了笑，端詳著雲峴：「妳說湘琴會答應嗎？」

姜迎哼了一聲：「誰吃飽了沒事幹才答應。」

沈暄的手機鈴聲響起，是她老公打來的：「我出去接個電話啊，老周查崗了。」

姜迎叮囑她：「小心點，別走太遠。」

另一邊，雲峴把後廚的蘇丞叫了出來，然後朝姜迎的方向給了一個眼神示意讓她往門邊走。

姜迎點點頭，拎起自己的包跟上他的步伐。

雲峴帶著她上了停在後院的車。

車廂狹窄私密，座位與座位橫亙著隔斷，不用面對著面，緩解了他們之間的尷尬。

姜迎不喜歡過濃的車用香氛，也不喜歡皮革座椅的味道。雲峴的車裡沒有這兩種氣味，只有極淡的一陣清甜柑橘香，像是從他身上散發出來的。

「是誰的婚禮？」雲峴先開口問。

姜迎不想撒謊，但也沒說實話：「我一個大學同學。」

「為什麼要找個人陪妳？」

姜迎摳著肩包帶子，沉默了一下才說：「我……當時腦子一抽，說到時候我一定帶著男朋友親自祝福，結果人家現在把婚期提前了，我還沒找到男朋友。那天是同學聚會，挺多人在場的，都等著婚禮上看戲呢。」

雲峴問：「所以想找個人幫妳應付過去？」

姜迎點點頭：「你是不是覺得我很幼稚，沈暄也罵我死要面子活受罪。」

雲峴從雜物盒裡摸出一個鐵盒，放在手裡開關盒蓋。

心理學上說，這是有些焦慮煩躁的表現。

「那妳為什麼不直接推掉不去？」

姜迎還在想怎麼回答，雲峴又問：「是前任吧？」

他直白的揭穿讓姜迎蹭地紅了臉：「……對。」

車廂裡陷入安靜，只有鐵盒一開一關的嗒嗒聲。

許久之後，雲峴才啟唇淡淡說了句：「好，我陪妳去。」

姜迎偏頭看向雲峴，他的側臉線條流暢，像是精雕細琢過的藝術品，銳利而顯鋒芒。其實他的五官硬朗，只是平日裡的氣質太溫和，所以顯得親人好相處。

如今不悅全擺在臉上，像罩了層濃霧，突然生出距離感。

姜迎察覺到他的心情，開口道：「你不用勉強的。」

「不是勉強。」雲峴稍稍緩和了語氣，「上次妳幫我畫了畫，還沒來得及好好謝謝妳，就當禮尚往來，我幫妳這個忙。」

「禮尚往來……」姜迎咀嚼著這四個字，若有所思地點了點頭，「好，我知道了。」

姜迎下車後，在桃樹底下看見打完電話的沈暄。

沈暄看她反應不對，關切地問：「怎麼了？湘琴拒絕妳了啊？」

姜迎搖頭：「沒有，他說好，但我怎麼覺得……」

她回想著剛剛車上雲峴的神情和語氣，努力找到形容詞：「他好像，生氣了？」

沈暄將被風吹亂的頭髮夾到耳後，奇怪道：「他生什麼氣？」

姜迎疑惑地歪著頭：「對啊，他生什麼氣啊。」

微風吹拂，春花從枝頭搖晃著下墜，粉白的花瓣落在姜迎的肩上，覆蓋了鮮紅的玫瑰刺青。

沈暄替她取下花瓣，放進她的掌心，挽著她往街邊走：「別想這麼多了，湘琴答應不就行了，走吧，別浪費大好春光。」

姜迎拉住沈暄控制她的速度：「走慢點！」

車上，沈暄從後視鏡裡看向那棟溫馨精緻的咖啡小屋，問姜迎：「妳這次找湘琴當假男朋友，那妳什麼時候讓他轉正啊？」
姜迎搖搖頭：「我們還沒到那時候呢。」
沈暄失笑，擰了姜迎的手臂一把：「哪時候？妳還享受起曖昧期了是吧？」
姜迎痛呼一聲：「那妳說，什麼時候？」
沈暄說：「這次去申城就是個好機會啊，你們單獨出行，還假扮成情侶，妳可要把握住了。」
姜迎想了想，點點頭：「對啊，是好機會，那妳說我要怎麼表白啊？有沒有新穎浪漫的方式，這事我沒經驗啊。」
沈暄愣了一下，隨即笑起來：「妳是真的很喜歡湘琴啊，都想著表白了？」
姜迎皺眉反問：「妳不是這個意思嗎？讓我和他趕緊轉正。」
「我是想你們早點在一起，但是……」沈暄頓了頓，「我以為妳這一輩子都不可能主動的，實不相瞞，我以前還懷疑過妳性冷感呢。」
她又補充道：「畢竟妳和陸廷洋在一起的時候，妳都沒向他直白表露過愛意，我以為妳會永遠習慣被動和接受。」
姜迎降下一半車窗，春天空氣裡含著馥鬱的花香。
從前也是在這樣春末夏初的季節，一個男孩捧著赤忱的心意，滿心歡喜和期待地走到她面前。

窗外街道邊的樹木一閃而過，她的聲音被吹散在微風裡：「陸廷洋和我說的那些話我都記著，所以啊，不敢再犯前車之鑑了。」

這天姜迎走出辦公大樓的時候天已經黑了，正淅淅瀝瀝下著小雨。

看見那輛銀白色的車，她一隻手擋在額前，快步小跑了過去。

「怎麼沒帶傘？」等姜迎坐在副駕駛座上，雲峴看著她被淋濕的頭髮，抽了幾張衛生紙遞過去。

姜迎接過，胡亂擦了擦：「忘了，沒事，小雨。」

黃梅雨季，潮氣席捲江南城市，天地間悶熱潮濕。

雲峴叮囑她：「下一週都有雨，別再忘記了。」

姜迎乖巧點頭。

過兩天他們就要出發前往申城，今天打算出來買出席婚禮的衣服。

前幾日雲峴徵求過她的意見，想要根據對方的著裝幫自己準備一套相配的。

姜迎覺得畢竟是麻煩人家幫忙，直接提出衣服由她來買。

雲峴思忖了一下，點頭同意了她的提議，約好今天一起來逛逛。

姜迎幫自己準備的是一件法式連身裙，白底橘色花紋，復古方領，長度至小腿肚，下身的開叉設計增添了幾分性感，慵懶又優雅，還特地下狠心買了一雙八公分的麂皮細跟鞋。

五月天氣已經悶熱，一整套西裝太厚重，姜迎替雲峴想的是襯衫配西裝褲，他身高腿長，天生的衣架子，進第一家店試穿就遇到適合的。

姜迎坐在沙發上，察覺到兩個店員正竊竊私語地打量她，趕緊掏出手機迴避視線。

雲峴從試衣間出來，長身玉立，英俊帥氣，他整理好釦子，轉身問姜迎：「妳覺得怎麼樣？」

姜迎笑著誇：「很帥，很適合你。」

一旁的店員說道：「美女，妳男朋友這麼帥，穿什麼都好看。」

雲峴朝她微笑著點了下頭，又看向姜迎：「我是想問，妳覺得和妳的裙子配不配？」

姜迎還未來得及開口，就聽到兩位店員激動地手抓著手驚呼了一聲：「救命，好甜！」

姜迎和雲峴對視一眼，後者無奈地聳了聳肩。

「就這套吧。」

「好。」

雲峴回試衣間換衣服，姜迎到櫃檯買單。

結帳時店員羨慕地對她說：「第一次見陪男朋友逛街的，你們感情好好哦。」

姜迎只是笑了笑。

不到半個小時就解決了，走出男裝店，雲峴問姜迎餓不餓。

姜迎搖搖頭：「最近減肥，不吃晚飯。」

雲峴淺淺地勾起嘴角，揶揄她：「我只知道新娘子婚禮前要節食瘦身。」

姜迎反問他：「誰和前任見面的時候不打扮得花枝招展的？」

雲峴的腳步停了停：「這樣啊，不好意思，我沒前任我不知道。」

姜迎瞪大眼睛，嘀咕了句：「不會吧？」

雲峴又重新邁步向前走，在一家粥店門口停下：「喝粥行嗎？」

姜迎像是得知了什麼了不起的大祕密，忍不住追問他：「為什麼啊?你這樣的都沒前任？」

雲峴看她一眼沒說話，踏進店門，找了個靠窗的位子坐下後才徐徐開口：「學生時期家裡嚴禁早戀，後來就忙得沒時間想這些了。」

姜迎「哦」了一聲，酸溜溜地說了句：「那肯定有很多人追你吧。」

雲峴在菜單上勾畫了幾樣，把紙和筆遞給姜迎：「說實話，並沒有。」

姜迎一臉不相信：「怎麼可能？」

雲峴倒了杯茶，解釋道：「大一考英語檢定，大二學生會，大三的時候準備讀研究所，然後就是實習、工作，我留給社交的時間很少，也沒心思經營一段感情。」

姜迎禁不住好奇：「你沒遇過喜歡的人嗎？」

雲峴抬頭望著她：「有吧，上學的時候有一個，是我隔壁桌，挺優秀的女孩子。」

姜迎小口喝著茶，心裡發酸：「哦，白月光啊。」

雲峴笑了笑，說：「白什麼月光，人家都生孩子了。」

姜迎暗自鬆了口氣，看著雲峴，只覺得對面前這個男人的瞭解太少了。

她說：「我原本以為你是那種特別自由隨性的人。」

——生長在富裕開明的家庭，有一對溫柔和善的父母，在空閒時喜歡讀書和電影。浪漫、成熟、穩重、隨和，財務自由、時間自由。

雲峴笑著接過她的話：「沒想到我也是個卑微社畜？」

姜迎揚起嘴角：「至少你現在的生活狀態我很羨慕。」

雲峴的笑意淺淺，是種歷經許多事之後沉澱下來的淡然：「不用羨慕我，妳總會成為妳想要的樣子。」

他放下茶杯，靠在椅背上望著窗外，行人來往，或結伴或獨行。

「我來溪城之前，有人問我，為什麼要急著跳出舒適圈，你打拼幾年不就是為了現在的生活嗎？」雲峴的雙手交叉放在交疊的腿上，語調平緩，衿貴又從容。

「穩定的工作、有房有車、等到適合的年齡結婚成家，或許對於很多人來說是理想的生活，但那並不是我想要的舒適圈。按部就班地活了三十年，也不知道是怎麼了，突然就想叛逆一次，辭了工作，收拾了行李，到機場的時候甚至沒想好要去哪裡。來溪城是因為我大學時期的好朋友在這裡，本來只是想散散心，也是一時興起開了家咖啡館。」

姜迎聽出他話裡的端倪，問道：「所以雲邊只是你的一次嘗試？」

雲峴點頭：「算是意外之喜吧，我很滿意現在的生活狀態。」

姜迎心一緊，小心翼翼地問：「所以等你覺得沒意思了，就會去下一個地方？你不想在溪城定居嗎？」

餐廳的光線昏暗，砂鍋粥飄散著熱氣，隔著一層水霧，姜迎辨不出他的目光裡是哪種情緒。

雲峴說：「或許吧，看有沒有讓我留下的理由。」

姜迎問：「雲邊不算嗎？」

雲峴搖頭：「本就只是開著玩玩，過幾年生意不行了就把它賣出去。」

姜迎皺起眉，明明不是立刻的事，但她還是為雲峴有可能隨時拂衣而去感到心房酸脹。

她蹩腳地試圖挽留：「溪城依山傍水，空氣又好，挺適合定居的。」

店員張羅著新的客人落座，餐廳裡各種聲音混雜在一起，姜迎聽見雲峴發出短促的一聲輕笑。

「要是娶個溪城女孩或許就會留下來了吧。」

他說的半玩笑半認真，目光直直落在她身上，帶著幾分隱晦的試探。

餐桌上熱氣嫋嫋，姜迎被薰紅了臉。

第五杯咖啡

濃郁SOE

從溪城到申城的車程約兩個小時，雲峴和姜迎決定週五下午開車過去，到申城正好吃飯歇一晚。

姜迎早上上班前把小行李箱放在雲邊，這週事情不多，她提早一個小時走，下樓的時候雲峴還是在老位置等她。

沒等他按喇叭示意，姜迎自己走到車邊坐進副駕駛座。

「週末旅遊的人還挺多，今天高速公路上會有點塞車，先吃點東西墊墊。」雲峴從後座拿過一個紙袋子遞給姜迎，裡面裝著一塊三明治和一杯榨好的柳橙汁。

「謝謝。」姜迎接過，拿出三明治拆開包裝紙，兩片鬆軟吐司夾著番茄、雞蛋和火腿片，她咬了一小口，問：「是你自己做的嗎？」

「嗯。」雲峴指了指紙袋，「還有杯柳橙汁，加了一點糖，不會太酸。」

「謝謝啊。」姜迎舔掉嘴邊的沙拉醬，抿了一口果汁，酸甜適中，清爽解膩。

姜迎是真的餓了，幾口解決了三明治，柳橙汁也被她喝了一大半。

臨近黃昏，天色漸漸暗下來，高速公路上車輛平穩前行。

看還要一個多小時，姜迎從包裡拿出iPad和筆，打開繪圖APP。

她無聊時會塗鴉打發時間，姜迎熟練地勾勒線條取色上色，沒多久畫布上就多了幾個可愛的人物。

她但凡開始做一件事情就會全身心投入，雲峴看她在畫畫，替她打開了車頂的照明燈。

長髮被綁成馬尾，她低著頭，頰邊的碎髮遮擋住側臉，偏又生出幾分無關風月的美感。車廂裡很安靜，只有 Applepencil 時不時觸擊螢幕發出的細小聲響。

雲峴禁不住好奇，往她手上瞥了一眼。

捕捉到螢幕上的畫作，他覺得有些熟悉，想起什麼，雲峴問：「妳傳訊息經常用的貼圖，也是自己畫的？」

姜迎「嗯」了一聲：「無聊的時候畫著玩玩的，做成貼圖還挺多人在用。」

雲峴回想了一下，她最常用的有兩組——一組叫「老闆為何要那樣」，一組叫「社畜的 oneday」。

想到那個Q版小人坐在電腦後流著麵條淚，雙手忙碌敲打鍵盤的樣子，雲峴翹起嘴角。

姜迎經常傳這個貼圖給他，他一看就知道，姜迎的意思是今天要加班，記得幫她留塊起司蛋糕。

「挺可愛的。」雲峴笑著評價。

「我大學的時候還接過案子，賺了不少生活費呢。」姜迎畫完最後一筆，點擊儲存，卻沒有退出繪圖軟體。她另建了畫布，腦海裡有了構思，下筆的時候格外順暢。

雲峴聽著她有些得意的語氣，嘴角笑意更盛。

姜迎一邊畫，一邊說：「其實要是沒遇到我老闆，我應該會做個自由畫手吧。」

雲峴問：「妳的夢想嗎？」

姜迎搖搖頭：「倒也不算，就覺得畫畫很有意思。高中時因為符晨的事，我有點孤僻，還自卑。算起來改變我的，一個是沈暄，一個是我……」

姜迎頓了頓，語速極快地把那兩個字帶過：「一個是我前任，還有就是畫畫了。我大學時會在社群上Po我畫的圖，有一萬粉絲，她們老是喊我太太，算是幫我建立了很大自信。」

雲峴皺了皺眉，問：「太太？」

「啊……」姜迎這才意識到她和雲峴雖然同為九〇後，但九〇和九五之間依舊隔著代溝，她耐心地為他解釋：「太太就是一種稱呼，比大大還要厲害一點的意思。我畫的是同人圖，會有原著粉絲來關注我。」

雲峴聽完介紹，雖然不能完全理解這些小孩的想法，但還是覺得很有意思，他接著問：「那同人圖……是一種格式嗎？」

「嗯……」姜迎思考了幾秒，儘量用他能理解的詞句解釋：「同人圖就是，如果你特別喜歡一部作品，比如漫畫、電影、小說，你可以根據自己的喜好對裡面的人物或場景進行加工和繪製，是原著基礎上的衍生作品。」

雲峴似懂非懂地點點頭，半晌又自嘲道：「會不會覺得我是個老年人？」

姜迎趕忙否認：「怎麼會？你不瞭解這些很正常啊，像我也不懂什麼C語言、程式設計，而且你還會手沖呢。」

這個詞語具有歧義，話說出口姜迎才意識到不妥。

尷尬的沉默在車內流淌了幾秒，姜迎乾咳了聲，找補道：「我是說，手沖咖啡。」

雲峴再也憋不住，一手握著方向盤，一手抵在唇邊低低笑了起來。

男人的聲音悅耳清朗，笑起來更是自帶蘇感，他很少這樣笑，眉眼彎彎，眼下的小痣一顫一顫。

姜迎一邊為自己無意中說了葷話而羞赧，一邊又為他的笑聲怦然心動，耳朵尖泛起了紅。

雲峴笑了一陣子，笑聲停了，眼角眉梢的笑意卻收不住，他回到剛剛的話題，問她：「那為什麼後來選擇做遊戲策劃？」

姜迎說：「我們老闆建議的，他說他看了我的作品，也許讓我進美術組我能幹得穩，因為那本就是我擅長的領域，但也意味著我很多想法會被埋沒。」

雲峴默默地點了點頭表示贊同。

「所以他其實是我的伯樂，面試完他和我聊天，他說我有很多非常好的構思，我的畫工可以是加分項，但是我的頭腦才是我施展才華的武器，比起美術，我更應該去策劃組。我那個時候才剛畢業，真的很幸運能遇到他，其實我也去一些大公司面試過，但還是決定和《小世界》一起出發一起成長，我覺得這更有意義。」

大概是說得口渴了，姜迎從紙袋裡拿出柳橙汁，打開瓶蓋喝了一口。

提到這些經歷，姜迎來了興致，繪聲繪色地繼續分享：「我老闆你應該認識吧，我上次看你們聊過。」

雲峴點點頭，為了不讓自己和李至誠被姜迎歸於同個動態分組，他面無表情道：「也不是很熟。」

「他這個人脾氣不好，又陰晴不定。但是他工作能力確實沒得說，懂技術，會行銷，還有創意。雖然我老是吐槽他，但還是很尊敬他的。」

姜迎偏頭看了雲峴一眼，放緩了語調：「不過我其實最佩服你，我聽新柔說，你以前在網路公司當總監？月薪就夠我幹一年了。」

雲峴稍稍走神了一瞬，謙虛地答：「沒這麼誇張，剛進公司的時候和妳差不多，整天加班，也是社畜。」

姜迎轉著手裡的筆，嘴角掛著笑：「雖然我老是抱怨加班辛苦，但是每次看到玩家的留言，還是很開心的，特別有成就感。」

雲峴「嗯」了一聲：「能從工作中得到樂趣是件很好的事。」

他能感受到姜迎聊起這些的時候心裡的喜歡和熱忱，眼睛亮晶晶的，像是閃著光。

其實反倒是他羨慕她——有熱愛並為之奮鬥的事，對生活和未來抱有期待，情感充沛，年輕而鮮活。

這都是他不曾擁有的。

那看似平順的生活裡，他最大的感受不過是「活著真無聊」。

他可以拼命地獲取某樣東西，卻從來沒有野心和願望——一切只是因為有個聲音在不斷告訴他，你要怎樣、你應該怎樣。

他扮演著孝順的兒子、成熟的兄長、優秀的學生、盡職的員工，是人群之中的佼佼者。

表面上光鮮亮麗，人人稱羨，但雲峴知道，他永遠是庸庸眾生中的一員，悶頭向前，路過一個又一個節點，回頭看時卻發現沒有什麼值得記憶。

「視死如歸，消磨時光」，這曾經被雲峴視為人生的全部意義。

他掀起唇角，意味深長地說：「妳老闆遇到妳才是幸運。」

到了一個服務區，雲峴打轉方向盤轉了進去。停車熄火，他偏頭看向姜迎，她專注於畫上，絲毫不為外界的變動走神。

這個女孩好像總能帶給他意想不到的驚喜，像一盒五彩繽紛的混合糖果，永遠不知道下一顆是酸是甜。

雲峴想起姜迎的動態，那裡記錄著她熱鬧的人生。

她去過許多城市，攀過岩、玩自由落體、潛過水，打卡過六個遊樂園的雲霄飛車。

突發奇想學滑板，第一個禮拜就摔了滿腿的傷。

想去看日出結果睡過了頭，於是乾脆更改計畫欣賞了一場橘粉色的落日餘暉，也就是她現在的聊天頭貼。

也分享過有趣的夢境，夢裡她居住在熱氣球上，終日遨遊於天際，路過花田、大海和森林，她說「希望今年有機會去坐一次熱氣球」，又在留言裡寫下「剛剛去搜了一圈，算了當我沒說，這也太貴了，我繼續睡覺吧，做夢是免費的」。

他又想起那天姜迎坐在臺階上抽菸的樣子，想起她左肩的刺青——B612星球和玻璃罩裡的玫瑰。

所以她是那個尋訪宇宙的小王子嗎？

姜迎是恣意的叛逆者、浪漫的冒險家，她像是荒原上燃燒不滅的火焰，年輕而炙熱，在追求極限的過程中無堅不摧。

她奮盡全力掙脫世俗，又矛盾地熱愛這個世界。

如果有一顆柔軟、溫暖、鼓鼓跳動的心在眼前，你會忍住不被她吸引嗎？

近日是陰雨天，天黑的比往常早，這時已完全入夜，車窗外樹枝飄搖，是風來過的痕跡。

雲峴抬手，把車頂的照明燈關閉。

啪嗒一聲響，車裡陷入昏暗，清冽的柑橘香味彌散在周身，分不清是他身上的佛手柑，還是姜迎喝過的柳橙汁。

雲峴放輕呼吸，側過身子，一點一點靠近。

「叮——」手機傳來一聲提示音，有新的訊息傳來。

「雲峴，你快看！」姜迎剛傳完訊息想抬起頭，卻砰一下撞上了硬物。

她輕呼一聲，捂著額頭問雲峴：「你突然靠過來幹嘛？」

雲峴皺著眉捂住下巴，指了指櫃子：「我拿零錢，等等過站收費。」

「哦。」下巴畢竟更脆弱一點，姜迎抱歉地問，「沒事吧，疼不疼？」

「湘……琴？」

姜迎瞪大眼睛把iPad反扣在懷裡，一臉驚恐地看向雲峴。

「為什麼把我備註這個？」

「你看錯了吧，不是你，是我一個同事，她叫湘琴。」

雲峴狐疑地看她一眼，拿過自己的手機解鎖螢幕，沒錯啊，她剛剛就是在傳訊息給他，頁面也一樣。

不過很快雲峴的注意力就被螢幕上的畫吸引了：「這是什麼？」

「你和雲邊呀。」

圖片是柔和的色調，藍色背景上畫著雲朵的花紋，上面的Q版小人握著一杯咖啡，旁邊的對話框裡屬於姜迎的字體寫著——「歡迎光臨雲邊咖啡館」。

即使是簡潔的可愛畫風也能一眼看出畫的是誰。

他的髮型，他喜歡穿的白襯衫，包括眼下的痣都還原了。

姜迎懷裡抱著iPad，滿臉期待地看著他，一副想要邀功的樣子。

雲峴輕點幾下螢幕，把那張畫儲存在相簿裡，抬手揉了揉姜迎的頭髮。

「畫的不錯，太太。」

「你，喊我什麼？」

「太太啊，不是這麼用的嗎？」

姜迎提了一口氣，撇開視線，語不著調地說：「對，就是這麼用的，你真聰明。」

看雲峴把車停在服務區，姜迎問：「你要下車抽根菸嗎？」

雲峴說：「我不抽菸。妳要抽？」

想起好像真的沒見他抽過菸，姜迎直搖頭：「不要，我在戒了。」

雲峴提議：「那下車活動活動吧，坐了一路了。」

姜迎應好。

姜迎進了服務區的洗手間，雲峴在外面買了一杯關東煮，見姜迎出來，他把杯子遞給她。

「其實我不餓的。」姜迎捧著溫熱的關東煮，鮮香味裹挾番茄醬的酸甜流竄在她鼻尖。一個三明治頂多是半飽，但她不想讓雲峴覺得她很能吃。

雲峴抿唇看了她一眼，像是不忍心告訴她真相：「我幫自己買的，我餓了，麻煩妳先幫我拿一下。」

說完他就拉開車門上了車，姜迎在原地呆滯幾秒，心裡暗罵自己自作多情，頂著尷尬慢吞吞地爬上了車。

再回到車上，姜迎捧著那杯關東煮坐姿端正，活像個車上吉祥物。

雲峴拿了一串北極翅，斯文地咬進嘴裡，邊細細咀嚼邊啟動車子重新上路。

高速公路上車輛前行不停，姜迎感覺那杯關東煮再不吃就要涼了，便拿了一串魚丸遞到雲峴嘴邊。

雲峴低頭看了面前的魚丸一眼，很快重新目視前方，頭微微向前湊叼走一顆丸子。

看他嚼完了，姜迎又把木籤遞了過去。

等一串魚丸吃完，雲峴笑著打趣：「第一次覺得開車旁邊有個人這麼好，餓了還能餵吃的。」

姜迎拿了一串甜不辣：「是啊，還能陪聊呢。」

雲峴吃了兩串就說不吃了，姜迎本著不浪費糧食的原則樂呵地承包了剩餘的食物。

「姜迎。」雲峴突然喊她，「後座有水，幫我拿一下。」

「哦，好。」姜迎伸長手臂搆到礦泉水瓶子，擰蓋瓶蓋小心遞到他嘴邊。

雲峴稍微仰起頭配合她的動作，沒把握好角度，姜迎抬得有些高，水順著雲峴的唇角流下，眼看就要從下巴滴落，姜迎下意識地拿手背替他拭去。

這個動作完全沒經過大腦，等手背的皮膚觸到雲峴的下嘴唇，姜迎才像被燙到一般縮回了手。

她清了清嗓子，重新坐直身體，左手手背上殘留了一片水漬，姜迎不敢碰，也不知道該怎麼處理。

雲峴從雜物盒裡抽了一張衛生紙遞給她。

姜迎接過，道了句：「謝謝。」

紙巾覆蓋上去的時候，姜迎心猿意馬地想起剛剛柔軟的觸感。

左手手背上彷彿有小蟲子爬過，癢癢麻麻的，她胡亂擦了一下，把衛生紙團在掌心。

見色起意者，流氓也。

姜迎用力搖了搖頭，像要把腦子裡浮現的那些畫面全都趕出去。

一路到達申城他們訂好的酒店，已經快夜晚七點了。先回各自房間放行李，稍稍休息了一下，姜迎帶雲峴去吃了大學時期她常去的一家烤魚店。

許久沒來，一進店門聞到香味姜迎的胃就被打開了，菜上桌後，她一口接著一口，筷子根本停不下來。

雲峴挑著碗裡的魚刺，問她：「不是說減肥嗎？」

姜迎夾了一筷涼拌海帶：「我等等繞著酒店走兩圈，能消化、消化。」

雲峴笑了笑，把盤子裡挑好的魚肉放到她面前：「不胖，多吃一點。」

等吃飽喝足，姜迎摸著小腹，問他：「要不要去江邊走走？離這裡挺近的。」

還沒等雲峴說話，她又反駁自己：「算了，還是別去了。」

雲峴問：「怎麼了？」

「沒怎麼，回去吧，我有點累了。」姜迎一副興致全無的樣子。

雲峴沒再說什麼，拿起桌上的水杯喝了一口。

要是換成別的日子，姜迎也不會這麼反感。

偏偏明天是陸廷洋的生日，也是他結婚的大喜日子。

六年前大三的陸廷洋把姜迎約到黃浦江邊，對著她說：「我每年生日都會來這裡拍一張照留念。」

彼時姜迎「哇」了一聲，興致勃勃地拿出手機要幫他拍照。

那一年的陸廷洋保留著乾淨的少年氣質，他笑著拿過姜迎的手機，摟住女孩的肩，舉高手臂將取景框對準兩人。

按下拍攝鍵的瞬間，陸廷洋低頭親在姜迎的側臉上。

儘管姜迎覺得很羞恥，那張照片成為她好多年的手機桌布。

自那以後在一起成了順理成章的事。

可就像分手時陸廷洋對她的控訴——從一開始，就是他在不斷向前，勇敢無畏地邁出九十九步，而姜迎卻始終站在原地，等著接受他的好意。

時間久了就會累會厭倦，他們並不是合適的戀人。

姜迎不會吵架，卻很擅長搞砸一段關係。

真要分開的時候，她一直保持著沉默，平靜得有些過分。

甚至在陸廷洋冷冷地諷刺她「妳這種人真的不配談戀愛」的時候，姜迎也沒有說什麼。

她只在陸廷洋要走的時候叫住他，問他——「你是喜歡我的全部，還是僅僅喜歡我身上你希望看到的那部分？」

過去這麼多年，昔日種種已成不再重要的過往，想起來唏噓一聲而已。

後來姜迎也反思過自己和這段感情，她在這段感情裡的表現確實不合格。

愛情是雙向奔赴的，不能總是等著別人來。

此刻她望著坐在對面的男人，溫柔穩重，做什麼都不驕不躁，是她渴望又羨慕的樣子。

想起沈暄說的話，姜迎的手指在桌面上輕輕敲打。

喜歡的，要緊緊攥在手裡。

——好像是時候向他邁一步了。

到了酒店，雲峴和姜迎在樓梯口道別，回了各自的房間。

第二天姜迎起了個大早，昨晚失眠，她只睡了兩個小時，眼下兩團烏青，還有些水腫。

咬牙喝了半杯黑咖啡，苦得她直皺眉頭。

十點的時候，姜迎收拾打扮好，出了房間下到酒店一樓大廳。

雲峴正坐在沙發上等她，面前一杯冰美式。姜迎走過去的時候，他正好抬起頭。

雲峴起身，向她招了招手。長身玉立，很容易成為人群中的焦點。他穿著筆挺的白襯衫，衣擺紮進淺色西裝褲裡，顯得腰窄腿長，腳上一雙乾淨的白色休閒鞋，隨意又清朗帥氣。

姜迎走到他身邊，今天穿了高跟鞋，她差不多能碰到他的鼻子。

雲峴向她微微抬起手臂，姜迎挽上。

「走吧。」

今天是近期難得的大晴天，陽光穿破雲層，滿世界都是金燦燦的，蟬聲長鳴，初夏的風拂過長街和行人。

婚禮在戶外舉行，姜迎拿出喜帖，在前檯登記好賀禮，跟隨工作人員的指示往裡走。

陸廷洋不收她的紅包，她便托沈暄的老公準備一瓶上好的葡萄酒作為新婚禮物。

那酒價格不菲，沈暄在來之前千叮嚀萬囑咐讓她和雲峴記得專門挑貴的吃。

用餐是自助式的，安排了一間宴客廳專門招待賓客。婚禮要等吉時開始，等候的客人們三五成群，有的聊天敘舊，有的流連於桌上的美食。

姜迎跟一個五六歲的小女生在甜點區較上了勁，餐盤裡有最後一碗草莓霜淇淋，但顯然她們都想要，並且非此不可。

一個小丫頭自然搶不過姜迎，見霜淇淋到了別人手上，她「哇」了一聲作勢就要哭。姜迎不會真欺負她，捉弄夠了就把手裡的霜淇淋讓給她了。小丫頭瞬間變了臉，高高興興地舀著霜淇淋跑開了。

雲峴安靜地站在一旁目睹整個過程，大手覆上姜迎的後腦勺壓了壓，問：「妳怎麼跟個小孩子似的？」

姜迎朝他嘻嘻一笑，指著跑遠的小女孩說：「這是陸廷洋姐姐的女兒，她剛出生的時候我還去醫院看過她，都長這麼大了。」

雲峴喝著杯子裡的茶，眸光黯了黯，沒有接話。

自助餐的最大好處就是不用與不相識或相識不相熟的人同桌，陸廷洋的親戚朋友姜迎認識的不多，只遇上他那幾個室友，草草打了個招呼，也未作什麼寒暄。

十二點十八分的時候，婚禮終於開始。

雲峴和姜迎挑了最後一排的位子坐下。

婚禮上最耀眼的永遠是新人，歡呼和掌聲響起，在漫天飄落的花瓣中，穿著潔白婚紗的美麗新娘挽著父親向新郎款款走去。

再然後便是宣誓、交換戒指、在眾人的祝福聲中深情擁吻。

姜迎隔著人群，遠遠地看向那對般配的新人。

雲峴看了她一下，低聲問：「意難平嗎？」

姜迎反問：「怎麼可能？」

婚禮還在進行，他們在熱鬧的人群之外說悄悄話。

「我和他在一起的時候，都挺幼稚的。他喜歡乖巧、黏人、會撒嬌的，而我呢，擁有一個放蕩不羈的靈魂。」姜迎說這些的時候，語調平和，帶著幾分笑意。

雲峴把視線落在那位新娘上，確實長相甜美，瘦瘦小小的。

姜迎輕嘆道：「性格不適合，分開是自然的事，就是有些感慨罷了。」

雲峴問：「感慨什麼？」

姜迎鮮少用這麼深沉的語氣回答：「前任呢，幫助你成長，教會你應該怎麼愛，然後就和你毫不相干了。前人栽樹，後人乘涼。所以說，相遇的時間點很重要。有句話怎麼說的，遇見晚一點，愛得久一點。」

雲峴垂眸，輕輕說了一句：「幸好。」

姜迎沒有聽清，茫然地看著他問：「你說什麼？」

雲峴對上她的目光，嘴角挑起一抹笑：「沒什麼。」

儀式結束後再回到宴客廳，新郎新娘輪流跟到場賓客敬酒，姜迎才算是真的見到了陸廷洋和他的新婚妻子。

他穿著筆挺的西裝，頭髮用髮膠打理得一絲不苟，攜著妻子走到姜迎桌邊，與她對視一眼，彼此都笑了起來。

那些過往和糾葛全部釋懷在這個笑裡。

陸廷洋一隻手握著酒杯，跟身邊的妻子介紹：「這是我學妹姜迎，妳最近愛玩的那個遊戲就是他們公司做的。」

那位漂亮的新娘子露出驚訝的表情：「真的嗎？」

陸廷洋說：「她可是首席策劃師。」

姜迎笑了笑，挽過雲峴：「這是我男朋友，雲峴。」

雲峴伸出手和陸廷洋握了握，陸廷洋說了一句「幸會」，雲峴回他「新婚快樂」。

新娘子上上下下打量雲峴一眼，激動地拉著姜迎的手臂說：「妳男朋友氣質和簡影好像啊！」

姜迎愣了愣，大方承認：「實不相瞞，原型就是他。」

要不是還有好幾桌等著敬酒，這兩個相見恨晚的女人得好好聊上一陣子。

等新郎新娘走了，雲峴才禁不住好奇詢問姜迎：「妳剛剛說的是什麼意思？」

姜迎塞了一塊排骨到嘴裡，含糊著答：「就是，設計人物的時候參考了你的形象。」

「哦——」雲峴刻意拖長尾音，「那怎麼沒和我說？」

姜迎吞咽的動作一噎。

怎麼說？那時被你帥得頭昏眼花，畫什麼都像你嗎？

她繼續啃著排骨，用沉默代替回答，幸好雲峴也沒有追根究柢的打算。

等從酒店出來已經快下午三點，姜迎問雲峴要不要出去逛逛，雲峴欣然應允。

姜迎在申城待了四年，難得回來一次有挺多地方想去的。

他們先去了小吃遍地的南京路，姜迎穿著高跟鞋，剛開始還覺得沒什麼，走多了就發現腳後跟被磨得受不了。

雲峴察覺到她的異常，攙扶著她在街邊的長椅上坐下。

腳後跟已經磨破了一層皮，滲著血，火辣辣地疼。

姜迎看了看慘不忍睹的傷口，小聲嘀咕：「早知道就不臭這個美了。」

她不好再走路，兩人便乾脆原地休息一下。

坐在長椅上，看著熱鬧的街道，放空大腦，也算愜意。

正當姜迎的思緒不知道飄到哪裡的時候，雲峴突然出聲說：「我想要確認一件事。」

她回神，愣愣地問：「什麼？」

來電鈴聲響起，姜迎剛舉起手機，手腕就被人握住。

「是湘琴沒錯啊。」確認完畢，雲峴掛斷電話。

姜迎把手機死死護在懷裡，氣結道：「你這人怎麼這樣？」

雲峴只問：「為什麼要備註這個？」

人證物證俱在，姜迎大腦飛速運轉想不出什麼好理由，乾脆實話實說：「我植樹節生日，又姓姜，沈暄她老愛喊我姜植樹姜植樹。」

想到什麼，姜迎小心翼翼地問：「你應該知道江直樹是誰吧。」

雲峴被氣笑了：「我沒那麼老。」

姜迎繼續說下去，聲音越來越小：「我就是腦子一抽，胡亂替你備註的。」

背著光，她看不見雲峴臉上的表情。

南京路上熱鬧非凡，春末夏初的太陽燦爛地照在萬物上。

各式各樣的店鋪擠滿了人，煙火氣在人間娟娟流轉。

半晌，姜迎才聽見雲峴說：「都湘琴直樹了，那一吻定情呢？」

愣了三四秒，姜迎蹭地一下站起身，慌慌忙忙地說：「這裡、附近、有個商場，我去買雙新鞋吧。」

還沒等雲峴說什麼，她自顧自地往前邁步，扯動傷口又不得不停下來。

雲峴扶住她，問：「能走嗎？」

姜迎用力點點頭：「這段路能堅持。」

雲峴把手臂借給她，等兩人慢慢踱步走到商場，姜迎挑了一家常買的專櫃坐下。

「妳先挑，我馬上來。」雲峴說完便離開，姜迎沒來得及問他要去哪裡。

她坐在沙發上，店員拿了幾雙給她看款式，現在她像走在刀尖上的美人魚，標準只有舒不舒服。

幾分鐘後雲峴再回來的時候，手上拿著一盒OK繃，他問姜迎：「挑好了嗎？」

姜迎指了指腳邊的兩雙鞋，選擇困難症發作：「你覺得哪雙好看？」

「黑的吧。」他邊說邊屈起一條腿俯身蹲下，從盒子裡拿出一張OK繃撕開包裝，握住姜迎的腳腕輕輕地貼在她的傷口處。

他的一連串動作做得行雲流水，姜迎還沒反應過來，雲峴已經換了一隻腳在處理。

她雙手撐在身側，盯著面前認真的男人，放輕呼吸，心底柔軟，好像這個春天所有的溫暖燦爛都在她眼前。

貼好OK繃，姜迎穿上雲峴挑的那雙鞋，尖頭黑色絲絨平底，鞋頭綴著珍珠和碎鑽。

姜迎穿好，輕輕跺了跺，鞋面柔軟，鞋底平坦，比高跟鞋舒服多了。

雲峴扶著她站起來，說：「和妳的裙子挺配的。」

姜迎點頭，誇回去：「你眼光好。」

雲峴笑了笑。

兩人走出商場的時候，已經是傍晚。

申城的日與夜是兩種不同的景象，而交替之際的黃昏更是浪漫至極。

天邊的雲朵被染成玫瑰色，沉入大廈與樹木之間，尖峰時刻即將來臨，在新一輪熱鬧開始之前，這座城市變得寧靜而慵懶。

望著絢爛的天際，姜迎生出個念頭，對雲峴說：「我們去坐觀光巴士吧。」

從人民廣場出發，繞過外灘和城隍廟，全程三十五分鐘，觀光巴士露天的第二層有一覽都市風光的絕佳視野。

他們十分幸運，今天的遊客並不多，雲峴和姜迎並肩坐在車尾。

巴士啟程，姜迎從包裡拿出一副耳機，分給雲峴一邊。

他們聽的歌是Troye · Sivan的《Strawberries&Cigarettes》。

草莓菸，用來形容愛人最合適不過。

給你甜蜜，讓你沉醉。

中途姜迎分神了一下，和約定的花店確認好收貨時間。

她沒和別人表白過，沒什麼經驗，也不敢想結果是好的還是壞的。但世人千千萬，此時此刻只有這個男人在她身邊，和她分享音樂，和她分享晚霞。

這樣的機會太難得了，所以今晚，姜迎無論如何都要賭一把，賭他願不願意假戲真做。

他們並肩坐在一起，晚風吹過髮梢。

在這首三分二十一秒的歌曲循環播放到第三遍，慵懶的男聲唱到「Strawberries and cigarettes always taste like you.」的時候，姜迎發現雲峴好像在看她，於是她偏過頭去。

對上男人的目光，發現他眼裡和嘴角含著笑意。

姜迎把散亂的幾縷頭髮夾到耳後，問他：「看什麼？」

也許是黃昏的渲染，也許是眼下的小痣，雲峴望向姜迎的這一眼飽含愛意和深情。

在姜迎因為這一眼而慌亂，一顆心懸起的時候，雲峴湊近身子，捧著她的臉吻了下去。

路燈橘黃色的光芒映在他們身上，月亮爬上了雲端。

與她想像中的一樣，柔軟溫熱的觸感。

那一刻姜迎胸腔驟縮，呼吸滾燙，她聽到自己瘋狂加速的心跳，「咚、咚、咚」猶如雷鳴一般。

直到耳機裡的音樂再次進入尾聲，雲峴才離開女孩的唇瓣。

他依舊捧著她的臉，和她額頭抵著額頭，鼻尖蹭著鼻尖。

男人動情過後的眉眼像是含著月與花，溫柔到不可思議。

姜迎呼吸不穩，還沒緩過來，顫抖著聲音問：「這、這麼突然的嗎？」

雲峴發出一聲短促的輕笑：「突然嗎？我蓄謀已久。」

說完之後，雲峴便低頭又在姜迎嘴上輕啄一口，像是為剛剛綿長的吻畫上句號。

兩人重新坐直目視前方，默契的沒有再說什麼，繼續聽歌，吹著晚風欣賞夜景，任由曖昧一點一點生根發芽。

下車的時候，雲峴站定後回身向姜迎伸出手，姜迎借著他的力跳下最後一級臺階。雲峴順勢把她的手握在掌心沒有鬆開，兩個人牽著手走在路燈下，腳邊的影子一高一矮，親密地相依在一起。

雲峴捏了下姜迎的手背，問她：「餓不餓？」

姜迎搖搖頭：「下午吃得好飽，你餓了嗎？」

雲峴也笑著搖了搖頭。

姜迎被他這一笑晃亂了心神，極快地撇開視線，盯著鞋尖的珍珠問：「那我們接下來要去幹什麼呢？」

她現在根本沒有辦法思考，無法冷靜無法平復呼吸，姜迎也不好意思說，剛剛從座位上起身的時候，她有點不知道怎麼走路了。

雲峴還惦記著她腳上的傷：「妳累不累，要不要回酒店休息？」

姜迎急急地回覆：「不累，再等等吧。」

「那走走，這裡的夜景不錯。」

姜迎點頭：「嗯，走走。」

附近有一個小公園，有健氣活力的中老年人在跳廣場舞，幾個小朋友在空地處學溜冰，也有成雙成對的情侶在散步。

一個小男孩俐落地滑過一排障礙物，姜迎忍不住驚呼了一聲：「哇，他好厲害啊。」

雲峴看見前面有一群年輕人在玩滑板，便問姜迎：「現在還會滑板嗎？」

姜迎順著他的目光看去，粉色雙馬尾的女孩從臺階上完成了一個 Treflip，這是個難度很高的動作，連職業選手的成功率都不算高。她完成後，特別踐地笑了笑，狂傲出現在年輕漂亮的臉蛋上，說不出的動人。底下同行的夥伴們爆發出歡呼和掌聲，那女孩做了個承讓的手勢，抱著自己的滑板重新坐下。

姜迎看著那個女孩子，眼中流露出羨慕：「沒，我這級別連入門都算不上。以前沈暄玩得很好，不過現在也玩不了了。」

雲峴說：「妳和妳給人的第一印象其實差別很大。」

姜迎認同地點點頭：「你不是第一個這麼說的。」

雲峴牽著她繼續向前走，面不改色道：「還有誰？前任？」

姜迎睇著眼打量他一眼，戳破他的小心思：「你好像很在意陸廷洋。」

雲峴聳了下肩，沒否認也沒承認。

等走到人少一點的地方，雲峴開口道：「其實我本來不想陪妳來申城的。」

姜迎想起那天他的反應，問：「所以你那天為什麼生氣啊？」

雲峴鬆開她的手，兩人面對面站著：「不是生氣。」

姜迎不解：「那是什麼？」

雲峴坦誠道：「我和妳的事情，不希望摻雜其他人。我也不想做妳釋懷前任的那個工具。」

姜迎心裡一緊，趕緊解釋：「你別誤會啊，我可沒餘情未了。」

雲峴的嘴角翹了翹：「我知道。」

他藉著路燈的光芒望進她的眼睛，問：「那妳知道我為什麼要陪妳來嗎？」

「為什麼？」

雲峴坦白道：「一，想見見妳的前任。二，假戲真做好像也不錯。」

姜迎在心裡偷笑，面上卻故意說：「什麼假戲真做？原來你是這樣想的，天吶，好有心機哦雲老闆。」

雲峴看著她，無奈地笑了笑，向前一步，攬住姜迎的腰把人橫抱起來。身體倏地騰空，旁邊欄杆外是滾滾江水，姜迎重心不穩，下意識摟緊雲峴的脖子，慌張道：「你幹嘛呀？」

雲峴提醒她：「現在是真心話環節，我們最好都坦誠一點。」

姜迎緊緊摟著他的脖子，心快跳出嗓子眼，求饒道：「我錯了我錯了。」

雲峴沒立刻鬆手，只說：「如果妳同意的話，我就放妳下來。」

沒想到雲峴也會威脅人，姜迎瞇了瞇眼睛：「如果我不同意呢？你把我扔進江裡嗎？」

雲峴反問她：「妳會不同意嗎？」

姜迎啞口無言。

看著她的反應，雲峴低低笑起來，眼下的小痣又在亂人心弦：「不好意思說的話，親我一口也行。」

姜迎心神一蕩，只覺得全身都在發燙發軟，她咬著下唇，把臉埋到雲峴肩窩，小聲地、帶著撒嬌意味地說：「先把我放下來，好不好？」

雲峴的呼吸都亂了，心軟成一灘水，卻還是強撐著對她說：「那妳答不答應？」

姜迎又蹭了蹭他的脖子，柔軟的髮絲拂過皮膚，像是羽毛掠過心尖：「放我下來，你先回酒店，等我來找你。」

雲峴深呼吸一口氣，摟住她的腰，把她放了下來。

姜迎雙腳落地，拿出手機看了時間一眼，語速極快地對雲峴說：「你先回酒店等我，我馬上就來。」

說完便要往外跑，雲峴叫了她一聲：「姜迎——」

聞聲姜迎停下腳步，又回到他面前，踮起腳尖在他臉頰上親了一口：「等我啊，馬上來！」

她的眼眸亮晶晶的，像是盛了漫天繁星。

雲峴望著她匆匆離去的背影，輕輕笑出聲。

他倒是想看看，這位英勇奔赴遠方的小勇士是要去做什麼。

雲峴獨自回到酒店，在房間裡等了約莫一個小時。

期間無數次想傳訊息給姜迎，硬生生忍住。

等到門鈴聲響起的時候，他急切地跑去開門。

門被打開，他先看見的是一大束玫瑰，嬌豔的紅，花瓣還綴著水珠，飄散著甜蜜的馨香。

姜迎抱著那束玫瑰，邊喘氣邊說：「來申城之前的一整個晚上，我都在想要怎麼和你表白。沈暄說，他要是喜歡妳，妳說什麼都無所謂，他要是不喜歡妳，妳包下雙子星塔替他應援都沒用。所以我最後，很庸俗的，只買了一束玫瑰花給妳。」

沉默了一陣子，雲峴從姜迎的懷裡接過那捧花放在櫃子上，然後拉著她的手臂帶到懷裡，砰一下關上了門。

姜迎被他壓在牆壁上，背後是冰冷的瓷磚，身前是他帶著體溫的胸膛，雙重刺激著她的神經。

雲峴的唇無限貼近她卻不覆上去，他垂眸，低聲問：「所以要不要假戲真做？」

剛剛平復的呼吸又開始急促，姜迎踮腳湊上前，親在他的唇角，她認真又堅定地說：「要。」

第六杯咖啡

花果香SOE

在姜迎終於給出肯定的回答後，雲峴的心空了一瞬，隨即摟住她的腰，往前壓了一步，低頭加深這個吻。

脣齒交纏，把呼吸吞沒，他們相擁著沉溺。

雲峴舔了下姜迎的下唇，像是誘哄，姜迎的牙關被輕易撬開，他柔軟的舌溫柔地入侵，主導她心緒的起伏。

脊背上似是有小刺細細密密地扎，渾身都流淌著酥麻感，姜迎只能緊緊抱著雲峴的脖子不讓自己雙腿發軟站不住。

不知道吻了多久，姜迎只覺得頭腦發昏，腳下像踩了棉花雲，毫無實感。

雲峴抬手，拇指撫了撫她泛紅的臉頰和水潤的嘴唇，嗓音喑啞道：「還真的是一吻定情。」

房間裡開著空調，二十四度，姜迎的額上卻出了一層細汗，呼吸變得滾燙，她小聲抗議：「你能不能不要再提這件事了。」

雲峴笑了笑，一隻手牽起她，一隻手捧著玫瑰，帶著她往裡走：「跟我過來。」

客廳的茶几上放著兩個禮物盒，雲峴把玫瑰放在單人沙發上，指著那兩個盒子說：「給妳的，打開看看。」

姜迎露出驚喜的表情，跪坐在地毯上開始拆那兩個禮物。

第一個盒子裡裝的是愛馬仕的尼羅河花園，經典柑橘調，清甜微酸，裹著清新的草木香，像是掛在河邊樹林枝頭上的一顆飽滿柳丁。

她打開蓋子，噴了一泵在手腕上，湊上去嗅了嗅，很像雲峴車裡的味道。

雲峴抱著手臂靠在一邊，問她：「喜歡嗎？」

姜迎點了點頭，甜絲絲地笑：「喜歡。」

「再看看另一個。」

姜迎便繼續拆第二個盒子，令她意外的是，第二個盒子裡也是一瓶香水——TomFord極具爭議性的Lost cherry。有人形容它甜美如奶油蛋糕上的紅櫻桃，有人說它的味道充滿誘惑力，像冬日裡一杯溫熱的櫻桃酒。既有土耳其玫瑰的熱烈、黑櫻桃的甜蜜，又混雜了苦杏仁的疏離，讓人欲罷不能。

姜迎把兩瓶香水擺在桌上，問雲峴：「你怎麼買了兩瓶呀？」

雲峴放下交疊的手，起身向她走了過來：「挑的時候覺得都像妳，就都買了。」

姜迎挑了挑眉，把兩瓶香水重新裝進盒子裡，兩瓶她都喜歡，這時雲峴拿瓶白開水給她她都會愛不釋手。

夜已深了，晚風吹散雲層，星星在枝頭閃爍，人類的緋色幻想在浩瀚宇宙之中蠢蠢欲動。

「柳丁和櫻桃我都喜歡，不過所有香水裡，我最喜歡的是LOEWE的事後清晨。」

說完後姜迎看向雲峴，發現對方的神情有些一言難盡。

意識到什麼，她身子微微向後傾：「我可不是在暗示你什麼。」

——「剛剛這句也不是反話！」

在氣氛變得尷尬之前，姜迎一不做二不休捧起桌上的盒子就往門口走，語速極快地留下一句：「我累了我先回去睡覺了你也早點休息。」

雲峴目送她到門口，笑著低了低頭。

這一天確實夠豐富多彩的。

雲峴洗漱後躺在床上，沒有太強烈的睏意，今天也不想服用助眠的藥物，他覺得有些無所事事。

想起姜迎前兩天和他說起的畫手身分，雲峴點開不常用的社群搜尋她的名字。直接搜姜迎自然是找不到的，雲峴想了想，重新輸入「落日橙」。

搜尋清單裡有幾個重名的，但是找到她不難。

雲峴點開這個簡介為「歡迎光臨我的精神世界」的用戶，一則一則往下翻看。大多數都是分享，偶有幾則是發表自己的作品。

這種同人圈子的東西雲峴並不瞭解，站在一個外行人的角度，帶上一層新晉男友濾鏡，他只覺得姜迎畫得很好。線條流暢，比例恰當，人物精緻，色彩和諧，一看就知道美術功底很紮實。

雲峴一邊看畫一邊讀底下的留言，清一色的誇獎。他看著，心底莫名生出幾分驕傲之感，就跟看著自家女兒在幼稚園拿了獎勵的心情一般。

偶爾有幾則僅粉絲可見，配圖一張梗圖，文案是「你們懂得」。

懂什麼？這是什麼暗語嗎？

雲峴不解地皺著眉，點開留言區。

好傢夥。

『啊啊啊啊太太我的幾把為妳肅然起敬！』

『謝謝勞斯，溜爆了！』

『我先爽為敬！』

『本色鬼聞訊趕來！』

『一看三保一我就知道橙勞斯又搞好東西了嘿嘿嘿！』

雲峴：？

不就是一隻柴犬的梗圖嗎？

看到右下角顯示「長圖」字樣，雲峴重新點開圖片，往下滑了滑。

他一直滑到底，終於在三張一模一樣的梗圖後，看到了不一樣的東西。

從畫面上看圖片是倒著的，雲峴便把手機轉了半圈。

等看清圖上的內容，他手一抖，手機脫落，啪一聲狠狠砸在鼻梁骨上。

雲峴疼得低呼一聲，把手機從臉上撿起來，揉了揉被砸的地方。

緩了一口氣，他再次看著手機上的畫面，一時間有些哭笑不得。

這就是傳說中的三保一？

第二天早上九點，雲峴和姜迎準備返程。

姜迎提著行李箱走出房間，雲峴已經在樓梯口等她了。

「怎麼今天沒戴眼鏡？」

還沒等雲峴回答，姜迎察覺到他臉上的異樣，著急地問：「你鼻子怎麼了？」

雲峴撫了一下瘀青處：「沒事，沒拿穩，被手機砸了一下。」

姜迎踮腳湊上去察看他的傷勢，鼻梁骨上青了一塊，有些腫，她輕輕呼了一口氣：「你幹什麼了，砸成這樣？」

雲峴摸了摸鼻子，撇開視線。正好這時候電梯到了，他牽起姜迎的手踏進電梯：「沒什麼，手滑了一下。」

早上天氣晴，陽光有些刺眼，雲峴指了指副駕駛座前的收納箱，對姜迎說：「姜迎，幫我拿一下墨鏡。」

「哦，好。」打開箱子，裡面並沒有太多物品，一個黑色的眼鏡盒，一個文件袋，還有一瓶藥。

那藥瓶看起來像某種保健品，姜迎瞥到上面的字，隨口問道：「你在吃褪黑激素啊？」

雲峴愣了一下，回答道：「嗯，我有點失眠。」

姜迎把墨鏡從盒子裡取出遞給雲峴：「是因為壓力大嗎？」

「以前吧，現在好多了。」

「我做畢展時睡不著覺也吃，第二天早上起來會頭昏，你會嗎？」

雲峴搖了搖頭：「我還好。」

不想這個話題再繼續下去，雲峴選了句話問：「我看妳很多平臺的ＩＤ都是落日橙，有什麼寓意嗎？」

姜迎回答說：「我小時候改過名字，原本叫姜暮橙的，我爸說因為我是在傍晚出生的，那天的落日是橘色的，很漂亮。」

雲峴唸了唸這三個字：「很好聽的名字，那為什麼又改了？」

「六七歲的時候吧，有次去水庫游泳，趁著我爸不注意游遠了，差點淹死。要是我爸當時沒回過神來找我，就不知道被沖到哪裡去了。」姜迎捂著自己的左肩，「這裡有條很長的疤，就是那個時候撞到石頭割破皮留下的，現在被我用刺青蓋著了。」

雲峴聽完後眉頭蹙起，忍不住教訓姜迎：「小時候怎麼這麼皮？妳知道有多危險嗎？」

姜迎扁了扁嘴：「你就別罵我了，我那個時候被全家輪流教訓過了。後來我奶奶找了村裡一個算命的，說我名字和什麼犯沖，多災多難，嚇得趕緊幫我改了。」

「嗯，大難不死，必有後福。」

姜迎有些惋惜地說：「不過我還挺喜歡暮橙這個名字的，後來就用落日橙貫穿我所有平臺的暱稱了。」

說著，姜迎終於覺察出一絲不對勁：「你怎麼知道我所有ＩＤ都是落日橙的，你不是只有我的聊天好友嗎？」

雲峴無法搪塞，只能老實交代：「我看了妳的社群。」

姜迎猛吸一口氣，捂住嘴不讓自己的髒話飆出口：「你看到什麼了？」

雲峴如實說：「妳的畫啊，畫的不錯。」

「沒關注我吧，沒點開看吧？」

雲峴沉默以對。

姜迎心如死灰。

雲峴瞟了姜迎一眼：「對不起啊，我是不是不該去找妳的社群？」

姜迎搖搖頭，既然是個公開平臺，誰都能看見，那沒道理限制自己的男朋友不能看。

她小聲說：「我是怕你看了覺得我……」

雲峴偏偏還火上澆油：「妳在我面前真的不用管人設，早塌了。」

姜迎皺著臉「嚶」了一聲，側過身去把頭歪在靠墊上：「不說了，我要補覺。」

逃避這件事情上她算是爐火純青。

雲峴從車後座拿了一件外套蓋在她身上，調了調空調出風口，又伸手在她腦袋上揉了揉：「睡吧，到了叫妳。」

從申城回溪城的路還是那一條，卻有什麼不一樣了。

把姜迎送到家的時候，兩人揮手告別，姜迎走了幾步又折返回來，踮起腳在雲峴臉頰上親了一口，說：「明天見。」

雲峴順勢把她摟在懷裡抱了抱：「明天見。」

總算是趁著春天結束前，進入了戀愛副本模式。

夏天要到了，雲峴打算幫咖啡館裡換一批新綠植，花店送了好幾盆過來，蘇丞負責搬花，趙新柔在一旁指揮。

兩人正在討論這盆龜背竹是放在門口還是吧檯，雲峴看他們爭得沒完沒了，發話道：「擺門口吧。」

「看吧，得聽我的。」趙新柔拆開一束玫瑰，修剪枝葉後插進花瓶裡。

蘇丞一向是吵不過她的，看她兩根手指捏著花枝小心翼翼的樣子，接過她手裡的剪刀：「我來吧。」

雲峴端著一杯美式看他們一下酸一下甜的，意味深長地笑了笑，打趣道：「蘇丞倒是挺會心疼人的，以後不知道哪家女孩子有福了。」

蘇丞看著趙新柔沒說話，趙新柔收拾桌子上的包裝袋，權當自己沒聽到。

過了一下，趙新柔想起件事，問雲峴道：「對了老闆，姜迎姐是不是兩天沒來了？」

蘇丞還記得上次雲峴冷著臉把他從後廚叫出來的樣子，和姜迎談完回來後臉色也不好看。不會是沒戲了吧？

雲峴從面前兩位的眼神裡讀出了擔憂，他放下杯子，起身走到櫃檯：「她這兩天工作忙，現在應該要下班了。」

還剩一朵粉色荔枝沒剪，雲峴抽了張平時用來墊蛋糕的薄紙，隨意地把花包了一圈，又拿了段絲帶纏好打了一個漂亮的蝴蝶結。

「小趙，幫我打包一塊紅絲絨。」

「哦，好。」趙新柔手腳俐落地從玻璃罩裡取出一塊紅絲絨，是蘇丞今天做的新款，銷量不錯，剩最後一塊了。

雲峴接過打包好的蛋糕，對兩人說：「這塊記我帳上，要是晚上沒什麼客人，今天就早點回家吧。」

蘇丞看他要走，問道：「欸，老闆你去哪啊？」

雲峴舉了舉手裡的玫瑰和蛋糕：「接女朋友下班。」

時間抓得正好，他剛到樓下就看見姜迎走了出來。

今天沒開車，雲峴站在亮起昏黃光芒的路燈下。

姜迎遠遠看見他，揮了揮手，笑著跑了過來。

雲峴張開手臂穩穩接住她，問：「餓不餓？」

「餓死我了。」姜迎整個人掛在他身上，「改了一天的提案，總算是過了。」

雲峴把下巴擱在姜迎的頭頂，鼻尖縈繞著清甜的柑橘香：「你們老闆怎麼回事，都加了一個禮拜的班了。」

「還好了，今天下班挺早的。主要是更新和線下活動全湊一起了，過陣子我還要去申城出差。」

雲峴鬆開姜迎，把手裡的東西遞過去：「辛苦了，走吧，先帶妳去吃東西。」

大抵這就是愛人的奇妙能力，治癒生活裡所有的疲憊和不開心。

姜迎一手接過花和蛋糕，一手牽住雲峴：「我想吃生煎包。」

「行，生煎包。」

這家店是老字號，姜迎小時候就常來吃，店裡翻修了兩次，面積也是從前的兩倍。

姜迎和雲峴挑了靠窗的位子坐下，點了兩碗紅豆粥和一籠生煎包。

等候的期間，雲峴說起下個月的安排：「下個月初我得回北京一趟，過段時間再回來。」

姜迎問：「有什麼事嗎？」

「我弟弟升學考了，想了想還是要回去，正好等考完了帶他放鬆放鬆。」

姜迎「哦」了一聲，點點頭：「那弟弟要加油。」

雲峴說：「他不用擔心，一直挺穩的。」

姜迎又問：「那他有什麼想去的地方嗎？要不要來溪城玩啊？」

雲峴看著她，只笑不語。

姜迎清了清嗓子，解釋道：「我的意思是，申城啊、金陵啊都挺好玩的……你們可以考慮一下嘛。」

雲峴應下她明顯夾帶私貨的話：「好，我知道了，我會問他的。」

提起家裡的高三生弟弟，吃飯時的話題自然圍繞著他展開。

雲峴的弟弟叫雲岍，今年剛滿十八。

聽雲峴的描述，無論是外形還是性格，雲岍完全是他的縮小版。

所以姜迎對這個弟弟簡直好奇死了。

雲峴說：「畢竟是我帶著長大的，長兄如父嘛，像我也挺正常的。」

姜迎疑問道：「你帶大的？你父母工作很忙嗎？」

「算是一個原因吧，再加上他們很早就離婚了，我和弟弟都跟著我媽。」雲峴說這些的時候，神色沒有絲毫變化。

姜迎卻有些尷尬，咬著生煎包不知道該不該繼續聊下去。

雲峴讀懂她的心思：「想問什麼就問，我是妳男朋友，妳應該多瞭解一點。」

姜迎小心翼翼地張口：「那，你父親呢？我是覺得，對於一個女人來說獨自撫養兩個孩子是一件很累的事，所以……」

雲峴沒有立即回答，似乎是在思考要怎麼說。

「我父親是做地質學的，常年在外考察，去過很多地方。生我的時候在湖北，生我弟的時候在陝西，一年見到的次數很少，有的時候在家沒待兩天又要走了。」雲峴的語氣平和，好像就只是在介紹無關痛癢的人，「我母親是高中國文老師，他們剛認識的時候，一個是愛好文學的女青年，一個是心懷山河的旅行家，很難不被對方吸引吧。」

姜迎放下筷子，認真地聽他講述：「那後來呢，後來為什麼又分開了？」

雲峴笑了笑，只說了兩個字：「現實。」

戀愛是花前月下，是美好的一切。

但婚姻不是。在現實面前，感情是最快的消耗品。

「生完我弟弟以後，我媽很長一段時間處於憂鬱的狀態，後來沒過多久他們就離婚了。

辦手續的時候，我爸想要我，還說已經打算留校帶學生，以後會減少在外的時間。我記得我媽當時很平靜，只說了一句話——『我和你吵了這麼多架，就是希望你多陪陪我和孩子，為什麼等離婚了，這個條件就變得這麼容易實現。』」

姜迎不知道說什麼安慰雲峴，只能握住他的手，用指腹摩挲著他的手背。

「我不怪我爸，他有他的夢想和抱負。他去過很多地方，每次都會帶回來各種紀念品，跟我和弟弟講一路上的見聞。但他確實不是個合格的父親，從小到大沒去過一次我的家長會，連我在哪個班也不知道。」

雲峴夾了一個生煎包到姜迎的盤子裡，對姜迎說：「妳應該和我爸挺投緣的，你們都喜歡滿世界跑。」

姜迎嚼著酥脆的面皮，說道：「一直待在自己的圈子裡多悶呀，何況這個世界上有這麼多有趣的地方。」

雲峴點了點頭表示認可：「嗯，沒錯。」

姜迎問他：「那你媽媽呢，她現在怎麼樣？」

「挺好的，還在學校教書。」

姜迎有些擔心：「那她是很嚴格的老師嗎？我高中國文老師特別凶，我到現在還記得她教訓人的樣子呢。」

雲峴挑了挑眉：「反正據我所知，她的學生都挺怕她的。」

姜迎「啊」了一聲，嘴裡呢喃著，「那完了、完了。」

雲峴一時不知道說什麼好，抬起手點了點她的腦門：「現在就擔心婆媳關係了？」

姜迎捂著額頭否認：「哪有！」

雲峴想要消除她的顧慮：「這妳還真不用擔心，她要是知道我談戀愛了大概會把妳供起來。」

姜迎鼓了鼓腮幫子，只當他說玩笑話。

不過想一想，她和雲峴才剛開始談戀愛，見家長還是很久遠的事，現在擔心確實沒必要。

短暫的憂慮很快結束，姜迎舀了一口紅豆粥，絲絲甜味蔓延在舌尖——還是享受當下比較重要。

李至誠發話終於可以下班的時候，姜迎覺得一瞬間好像回到了十七歲，清晨第一節數學課漫長而枯燥，她抓著時間一分一秒地數還有多久下課。

鐘聲響起的那一刻，整個世界都明亮了起來。

「都回去洗漱洗漱，好好睡個覺，辛苦了啊各位。」李至誠一邊打著哈欠，一邊懶洋洋地慰問員工們，「等我們到申城了請你們吃好的。」

為了配合夏日年中大促銷和六月的漫展活動，這次一共更新了兩章主線內容，時間緊任務重，再加上根據玩家回饋需要修改調整的地方也很多。等這天一切敲定好，整個辦公室的人已經被榨乾得一滴都不剩。

周晴晴撐不住，直接趴在桌上睡著了，姜迎幫她蓋了條毯子，收拾了東西準備下班。現在不過早上十點，通宵一夜之後反倒過了睏點，雖然疲勞無法緩解，但她的意志還算清醒。

姜迎走到雲邊的時候，蘇丞正蹲在門口抽菸。

「怎麼在這？」姜迎問他。

「姐，妳怎麼來了？」蘇丞看見她，立刻起身，取下叼在嘴邊的菸，一副見了鬼的樣子。

姜迎朝店裡望了望：「我剛忙完，想來你們店裡找點吃的。」

蘇丞摸摸腦袋：「哦，這樣啊。」

姜迎看他直愣愣擋在門口的樣子，覺得好笑：「怎麼了啊？還不讓我進去了？」

「欸，不是，那個，姐……」蘇丞不知道怎麼解釋，只能薅著自己的髮乾著急。

姜迎看他這副奇怪的樣子，起了疑心，她收起笑意，直接問他：「雲峴呢？」

蘇丞回答：「在裡面呢，在打……」

他的話說到一半，屋裡就傳來一聲帶著怒意的斥問。

「妳把我當過人嗎？把我當過一個人對待嗎？妳知不知道從小到大妳對著我和雲峅說要

是沒生你們就好了，我們是什麼感受嗎？」

「這二十年裡，妳不開心，妳不幸福，我就高興過嗎？」

「妳說的沒錯，生我是妳做過最錯誤的決定，我也這麼覺得。」

「我比妳，比妳和妳前夫，都更希望沒有我這個人的存在。」

隔著一扇門，其實屋裡的人到底說了什麼，姜迎聽得並不完整。

但僅憑捕捉到的那幾個字，她像是被雷劈了一遭，愣在原地不知該進還是退。

那個此時此刻正爆發的、像困獸發出絕望嘶吼的人，是她二十多年裡遇過的最溫柔的存在。

而她從來不敢想像，雲峴會說出「我希望自己不要存在」這樣的話。

蘇丞把姜迎拉了出去，關上大門，放輕聲音說道：「老闆剛剛接了個電話，好像是他家裡打來的，大概是出了什麼事，沒說兩句就吵起來了，不過他每次接完家裡的電話心情都不是很好。」

姜迎當即決定：「我去看看他。」

「欸，姐。」蘇丞攔住她，「妳還是先別進去了，他正煩心呢，讓他自己待一下吧。」

姜迎張了張嘴卻說不出話，她重重嘆了一聲氣，抱著手臂靠在門邊，朝蘇丞攤開手掌：

「給我一根菸。」

蘇丞怔了怔，從口袋裡摸出菸和打火機遞過去。

姜迎叼著菸剛要點火，想起之前在雲峴面前說過自己要戒菸，又啪一下蓋上打火機蓋子，煩躁地揉了把頭髮：「算了。」

沒多久雲峴出來了，在屋裡喊蘇丞：「蘇丞，我這兩天回北京一趟，有事打電話。」

蘇丞趕忙應下：「欸，好。」

雲峴匆匆走到門口，這才看見一直站在那裡的姜迎，一瞬的意外過去後，他緩了緩不悅的神色，嘴角勉強擠出一絲笑意，問她：「妳怎麼來了？」

姜迎沒回答他的問題，直接問：「你要回北京嗎，出什麼事了？」

蘇丞自覺地回到店裡，留下他們單獨說話。

這事不好解釋，雲峴只說：「家裡出了點事，之後再跟妳說，我現在得趕去機場，等我回來。」

「雲峴。」姜迎拉住他的手臂，不假思索道：「我和你一起去。」

見他一時沒反應，姜迎牽住他的手，緩和語氣說：「我不是想摻和你家裡的事，我就是想陪著你，或許能有我幫的上忙的地方。我和你一起去吧，好不好？」

姜迎的面容和望向自己的眼神似乎有魔法，籠罩在周身的陰鬱一下子稀薄了，雲峴抬手摸了摸她的臉頰，心底發酸，點頭同意：「好。」

到機場共四十分鐘，姜迎開車，雲峴一直在和不同人通話，第一句話問的總是「雲岍是不是和你在一起？」

把通訊錄裡能找的人都找了個遍，雲峴終於放下手機，疲憊地靠在椅背上。

姜迎看他一眼，問：「是弟弟離家出走了？」

雲峴有氣無力地「嗯」了一聲：「最近讀書狀態不太好，和我媽吵了兩句，今天老師打電話來說沒去上課，不知道這小子跑去哪了。」

姜迎安慰他：「他都這麼大了，知道分寸，或許是累了想要休息一下。」

雲峴揉著太陽穴：「我明白。」

看他心情不好，姜迎沒有多說什麼。他們倉促地買了最近的航班，等到落地的時候已經下午兩點多了。

調查了社區門口的監視器，雲岍早上是往學校的反方向走的，但去了哪裡查起來很困難。

今早夏芝連著兩節課，一直沒空看手機，雲岍的班導師陶老師以為他是生病了才沒來學校，畢竟是成績優良的好學生，怎麼也不會想到他是翹課了。

夏芝知道小兒子沒上課的第一個反應是打電話給那個同樣不省心的大兒子。

在她看來，雲岍突然叛逆有一半是和雲峴學的，而雲峴莫名而來的反骨就是遺傳了雲程帆。承受不了就逃避現實，懦弱又可恥，父子三人一個樣。

母子倆說了兩句便吵起來，一直到現在坐在派出所裡，也是一人一邊，誰也不理誰，漠然得像陌生人。

姜迎站在雲峴旁邊，初次見家長本就緊張，如今氣氛尷尬，她更加不自在。

警察一聽不見的是個高三男孩，心也算放下一半，問他們道：「這小孩平時愛去哪啊？不想上課多半是去網咖了吧。」

夏芝搖搖頭：「他不可能去網咖的，身分證也在家裡，又沒手機，能去哪裡呢這孩子。」

雲峴冷靜地和警察交代情況：「他平時就待在家和學校。我聯絡了認識的親戚朋友，都說沒看見他，他一個人能去的地方很少，身上的現金不過幾百塊，能查一查周邊的監視器嗎？」

警察一邊吸著菸，一邊做記錄：「查起來也是費時間的，說不定他等等就自己回來了。」

姜迎扯了扯雲峴的袖子，小聲問：「他有沒有什麼愛好？比如喜歡天文，很可能會去博物館，或者喜歡打籃球？」

雲峴低著頭沒說話。

姜迎以為他沒有聽明白，繼續說：「心情不好的時候很可能就會去做喜歡的事，也許他只是想找個地方發洩發洩。」

「姜迎。」雲峴終於抬起頭，光打在他的側臉和肩膀上，清晰地勾勒出他眼下睡眠不足的烏青和眉梢的疲態，「雲岍他，好像沒有愛好。」

或者說，不能有。

任何與讀書無關的事都是浪費時間，喜歡什麼，都會被一句「等升學考完了再說，你現在的主要任務是念書」封殺。久而久之，那些愛好、興趣，本來能帶來愉悅的事物就會失去它們原本的效力。

在長久的沉默裡，光線轉移，雲峴整個身子都置於陰影下，他終於想起弟弟曾經喜歡飛行器。

是什麼時候雲岍不再和他說起航太、說起空間探測器，說起那些在他眼裡遙遠而充滿無限魅力的名詞呢？

好像是在一次週末，夏芝帶著兄弟倆去書店，雲岍很開心地拿了一本《浩瀚宇宙》。那本書很厚，涉及到的知識對於一個七八歲的孩子來說專業而晦澀，但僅僅是圖片就讓雲岍看得興致盎然，他並不知道一艘載人航太背後需要付出什麼，他只是無法抵擋來自宇宙深處的吸引力。

但那本愛不釋手的書雲岍還是沒能帶回家，無論他如何堅持，如何描述那本書有多麼有趣，最後都被夏芝一句「考試考得到上面的東西嗎」堵在原地無話反駁。

那天雲岍沒有鬧，乖乖地把書放回架子上。夏芝滿意地摸著他的腦袋，笑著說：「晚上帶你和哥哥去吃披薩好不好？」

至於弟弟後來有沒有高興起來雲峴不記得了。

或許很快就忘記這回事了吧，畢竟是小孩子。

「是不是挺可憐的。」雲峴啞著嗓子問姜迎，「連喜歡的東西都沒有。」

他似乎是在說雲岍，又好像在說自己。

查監視器確實很費精力，時間越長，夏芝的耐心被消耗得越快。一開始的擔憂逐漸轉化為煩躁，她終於忍不下去，皺著眉罵了一句：「這麼大了還不省心，就知道胡鬧！」

雲峴沒有多餘的力氣理她，眼睛死死盯著螢幕，想要從人海裡找到熟悉的身影。

弟弟一向懂事乖巧，有自理能力，對周圍的環境很熟悉。正因如此雲峴更擔心，因為沒有人知道他究竟會去哪裡，會做什麼，現在的心理狀態又是如何。

將近一個小時過去，雲峴摘下眼鏡揉了揉發紅的眼尾，姜迎從包裡翻出一瓶眼藥水遞給他。

雲峴接過黑色的小瓶子，輕聲問她：「累不累？」

姜迎搖搖頭，身體是疲憊的，一夜未睡再加上兩個城市間的奔波早耗盡了體力，但精神又緊繃著不敢放鬆。

中途夏芝接了幾通電話，她是年級主任又帶著一個資優班，需要處理的事情很多。

姜迎起身倒了一杯水，朝著她微微一笑，把紙杯放在她手邊。

夏芝忙了一天，剛剛無暇顧及其他，她拉過姜迎，歉疚地說：「今天真是不好意思，讓妳大老遠也陪著過來。」

姜迎笑著搖搖頭。

夏芝的手機鈴聲又響起，見是雲岍的班導師打來的，她趕忙接起。

「喂，陶老師……回學校了？那就好那就好，我們馬上過去。」

雲峴也聽到了，鬆了一口氣，起身和身後的員警說：「不好意思，耽誤你們時間了。」

警察揮了揮手：「本職工作、本職工作，回去和孩子好好溝通啊！」

雲峴連連應下，邁著大步走了出去。

姜迎和夏芝跟在他身後，匆匆忙忙趕回學校。

辦公室裡，失蹤了一天的雲岍低著頭坐在單人沙發上。

雲峴走到門口停下，喘了兩口氣平復呼吸。

陶老師見家長來了，主動起身把空間留給他們：「孩子也和我承認錯誤了，有什麼要好好溝通，雲岍一直很優秀的。」

雲峴點了點頭：「謝謝老師。」

姜迎站在雲峴身後，有些摸不準他的想法，正琢磨著等等要是打起來要怎麼攔，就看見他上前一步，手覆在男孩頭頂壓了壓，低聲問：「有沒有吃東西？餓不餓？」

雲岍似乎也挺意外，呆呆地搖了搖頭，校服T恤寬鬆，罩在男孩瘦削的身體上顯得空空大大。他的五官和雲峴很像，但更青澀稚嫩些，許是知道自己惹了事，現在乖乖坐著，像是等候發落。

「今天先回家吧，晚自習不上了，我幫你和老師請假。」雲峴接過他的書包提在手裡，甚至開玩笑地說了一句：「離家出走還帶這麼多書，學霸人設倒是沒倒。」

雲岍被他說得臉一紅，心裡摸不清他哥是不是說反話刺他。

夏芝站在一旁，終於發話：「你先帶著他回去吧，我還有兩節晚自習。」說完便轉身出去了，頭也沒回一下。

姜迎偷偷提了一口氣，這家人還真是讓人捉摸不透。

回去的路上姜迎以為雲峴會好一番盤問，可他除了問他們有沒有什麼想吃的，牛肉麵行不行以外就沒說什麼。

雲岍大概是第一次幹壞事，做好了被狠罵一頓的準備，結果誰都沒罵他，搞得他更慌了。

他小心翼翼地瞟了雲峴一眼，後者正打開某外送App認真挑選。

「哥，你沒什麼要罵我的嗎？」

姜迎忍不住，噗哧一聲笑了出來：「你倒是希望他罵你啊。」

雲峴也覺得好笑，捏了他的臉頰一把：「有啊，都大著膽子翹課了，最後還跑回學校，你怎麼這麼沒膽？」

雲岍齜牙咧嘴捂著半邊臉，嘟嘟囔囔地說：「我沒有想翹課。」

雲峴問：「那你想幹嘛？世界好大，你要去看看？」

「我就是，不想去學校。」雲岍的聲音越說越小。

「考試考得好不好，作業做得對不對，我都沒有感覺了。陶老師和我說，還有半個月就考完了，再忍忍，很快就會過去了。但是對於我來說，是一年、半個月，還是明天，都一樣，我麻木了。我聽不進課，看到試卷就反胃，我不知道自己要幹什麼，坐在教室裡只覺得痛苦，我覺得我要憋死了。」

說完，雲岍把頭靠在窗戶上，盯著外面一閃而過的建築物發呆，半晌又說了一句：「哥，你會不會覺得我有病？可是我真的好難受。」

雲峴的手握成拳緊緊攥著，過了一下又鬆開，在雲岍肩上拍了拍。

他要如何安慰弟弟呢。

告訴他未來還長，這些都不算什麼嗎？

可是雲峴回過頭去望自己的三十年，只看見了漫長的痛苦，他挑不出什麼值得期待的，能給予弟弟希望。

雲岍兩歲那年父母離婚，在他的意識裡並沒有完整家庭的記憶。

但是雲峴有，他親眼見證一個和諧幸福的家分崩離析。

父母爭吵的時候，他總是能聽見「我為了這個家犧牲了什麼什麼」的句子，好像他和弟弟的存在就是在不斷剝奪那兩個人的快樂和光明。

他悶著頭讀書，悶著頭工作，悶著頭生活。

為什麼辭職，為什麼離開北京。

就是因為有一天他發現他沒有情緒了。

他每日每夜失眠，翻來覆去難以入睡。

半夢半醒的迷糊狀態下，雲峴總是看見自己被困在海底，身體無限下墜，見不到陽光，嗅不到新鮮空氣。

瀕死，血液滯緩，脈搏微弱地跳動維存最後一絲生氣。

如果一個人連呼吸都覺得痛苦，他要怎麼活下去。

雲峴突然哽住，喉嚨發疼。

在他艱難的想要出聲時，有人替他說了話。

「生活確實很辛苦，一天又一天，你總有煩心不完的事。但是，不管明天是晴天還是雨天，總會有讓你感到快樂的事。」

窗外的樹枝匆匆而過，落日餘暉投映在姜迎的臉頰上，或明或昧的光線裡，她的聲音溫柔而平和，像是初夏的晚風，裹著櫻桃的香甜，輕輕拂過忙碌了一天的行人。

「我加了一個禮拜的班，到現在已經快三十個小時沒睡，但是，一想到等等會有一碗暖呼呼的牛肉麵，我就覺得好開心。」

她翹起嘴角，那是一個極有感染力的笑容：「你看，快樂其實很簡單。至於那些痛苦的不好的回憶，等過去了你就會發現，也不過如此嘛，只是一段經歷罷了。」

第七杯咖啡

抹茶拿鐵

姜迎一番話說完再回頭的時候，發現兄弟倆都目不轉睛地盯著她看。

她尷尬地乾咳了一聲，回過身躲開兩人的視線：「怎麼了，是雞湯膩到你們了嗎？」

雲岍連忙搖頭：「沒有沒有，妳說的話我知道了，謝謝妳。」

連沉默一路的司機都忍不住豎起大拇指：「小妹妹，妳說得真好！」

雲峴只是笑著看了看姜迎，片刻後，他移開目光轉向雲岍，問出所有人擔心一整天的事：「今天一個人去哪了？」

姜迎趕忙附和：「對啊對啊，今天去哪逛了？有沒有吃好吃的？」

雲岍言簡意賅地總結了自己這翹課的一天：「隨便挑了一輛公車，繞了大半圈，在路上遇到一家二手書店，把沒看完的《三體》看完了。」

雲峴這才想起手機被沒收了之後，雲岍曾經借了同學的《三體》看，有次沒注意時間看到夜裡兩點，被夏芝發現後第二天就把房間澈查了一遍，所有與讀書無關的東西都收了起來。

那次雲峴也跟著挨了罵，被他媽警告不准包庇不准縱容。

雲岍這小子心裡大概也挺難受的，差幾章就看完了，能憋個大半年也不容易。

雲峴問他：「結局怎麼樣？」

「不知道。」雲岍低著頭，一副沮喪的樣子，「我也不知道為什麼，看的時候老是分心，想別人現在試卷做到哪一張了，複習到第幾單元了。好不容易強迫自己看完了，等合上書我發現我什麼也沒記住。」

「所以最後又回學校了？」

雲岍撓了撓額角：「說起來有些不好意思，看到學校標誌那一刻我竟然感覺到前所未有的心安。」

雲峴嘆了聲氣，恨鐵不成鋼地道：「所以說你丟臉啊，第一次見逃兵回來自首的。」

姜迎立刻瞪了雲峴一眼示意他閉嘴，轉頭又笑著對雲岍說：「讀書人的事哪叫逃避，我們是存個檔來日再戰。再說了，其實逃避也不可恥啊，我就愛逃避。」

雲峴輕笑一聲：「妳倒是會寬慰人。」

姜迎又瞪了他一眼，後者抿了抿唇示意自己閉嘴，朝她做了個請繼續的手勢。

姜迎調整了下繼續說：「不過逃避解決不了問題是真的。你可以短暫的把自己隔離起來，好好想一想怎麼辦，或者乾脆分散注意力調整一下心情。等調整好了，該面對的還是要面對。」

姜迎鼓勵完，就要輪到雲峴了，他端出幾分兄長的架勢，正色說道：「哥不罵你，是知道你辛苦了，也是懂道理的。但你今天確實做得不對，讓大家擔心你一天。」

雲岍乖乖認錯：「知道了，是我不對。」

見他態度誠懇，雲峴滿意地點了點頭，問：「現在感覺後悔嗎？」

雲岍毫不猶豫地回答：「不後悔，至少在踏出第一步的時候，我感覺鬆了一口氣。」

「升學考也沒什麼可怕的，你不是一直以來都做的很好嗎？」雲峴說完的時候，正好到了目的地。

彼時已經過了五點，初夏的太陽依舊耀眼。前兩日下了雨，今天的空氣倒算潔淨，天空一片湛藍，漂浮著白雲朵朵。

雲岍終於露出今天的第一個笑容，眼裡重現光彩，像是卸去了滿身的壓力，真真正正的輕裝上陣：「我知道了，這麼多試都考過來了，也不差這最後一段路！」

在氣氛逐漸走向熱血的時候姜迎默默舉起手：「不是我想煞風景，等到了大學恐怖的考試還多著呢。」

純真的高中生雲岍睜著無辜的大眼睛，問出了讓兩人笑而不語的問題：「大學不是用來玩的嗎？」

還是不要嚇著備考生了，雲峴把手裡的書包和家門鑰匙遞過去：「你先上去，外送快到了，你餓了就先吃。」

雲岍問：「你們要去哪啊？」

「帶你小姜姐姐去買點日用品，她今晚住家裡。」

等雲岍上了樓，姜迎才後知後覺意識到什麼，突然要留宿在人家家裡，她還怪不好意思的：「其實，我去酒店也行的。」

雲峴低頭看她一眼：「妳害羞什麼？」

姜迎睜大眼睛，提高聲音虛張聲勢：「我哪有？」

雲峴指了指自己，又指了指正在上樓的雲岍：「妳睡我房間，我睡小岍房裡。住家裡，明早去機場也方便。」

「哦，這樣啊。」姜迎點著頭邁步開溜以掩飾心虛，還沒踏出一步就被雲峴捉住手腕扯了回來。

「怎麼了？不是要去超市嗎？」

「先幹件事。」

話音未落雲峴就握著她的手腕往樓梯走。

太陽西斜，定時的燈還未開，樓梯間漆黑昏暗、空無一人，任何細微的聲響都被放大，清晰地傳到耳邊。

姜迎被雲峴輕推了一下，後背抵在水泥牆上。

細小的粗糲感蹭著她的背，她不適地動了一下，卻被對方認作是逃跑的傾向。

或許是雲峴一直表現出來的那一面溫柔而讓人沒有防備心，所以當他一隻手掌控住姜迎的兩隻手腕舉過頭頂壓住，另一隻手攬住她的腰傾身吻下的時候，姜迎的心懸在半空，感到前所未有的緊張。

這樣強勢的、露骨表現出愛欲的雲峴，瞬間點燃了姜迎身體裡的火花，劈里啪啦地炸了一路。

湧上頭腦的歡愉是彼此共享的，這並不是第一次接吻，卻是頭次這麼激烈而纏綿，像是下一秒所有的欲望就會傾巢而出，腳下是雲端，身後是汪洋，眼中只剩下放在心尖上的對方。

雲峴貼著姜迎的唇瓣，偶爾輕咬一下，等姜迎覺得疼，下意識想要推開他的時候就鬆開，然後捲著她的舌，溫柔地入侵和征伐。

在姜迎即將喘不過氣的時候，雲峴終於撤兵休戰。

嘴上殘留的口紅蹭在他的唇角上，暈開的淡紅色讓姜迎簡直不敢看。

雲峴抬手用拇指替姜迎擦了下水光漉漉的嘴，又用手背抹了抹自己的，問：「怎麼黏黏的？」

姜迎紅著臉撇開視線，從包裡找到衛生紙抽出一張遞給他：「我塗了唇釉。」

雲峴接過紙，攤開對折又對折，擦著手上不知道是他的還是她的唾液和那黏乎乎的唇釉。

姜迎又抽出一張替他把唇角擦了擦，還不忘趁機抱怨一句：「你怎麼老是喜歡搞突襲？」

雲峴捏了下她的臉蛋，也不解釋自己剛剛是為哪個瞬間動情，只說：「情難自禁。」

他又往前邁了半步，把姜迎逼得更緊，低聲問：「今天化妝了？」

「嚴格意義上是昨天化的。」

雲峴又問：「脖子好像也塗了？」

「當然，不然會有色差的。是不是帶妝時間太久……」

卡粉了。

不等姜迎把話說完，雲峴拉開她的衣領一點，她今天穿了一件寬鬆的T恤，這樣一來大半邊肩膀都裸露在外。

雲峴撫了撫她左肩的刺青，然後低下頭，用牙咬住她的肩帶往旁邊挪了挪。

姜迎一瞬間忘了呼吸，一顆心提在半空搖搖晃晃。

雲峴用牙齒輕輕碾磨啃咬她肩上的一塊皮膚，力道逐漸加重，疼痛感和他頭髮摩挲的癢混雜在一起，讓姜迎忍不住輕呼了一聲。

那副衿貴斯文的金絲眼鏡還端正地架在他的鼻梁上，可眼角眉梢又是那麼放浪和動情。渾身都在發麻發酥，姜迎抬手撫上他的臉。

雲峴抓住她的手移到自己的腰上，讓她攬住，細密的吻繼續落下，帶著些許的痛。

等到最後，紅玫瑰旁又盛開了一朵，雲峴親了親那處紅腫的地方，替她把衣領重新拉好。

彼此都帶了點意猶未盡的繾綣，姜迎敏感地察覺到雲峴的反常，等平復好呼吸和心跳，她有些擔心地問：「到底怎麼了？」

雲峴抱她更緊了些，在搪塞敷衍和實話實說之中猶豫了兩秒，選擇了後者：「本來不想妳跟著我過來遭罪。」

姜迎摸了摸他的後背：「嗯。」

「不想讓妳看到我的家庭。我的一切都可以坦誠給妳，只有這個不行。我可以和妳偶爾聊起，但要去直面它，我有時候都不願意，更別說帶著妳。」

雲峴停頓了幾秒，像是在思考應該從何說起。

「我母親是因為懷了我才放棄讀研究所和我爸結婚的，所以她後來經常說，要是沒生我，她的人生就不會是這個樣子的了。雲岈兩歲的時候他們離了婚，在撫養權上爭執了很久。她一個人帶著我和弟弟，很辛苦，所以從小到大一切我都順著她。但是慢慢的，我覺得她的存在就像枷鎖。我沒有喜不喜歡做的事情，只有應不應該。工作累，回到家應付她我更累。」

雲峴輕輕嘆了一聲氣：「有的時候真不知道我們到底是誰欠了誰。」

姜迎問雲峴：「你還記不記得我們第一次見面的時候？」

雲峴點頭：「嗯，妳生日。怎麼了？」

姜迎認真而誠懇道：「遇見你是我那天唯一發生的好事，所以雲峴，謝謝這個世界上有你存在。」

還沒等雲峴說什麼，樓梯間響起腳步聲，姜迎立即推開他往後退了一步，催他說：「快走快走。」

上一秒的溫情蕩然無存，雲峴無奈地笑了笑，跟上她。

走出樓梯，雲峴看見姜迎白T恤的後背蹭到牆灰髒了一塊，心虛地摸了下鼻尖，脫下自己的外套罩在她身上。

姜迎不明所以：「我不冷啊。」

雲峴指了指背後：「衣服髒了。」

聞言姜迎睜大眼睛，一邊扭著身子察看衣服一邊嘴裡嘟囔：「你說你，挑什麼好地方。」

雲峴只能賠笑，推著姜迎往外走：「我幫妳洗我幫妳洗。」

等到他們從超市回來，發現雲岍煎了兩個雞蛋留給他們。

忙了一天，午飯也沒來得及吃，姜迎聞到麵湯香揉了揉肚子，早就餓得受不住了。

雲峴看姜迎麵沒吃幾口，雞蛋卻三兩下解決完了，問她：「還要不要雞蛋？」

姜迎搖搖頭：「不用了，夠了……要不然你的給我咬一口？」

雲峴笑了笑，把不曾動過的整個煎蛋夾到她碗裡：「留給妳的。」

在小事上雲峴總是留著一份細心，記著別人的喜好，兄長的角色扮演得久了，又習慣性地讓著別人。

但姜迎看到雲峴這樣其實心裡並不好受，尤其是在今天近距離接觸他的家庭之後。

她希望雲峴也做個被寵著的小孩，不要永遠這麼懂事這麼招人心疼。

雲峴看姜迎一直在發呆，笑著捏了下她的耳垂：「想什麼呢？快吃麵。」

說好一口就是一口，姜迎咬下一小塊煎蛋，美滋滋地咀嚼著，把剩下的還給雲峴：「寶貝弟弟煎給你的，你怎麼不吃？小岍的蛋煎得比我好多了。」

雲峴說：「他也只會這個。」

姜迎又從自己碗裡夾了兩片滷牛肉給他，摸了摸他的頭髮：「今天我們寶貝哥哥也辛苦了，多吃點肉肉喲。」

雲峴抬手用食指和中指輕輕彈了下姜迎的額頭，笑著道：「哄小朋友呢？」

姜迎搖搖頭：「哄男朋友。」

雲峴十分受用，親暱地揉了揉她毛茸茸的腦袋。

吃完飯，雲峴收拾桌子，姜迎在客廳裡隨便逛逛。

幾乎每個家庭都會有一面榮譽牆，貼著孩子從小到大的獎狀，但凡有人來做客，那面牆總像個旅遊景點一樣被打卡。

姜迎家裡也有，張數不多，最好的獎項也只是班級三好學生。

此刻面對整整一櫃的證書和獎狀，她才算知道什麼叫學霸的成長史。

她隨意拿出幾張看了看，全國數學競賽二等獎、物理競賽一等獎、晨星杯徵文二等獎……上面兩層都是雲峴的，底下的留給弟弟雲岍。從小到大，幾乎每個科目都有，此外市級三好學生、優秀班幹部也滿滿的一遝，按照年份排好序。

姜迎忍不住感嘆一句：「這也太恐怖了吧。」

她轉頭面向正在餐廳擦桌子的男人，由衷表示：「雲峴，你們家的基因太強大了。」

雲峴往那櫃子不鹹不淡地瞟了一眼：「也有挺多湊數的，幼稚園折紙比賽第一名也被我媽放進去了。」

姜迎小心翼翼地把手裡的證書放回原位，趁雲峴看不見偷偷雙手合十拜了拜。

「姜迎。」

聽見雲峴在廚房喊她，姜迎趕緊過去。

雲峴甩了甩手上的水，挑了一顆櫻桃餵給姜迎，把盤子遞給她：「把櫻桃端給雲岍吧，再問問他要喝水還是喝飲料。」

櫻桃酸酸甜甜，雲峴已經把核去了，一整顆果肉吃起來，別提有多爽。

「好嘞。」姜迎接過盤子，忍不住又想拿一顆。

雲峴拍開她的手：「留了一盤給妳呢，別偷吃高三生的。」

姜迎嘻嘻笑了下，把櫻桃端過去給雲岍。

門沒關緊，姜迎走到門口往裡看了一眼，發現雲岍正坐在椅子上發呆。

她輕輕敲了敲門，男孩才回過神向她看去。

姜迎對他笑了下，走進房間裡，把果盤放在桌上：「你哥買了櫻桃，嚐嚐，很甜的。」

雲岍禮貌地向她道謝：「謝謝姐姐。」

姜迎又問：「那個，你渴不渴，想喝水還是飲料？」

「沒事，我不渴。」

姜迎點點頭：「好，那你看書吧。」

她走到門口，猶豫了一下還是折身回來，對著雲岍說：「我小時候有一次騎車摔了，左手臂差點脫臼，身上好幾處擦傷。我哭著回家找我媽，你猜她做了什麼？」

雲岍愣愣地搖了搖頭，猜測道：「安慰妳了？」

姜迎伸出食指搖了搖：「不，她把我打了一頓，一邊罵我一邊帶我去醫院。」

這下雲岍澈底怔住了：「啊？」

姜迎彎起眉眼笑著說：「很奇怪吧？她後來和我說，她當時嚇傻了，擔心得要死，又不知道該怎麼辦，一急就想打我一頓。有的時候吧，他們只是不知道正確的表達方式，罵你也許不是真的怪你，但對你的愛是不需要懷疑的。」

姜迎不知道此刻的雲岍能聽明白多少，她不善於安慰人，最後笑了笑，留下一句「不要想太多了，安心做你的事吧」，便輕輕合上門出去了。

雲峴和姜迎不想吵到雲岍，一人一邊耳機窩在沙發上，用手機播了部電影看。

夏芝是晚上八點的時候回來的，懷裡抱著一遝厚厚的試卷，依舊保持著她為人師表的端莊得體。

她自動略過雲峴，直接問姜迎：「晚飯吃了什麼？」

姜迎回答說：「牛肉麵。」

夏芝這才不滿地看向大兒子：「你也不知道帶人家去吃點好的。」

姜迎連忙解釋：「不是不是，是我說想吃麵的，我說想吃的。」

夏芝拉過姜迎的手，問她：「以前來過北京嗎？」

姜迎乖巧回答：「前兩年和朋友來玩過，不過只待了三四天。」

夏芝說：「北京好玩的地方多著呢，以後讓雲峴多帶妳去玩，反正他也是個閒人了。」

雲峴欲言又止，似乎想爭辯咖啡店老闆可不是閒人，但想了想還是放棄了，不想再吵架。

看到夏芝往雲岍的房間走，雲峴急了，立刻起身要阻止她：「我已經說過他了，妳別再影響他心情。」

夏芝轉身，抖了抖手裡的資料夾：「今天晚上測驗的卷子，我拿給他還不行了？在你們兄弟倆心裡我就是個惡人？」

一看氣氛不對，姜迎心都提了起來，看看這個又看看那個，夾在中間不知道要怎麼辦。好在大家都累了一天，實在沒什麼力氣再給彼此不痛快。

夏芝真的只是去送卷子，很快就從房間裡出來。

姜迎知道他們母子倆有話要說，藉口要去洗澡回了雲峴的房間。

等客廳裡只剩下母子兩個，雲峴和夏芝才意識到他們真的沒有好好坐下來聊過什麼話，在這麼平常的瞬間，雙方竟都不知道應該說什麼開頭，生疏的像陌生人。

雲峴開了電視，調到最小音量，體育頻道的解說員激動地揮舞手臂，決勝時刻，球飛舞在半空，全場人的視線聚焦在那一點上。

他發現這一場他早就看過直播，伸長手臂搆到遙控器，想換個臺。

「是不是老是在心裡覺得我不懂你？」夏芝坐在單人沙發上，輕聲開口。

雲峴按鍵的動作一頓。

「你穿多大碼的鞋，愛吃什麼，不愛吃什麼，是什麼脾氣，沒有人比我更清楚。」

「妳清楚嗎？」雲峴的語氣平靜而肯定，「我喜歡什麼，我會因為什麼開心，因為什麼不開心。妳真的清楚嗎？」

他轉過身看向夏芝：「我不知道雲岍會不會這麼想，有的時候我真的覺得，我只是妳的學生。」

頓了頓他又說：「甚至不如妳的學生。」

不知道是哪句話戳中了夏芝，她擰著眉提高聲音反問：「你說什麼呢？我做的哪件事不是為你們好？我對哪個學生有對你們那麼操心？為了生你們兩個人我受了多大罪你不知道嗎！」

「我當然知道。」雲峴沉重地呼吸，「這些年妳在我們面前說的還少嗎？妳犧牲了什麼，妳失去了什麼，妳為這個家付出了什麼，妳說得不累我聽得都累了。」

雲峴儘量克制住心中的情緒，壓著嗓子說：「妳覺得我辭職是胡鬧，妳覺得今天雲岍翹課是胡鬧，但妳知不知道。」

他猛然停下，移開視線，眼底凝著一層霧：「待在這個家裡，有多讓人窒息。」

夏芝捂著胸口喘了兩下，被堵得什麼話都說不出來。

她看著雲峴，離得很近卻又覺得遙遠。

她想起雲峴剛學走路的時候，她站在原地鬆開手，小傢夥搖搖晃晃往前邁了幾步就回頭找她，再搖搖晃晃地撲進她的懷裡。

小的時候這麼黏著她，怎麼越長大卻越想逃離父母逃離家庭？

夏芝不想和雲峴吵，他難得回家一趟，她不想再像上次一樣不歡而散，雲峴連過年也不回來。

罷了罷了，夏芝想，她總說雲程帆是個不及格的父親，現在看來自己的得分也並不漂亮。

客廳裡沉默了好久，等電影頻道的晚間劇場即將開始，夏芝推了推鼻梁上的眼鏡，問雲峴：「明天什麼時候走？」

語氣稀鬆如平常，彷彿剛剛的針鋒相對沒有發生過。

雲峴啞著聲音答：「早上八點。」

「早點睡吧，你和小姜也累了。」說完她便拖著那遝試卷回了自己房間。

姜迎躲在門後偷聽了一陣子，終於等到夏芝回了房間，她才輕手輕腳地開門出去。

見她出來了，雲峴問：「怎麼了？」

「沒，告訴你我洗好了，你去洗吧。」說著她打了一個哈欠。

雲峴摘下眼鏡揉了揉眼睛，眼裡泛著紅血絲：「妳睏了就先睡吧。」

姜迎點點頭，回了房間：「那你也早點休息。」

雲峴的床單是深藍色的，臥室裡除了一張黑色辦公桌和一面衣櫃以外沒有別的家具。姜迎躺在被窩裡，閉上眼睛，迷迷糊糊地聽到有人進了浴室，櫃子一開一合，在意識即將空白的前一瞬她猛地想起手機還在客廳的包裡，而她忘記要設個鬧鐘。

只能強撐著意志爬起來，她半瞇著眼，看見雲峴正把一床被子鋪在沙發上。

「你睡這嗎？」姜迎揉著頭髮問。

「嗯，雲岍那小床也擠不下我們兩個，他明天還要早起上學。」

她有些不忍：「這沙發也很擠啊。」

雲峴說：「沒事，就一晚。妳快去睡吧。」

姜迎摸了摸後脖子，心裡掙扎了一下，決定還是不要讓自己辛苦一天的男朋友受委屈：「別睡沙發了吧……那個，你進來的時候記得關燈啊。」

說完她就拿了自己的包踩著拖鞋快步走回房間，特地沒有關門。

她身後，雲峴抱著被子琢磨一陣子才回過味來，他手插著腰無奈地笑了笑，把那床被子重新疊好，關了客廳的燈走進臥室。

開關啪嗒一聲，屋裡陷入漆黑。

被子被掀開一角，感受到身邊有人躺下，姜迎轉過身子摟住雲峴的腰埋進他的懷裡。

雲峴抱著她調整一下姿勢，讓她枕得更舒服一些。

「如果你睡不著的話，我可以陪你說說話。」姜迎的聲音帶著倦意，比平時的語氣更加軟些。

雲峴撥了撥她額頭上的瀏海，問她：「還記得妳上個生日許的願望嗎？」

也許是太睏了，也許是真的忘記了，姜迎想了想，發現自己並不記得：「我許了什麼？」

「妳說以前許的願望沒有什麼實現的，所以希望今天晚上失眠的人都睡個好覺吧。」雲峴在姜迎的額上落下一吻，「妳的願望靈驗了，那一天，我睡得很好。」

入睡之前，姜迎迷迷糊糊說的最後一句話是——「那以後我把所有的願望都留給你。」

也許是心裡記著事，第二天早上五點多姜迎就醒了，看身邊的雲峴還在睡，她關了手機的鬧鐘，輕手輕腳下床洗漱。

客廳裡已經有動靜，姜迎走出去，看見夏芝正在廚房裡忙碌。

「阿姨。」

夏芝見到她，笑了笑：「這麼早就起來了？先來吃早飯吧。」

姜迎點點頭，桌上擺著白粥小菜，不知道夏芝什麼時候起來準備的。

外頭樹上的鳥啾啾叫了兩聲，又撲騰著翅膀飛走了。

姜迎捧著半碗白粥小口小口地喝，胃裡暖呼呼的很舒服。

餐廳的時鐘走到五點四十分的時候，雲岍從屋裡走了出來，懶洋洋地揉著眼睛。

他走到餐桌旁，把手裡的試卷遞給夏芝：「做完了，妳看看。」

夏芝沒接，舀了碗粥給雲岍，交代說：「你自己的卷子自己看，昨天缺的那兩節課沒講什麼重點東西，應該都是你會的，把習題看看，不懂的自己去辦公室找老師問。」

雲岍又用力揉了揉眼睛，以為自己還沒睡醒，從前他每份作業和考卷夏芝都要過目的。

姜迎見狀，趕緊把粥往雲岍面前推了推：「快把卷子收起來吃早飯吧。」

雲岍這才回過神：「哦，好。」

夏芝抬頭瞟了時鐘一眼：「雲峴還不起來？」

姜迎趕緊解釋：「他昨晚睡得晚，沒事，讓他多睡一下。」

夏芝嘆著氣搖搖頭：「小姜啊，妳可別對他這麼好。他看起來相貌堂堂的，但壞毛病不少，以後要是結了婚有妳受的，千萬別寵著他。」

姜迎一口粥嗆在喉嚨裡。

雲岍出聲打斷他媽：「有妳這麼說自己兒子的嗎？」

夏芝挺直腰：「我自己兒子我才要說。」

雲岍嘀咕道：「哥好不容易找到女朋友妳別把人家嚇跑了。」

夏芝冷哼一聲：「要嚇跑也是你先嚇跑吧，翹課的不良弟弟。」

母子倆一人一句，雖然是拌嘴，但卻好久沒有說過這麼多話。

姜迎喝著粥，偷偷笑了笑，這樣也好，能吵起來總比相顧無言好。

去機場的路上，姜迎想起清早熱鬧的餐桌，和雲峴說：「阿姨今天好像有點不一樣了。」

雲峴問：「哪裡不一樣？」

姜迎鼓著腮幫子想了想：「說不上來，反正就是不一樣了。」

雲峴牽著她的手，看向窗外說：「下次回家再帶妳好好逛一逛北京。」

姜迎順著他的目光看去：「好。」

最後一場春雨過後，天氣逐漸悶熱，室外太陽刺眼，天空無雲，院子裡的葡萄樹結了果實。

夏天的雲邊咖啡館多了一個新店員——剛升學考完就被抓來做打工仔的雲岍。

六月底的週末，姜迎在申城出差，為期兩天的漫展，《小世界》拿到一個主題餐廳的展位。

本來這種線下活動都是運營部的工作，但方宇最近抽不開身，便找姜迎過來幫他盯著。有專業的店員在外服務，姜迎掛著工作證，偷偷躲在後廚摸魚。

進店的客人都是年輕女孩子，穿著漂亮的裙子化著精緻的妝。

姜迎看著那群小女生，和雲峴感嘆說：「年輕真好，青春萬歲。」

雲峴在電話那頭輕聲笑了笑：『怎麼在漫展還傷春悲秋起來了？』

姜迎問他：「店裡忙不忙？」

『還好，小岍做事挺俐落的，我這個老闆倒是挺悠閒。妳呢，不忙啊？還有空和我打電話。』

「我不忙啊，外面有帥哥服務生，還需要我幹什麼。」說到這個姜迎來了興致，「我和你說，我們這次找的 coser 絕了，長得超帥。哦，你應該知道 cosplay 吧？就是角色扮演。」

雲峴那裡沉默了兩秒：『真的嗎？』

「真的呀，我把照片給你看。」

掛斷電話，姜迎把手機裡偷拍的照片傳給雲峴。

cos 簡影的那位帥哥五官精緻，穿著襯衫西裝褲，架著金絲眼鏡，斯文敗類的氣息呼之欲出。

姜迎偷拍的時候，他正站在櫃檯為兩位顧客點餐。

半分鐘後，手機裡彈出訊息。

見山：『仿冒品。』

姜迎噗呲一聲笑出來。

落日橙：『我看這也不輸正版哦。』

再然後雲峴沒有回覆，正好姜迎這邊有事，她收起手機起身幹活。

姜迎萬萬沒想到，第二天她接到雲峴的一通電話，對方說他現在正在展館門口。

「你有票嗎？你怎麼進來的？」

雲峴沒回答，只問：『妳在哪個方向，我去找妳。』

姜迎說了地點，沒幾分鐘就看到雲峴遠遠走了過來。

她一路小跑過去，喘著氣問：「你怎麼來了？」

雲峴一手插著口袋，往店裡張望，淡淡地說了句：「抓山寨。」

姜迎又無語又好笑，這男人吃醋起來真是幼稚得要命。

她問雲峴：「那你怎麼進來的？」

雲峴把手裡的工作證拎到姜迎眼前：「李至誠給我的。」

姜迎狐疑地看著他：「你什麼時候和我老闆關係這麼好了？」

雲峴推了下眼鏡，清清嗓子說：「我是不是一直忘了告訴妳啊，其實，我之前和妳說因為一個朋友來溪城，就是李至誠。」

在姜迎還沒消化完這句話的時候，雲峴又說：「他是我的大學同學，我現在就住他家呢。」

姜迎澈底石化。

「那你之前為什麼和我說跟他不熟？」她扭曲著表情嚎叫。

雲峴戳了戳她的額頭：「我要是和妳說我是妳老闆的朋友，妳還會相處得自在嗎？」

姜迎點了點頭，又猛地一竄而起：「那你沒把我背後罵他那些話告訴他吧？」

雲峴失笑，反問她：「我像那種人嗎？」

姜迎鬆了一口氣：「那就好。」

雲峴視線落在不遠處的年輕男人身上，輕飄飄地威脅道：「不過妳要是再用別人挑釁我，我可無法保證會不會打小報告。」

姜迎交叉手臂護住前胸深吸一口氣，她怎麼突然就有把柄落在雲峴手裡了呢。

她皺著臉吸吸鼻子，一副委屈極了的樣子：「你瞞我在先，現在還要威脅我。我知道，我終究是錯付了。」

雲峴哭笑不得，只能捏捏她的臉蛋：「妳還演起來了是吧？」

姜迎趁勢摟住雲峴的脖子掛在他身上：「那你不准打小報告，李至誠發火的樣子很嚇人。」

雲峴穩穩地抱住姜迎，在她的撒嬌攻勢下潰不成軍：「我還真是拿妳沒辦法。」

姜迎放不下心，又和他確認道：「你真的沒在他面前說我什麼吧？」

雲峴瞇了瞇眼：「妳這麼怕他啊？他在公司很凶？」

姜迎表情誇張地說：「超級凶。」

雲峴忍著笑意：「不會吧？經常罵妳嗎？」

「那可不要太多。」

雲峴輕輕笑出聲：「我回家好好和他說說，讓他對員工溫柔一點。」

姜迎趕緊擺擺手：「別別別，千萬不要，感覺我是關係戶了。」

雲峴提醒她：「某種程度上來說，妳確實已經是了。」

姜迎挽著他的手臂：「那他知道我們的事嗎？」

雲峴點了點她的額頭：「妳一下班就往雲邊跑，他早就看出來了。」

姜迎倒吸一口氣，更不明白了：「那他為什麼也不告訴我？你們玩我呢？」

雲峴：「李至誠說……」

姜迎：「什麼？」

「他不想那麼快就和妳平起平坐。」

姜迎歪著腦袋，反覆品味這句話：「他什麼意思？」

雲峴笑著聳了下肩。

姜迎鼓鼓腮幫子，猜不透男人的心思。不過得知自己和老闆的好兄弟談戀愛了，她確實有些說不出的新奇感受。

她纏著雲峴繼續問：「那李至誠知道我們在一起了是什麼反應啊？」

雲峴回答說：「沒什麼反應。」

「真的？他都不驚訝嗎？」

雲峴沉默幾秒，笑了笑說：「他不驚訝，他甚至比我自己更早發現我的感情。」

漫展人流擁擠，各個展攤前都很熱鬧，到處排著長隊。

姜迎帶雲峴四處逛逛，她問他：「你肯定沒來過這種地方吧？」

出乎意料的，雲峴搖了搖頭：「不，我來過。」

姜迎睜圓眼睛：「什麼時候？」

雲峴回憶了一下：「好多年前了，辦得沒現在這麼盛大，就一個小活動，在北京，我那時剛實習，在我學長的公司，也是做遊戲的。」

姜迎還沒仔細的了解過他以前的經歷，不禁感到好奇：「你在遊戲公司待過，那你當初怎麼沒幫李至誠一起創業啊？」

雲峴偏頭看向姜迎：「實不相瞞，妳老闆一直想挖我過去呢。」

「那你怎麼沒來？」

「那個時候沒決心放棄北京的一切到溪城來，我媽不會同意，我原先的那份工作又正好在升職的關鍵時間上，顧慮挺多的，就沒辦法答應李至誠。」

姜迎抱著雲峴的手臂，貼過去說：「但是你最後還是來溪城了。」

雲峴笑著點頭：「對，還是來了。」

他們走過服飾鮮豔，穿著各異的年輕男女們，周身嘈雜，只安靜地聽彼此說話。

「雲峴，你說。」姜迎忍不住開始幻想，「要是那個時候你真的來工作室了，當我們的技術總監，那我們會怎麼認識啊？」

雲峴想了想：「不知道，可能是在茶水間吧，我問妳要不要來一杯咖啡。」

姜迎想像一下那個畫面：「好像也不錯。」

沒走多久，展會那打了電話找姜迎，說咖啡杯不夠用了，不知道存貨在哪。

她放下手機，問雲峴：「你要和我一起過去嗎？或者自己逛逛？」

雲峴說：「一起去吧，看看二次元裡的我是什麼樣的。」

姜迎被他逗笑：「這關過不去了是吧？」

雲峴牽著她的手，加快腳下的步伐：「怎麼來了申城我們還得忙著咖啡館呢？」

姜迎回答說：「不知道，也許是命吧。」

雲峴一直陪著姜迎到漫展結束。

托他的福，下午店裡的生意更好了。

晚上工作結束以後，看機會難得，儘管身體已經疲憊，他們還是打算故地重遊一趟。

上次來的時候正是春天，如今已快入夏。

登上觀光巴士，一樣的路線，一樣的座位，耳機裡播放的還是那首歌。

Long nights daydreams.

Sugar and smoke rings I've been a fool.

But strawberries and cigarettes always taste like you.

姜迎想起什麼，問雲峴：「為什麼那個時候想要吻我？」

雲峴的視線從繁華街道轉落在姜迎身上，安靜地看著她，過了半晌才開口——

「櫻桃、柳丁、草莓、玫瑰，還是菸或酒，我想知道妳是什麼味道的。」

夏日的太陽留戀人間，傍晚時分天地依舊明亮。

姜迎傾身，笑著吻上雲峴。

「是什麼味道？甜的？酸的？苦的？辣的？」

雲峴搖搖頭，他對此的形容是：「是獨一無二的，是讓我著迷的。」

姜迎把被風吹亂的頭髮撥到耳朵後，嘴角無法控制地上揚：「有個很俗的問題，但我還是想問你。」

雲峴輕輕呼吸，晚風裡有好聞的花草香味：「我猜，是問我為什麼喜歡妳。」

姜迎點點頭，把臉湊到他面前，直直盯著他的眼睛：「為什麼？」

雲峴故作深沉，抱著手臂思索起來。

姜迎問：「不好回答嗎？」

雲峴「嗯」了一聲。

「我這兩天總是在想，如果你沒有陪我參加陸廷洋的婚禮，或者生日那天我直接回了家，沒有進雲邊，我們還會不會有後來。」姜迎笑了笑，「很沒有意義吧，但我就是會忍不住想，總覺得差一點可能就錯過了，遇見你真不容易。」

雲峴牽著她的手放到自己腿上，很肯定地告訴她：「不會的。」

「妳問我為什麼喜歡妳，我說不清楚，妳太特別了，和我遇過的人都不一樣。我來溪城呢，就是想換個環境生活，有了雲邊以後我覺得自己的狀態好多了，但也只是從浮躁焦慮慢慢變得平和。是妳，姜迎，是妳的出現讓我有了更多鮮活的情緒。妳讓我的不開心變成開心，讓我的開心變得更開心。我總是好奇，妳為什麼能這麼有趣，這麼樂觀，這麼熱愛妳擁有的一切。我不覺得我們差一點就可能錯過，相反我很肯定，只要我知道世界上有妳這樣的女孩，我一定會愛上妳。」

在夏日昏黃的路燈下，蠅蟲飛舞。

姜迎出神一般盯著雲峴的側臉，月光溫柔似水，她的眼神就像月光。

「妳呢？」雲峴回過頭，把問題還給她，「妳為什麼會喜歡我？」

姜迎深呼吸一口氣，回答說：「因為你長得好看啊。」

雲峴等了幾秒也沒等到下一句：「就這樣？」

姜迎抬起眉毛：「這個理由還不夠嗎？」

雲峴偏過腦袋，把視線看向別處，抱怨說：「太敷衍了。」

姜迎笑眼彎彎，不再逗他：「其實我也不知道怎麼說，我就是覺得，我們的一生會遇到很多人，人與人之間還是緣分最重要，而每一次在我有需要的時候，你就會出現在我身邊。對我來說，你也慢慢成為那個特殊的存在了。」

兩個人有一搭沒一搭地聊了好長，駛過一個紅綠燈，姜迎轉念問道：「雲峴，你猜你是什麼味道的？」

雲峴想不到答案：「什麼？」

姜迎給出了很具體的描述：「青蘋果。」

雲峴愣了愣，反應過來後舒展眉眼笑了。

氣味是有記憶的。

每次看見他，她都會想起三月的雨，橘黃色的燈光，青蘋果味的香薰蠟燭和微微苦澀的咖啡豆。

她都會像初相遇時那樣心動。

第八杯咖啡

熱可可

來溪城以後，雲峴的生活軌跡基本固定在家和雲邊兩點一線。以前李至誠週末有空還能帶他四處轉轉，最近忙著工作室的專案，早出晚歸的，就算是休息日也是窩在房間裡睡覺。

兩個人同住一個屋簷下，卻連面都見不到。

姜迎作為員工也跟著忙，但她這人閒不住，有了空就要拉著雲峴到處探店打卡，美其名曰「橫向探究餐飲行業本土市場」。

今天是週五，李至誠沒拉著員工們留下加班，早早放大家回去過週末。

姜迎一出辦公大樓就直奔雲邊，最近放暑假了，店裡人多，總是客滿。

她推門進去的時候，雲岍正在擦桌子，看見姜迎打了聲招呼。

「你哥呢？」姜迎問他。

雲岍左右張望了下，奇怪道：「剛還在店裡呢，去哪了？」

姜迎摸出手機打電話給雲峴，沒等接通就聽到身後有人說：「喂，請問找誰啊？」

她拿下耳邊的手機，循聲回頭看，雲峴不知從哪裡剛回來，手裡提著兩個大塑膠袋，正對著她笑。

「找老闆。」姜迎取消通話，接過他手裡的袋子幫忙拿進去，「你買什麼啦？」

雲峴說：「今天打烊應該會挺晚，買了點吃的給大家先墊一墊。餓了嗎？」

姜迎點頭：「李至誠開了一個下午的會，早餓了。」

雲峴買了兩大份披薩，招呼大家進後廚吃飯。

打開盒蓋，濃鬱的起司香飄散出來，姜迎一聞到味道，口水都快下來了。

蘇丞翻了翻另一個袋子，臉上出現失望的表情，問雲峴道：「哥，你怎麼沒買榴槤口味啊？」

姜迎大口嚼著披薩，嫌棄地瞥他一眼：「就你愛吃稀奇古怪的口味。」

蘇丞解釋說：「不是我，新柔喜歡。」

雲峴和姜迎對視一眼，了然於心地笑了笑：「我照著你小姜姐的喜好買的，下次你自己帶她去吃吧。」

姜迎拿手肘碰了蘇丞：「不過我建議約會還是別吃榴槤披薩了哈。」

雲岍啃著雞翅，在一旁圍觀他們的對話，後知後覺地問：「什麼意思啊？蘇丞哥和新柔姐也是一對啊？」

姜迎：「啊。」

雲岍睜大眼睛，倒抽一口氣。

蘇丞摸了摸自己的平頭，對雲峴小聲說：「老闆，你弟情商是不是有點低啊。」

雲峴看他一眼，拿雞塊堵住蘇丞的嘴：「你也別五十步笑百步。」

後廚裡，蘇丞邊吃飯，邊跟雲岍詳細敘說他是如何用一盒蛋塔追到趙新柔的。

說著說著還驕傲起來，攬著雲岍的肩打包票說：「以後喜歡哪個女孩子就找哥，哥一定幫你追到。」

姜迎在旁邊聽著，頻頻發笑。

想著新柔還在外面看店，她草草吃了兩塊披薩就出去換班。

雲峴沒吃多少，他不太喜歡這些速食食品，早就回餐廳裡收拾桌子了。他看見姜迎出來，問道：「吃飽了？」

姜迎摸著肚子回：「飽了。」

有時週末沒事，她就跟著雲峴學做店裡的咖啡，並不難操作，記住比例和步驟就行，只是拉花的成功率不太高。

偶爾店裡忙起來，姜迎也能充當臨時工。

她走到櫃檯，熟練地戴上圍裙，把新做好的一杯拿鐵蓋上杯蓋遞給客人。

鈴鐺聲響起，一對母子推開玻璃門走了進來。

「歡迎光臨。」姜迎向他們揚起微笑。

年輕女人牽著兒子，問她：「妳好啊，請問你們店裡有什麼他可以喝的飲料嗎？孩子一直吵著說渴了。」

姜迎低頭看著那個小男孩，長得白白嫩嫩的，很討人喜歡，她回答女人說：「可以打一杯柳橙汁，鮮榨的。」

「好呀，不要放冰塊。」

姜迎又問：「他怕酸嗎？怕的話我稍微加一點糖。」

「好的好的，謝謝老闆娘啊。」

姜迎正從冰箱裡拿柳丁，聽到這話手裡的動作一頓。

在雲邊待了這麼久，好像還是第一次有人這麼稱呼她，怪讓人不好意思的。

她又細細回味了一下，忍不住抿唇偷笑。

感覺不錯。

這晚直到九點多才送走最後一桌客人，店裡的蛋糕一塊也沒剩。

體諒員工們工作辛苦，雲峴讓他們早早回家休息，自己留下來關店打烊。

雲岍知道哥哥嫂子還有會要約，很自覺地坐地鐵回去了，堅決不當電燈泡。

等清店鎖完門已經快十點了，雲峴問姜迎：「要不要去看電影？」

姜迎搖搖頭：「太晚了，也沒有想看的。」

雲峴又換了個提議：「還餓嗎？吃宵夜？」

「還好，披薩吃得挺飽的。」

雲峴摸摸她的臉頰，放輕聲音說：「是不是累了？要不然我送妳回家吧。」

姜迎搖搖頭，牽住他的手，在昏黑的夜裡一雙眼眸更顯得亮晶晶。

她掀起唇角，往他面前湊近了一點，笑意狡黠地說：「雲峴，我帶你去個好地方吧。」

雲峴莫名有種不好的預感：「什麼好地方？」

姜迎向他攤開手掌：「車鑰匙給我。」

雲峴毫無防備，從口袋裡摸出鑰匙放到她手上。

「走。」姜迎一揮手臂，瀟灑道，「帶你去找樂子。」

半個小時後，站在一間老舊的民宅前，雲峴質疑說：「就這裡？」

姜迎挑了下眉：「嗯。」

雲峴環顧了一圈：「到底是什麼樂子？」

姜迎保持神祕，繼續賣關子：「進去看看不就知道了。」

四周昏暗，只有破舊的木門上亮著一盞燈，像是指引。

雲峴踏上四五級臺階，站到門前，門上沒有鎖，他嘗試著推開，卻發現推不動。

姜迎其實也沒來過實地，睜著眼睛四處張望：「我聽說進門的方式比較特別，要找找線索，你有什麼發現嗎？」

雲峴瞇了瞇眼睛：「妳不會大晚上帶我來玩密室逃脫吧？」

姜迎立刻否認：「當然不是。」

頓了頓，她又有些沒底氣地說：「雖然現在看起來很像。」

雲峴嘆了聲氣，認真地觀察周圍的環境，僻靜老舊的民宅，一旁卻有間格格不入的紅色電話亭，他皺起眉頭，察覺到一絲不對勁。

姜迎看他走向電話亭，寸步不離地跟過去。

看來店主也沒耍多大花樣，電話機上貼著一張紙，是進門的提示。

「夏日永駐。」姜迎讀出上面的字，撓撓脖子，不太明白，「這就是提示啊？」

雲峴推了下鼻梁上的眼鏡，神情專注地盯著紙上的四個字，像在沉思。

姜迎左看看右看看，毫無頭緒，只能把希望寄託在雲峴身上：「你想到什麼了嗎？」

雲峴抱著手臂，不太確定地說：「永遠是夏天，也許指的是熱帶？妳試試南北回歸線的緯度。」

姜迎眨了眨眼睛：「南北回歸線的緯度是多少啊？」

雲峴垂眸，抿了抿唇。

姜迎提起蘋果肌，露出牙齒笑了下：「我是美術生啦，地理不好很正常。」

雲峴戳她的額頭：「自己不會，別抹黑所有美術生。」

姜迎鼓了鼓腮幫子，嘟囔地說：「正常人誰會記得啊？」

雲峴：「我啊，二三二六，試試。」

姜迎悄悄翻了個白眼，在面板上按序輸入這四個數位，剛按下「6」，就聽到「呀噠」

一聲響，身後的木門自動開啟，緩緩向兩邊打開。

「哇。」姜迎睜大眼睛，難以置信地看著雲峴，「真的是回歸線，你開掛了？」

雲峴聳了下肩，一臉雲淡風輕道：「碰巧猜對了。」

姜迎拉著他，迫不及待地要進去：「走！」

門是全自動的，外頭一層木頭只是偽裝。

隨著門縫一點一點擴大，屋裡的光線和聲音傾瀉而出。

待看清裡頭的景象，雲峴輕輕笑了，在他預料之外，又在情理之中。

門口沒有招牌，也沒有指標，進來的方式又如此獨特，原來這裡藏著一家酒吧。

「妳從哪裡知道這個地方的？」雲峴問姜迎。

店裡的裝潢風格很特別，以藍灰色為主色調，但不會讓人覺得壓抑，天花板上映著燦爛銀河，擺設裝飾也多與宇宙相關，置身其中，彷彿人們逃離出地球，在太空中遊行。

姜迎東看看西瞧瞧，覺得新鮮極了：「沈暄和我說的，讓我有空來玩，我也不知道她從哪裡發現這個地方。」

店裡沒有服務生，所有的座椅都圍繞著吧檯形成一個圓圈，中心站著幾位調酒師。

雲峴和姜迎在空位上落座，拿起手邊的菜單翻閱起來。

上面有一個星辰系列，每一杯都以一顆行星命名。

姜迎覺得有趣，點了一杯「Sirius」，除太陽外最亮的恒星天狼星。

雲峴點的是店裡的招牌，也是進門的密碼提示，「夏日永駐」。

不像其他酒吧那樣燈紅酒綠，音樂嘈雜，這裡很安靜，客人們聊天也都是用只有彼此聽到的音量。

姜迎湊近雲峴，在他耳邊小聲說：「還不錯吧？」

雲峴「嗯」了一聲：「我第一次來酒吧。」

姜迎不敢相信：「不會吧？」

「真的。」雲峴說：「很多事情都是遇到妳之後才有了第一次。」

「比如？」

「比如第一次陪人參加前男友的婚禮。」

姜迎臉上一臊，咬著牙說：「能不能不提了？」

雲峴失笑，手握成拳抵在嘴巴，搖搖頭保證：「不提了。」

抒情的音樂流淌在其間，屋頂的繁星似真似假。

忙了一天身體還是有些疲憊，姜迎挽著雲峴的手臂，腦袋靠在他的肩上，看著調酒師熟練運用各種器具，打造出一杯精緻美麗的特調。

「天狼星」用高腳杯盛著，藍紫色液體深邃而神祕。

而「夏日永駐」，杯口用一瓣柳丁作裝飾，是一杯氣味清新恬淡的果酒。

「這裡突然讓我想起第一次遇見你的時候。」姜迎抿了口酒，輕聲道：「也是這樣，周團黑漆漆的，只有這一間屋子亮著光，像是故意吸引我靠近。」

雲峴接著她的話說：「所以妳走了進來。」

「對，我走了進去，然後遇見了你。」酒意醺紅臉頰，她挽著雲峴的手臂，笑得又甜又乖。

「雲峴。」

「嗯？」

那杯酒不知度數，姜迎小半杯喝下去竟然有些醉了，她大著舌頭，含糊不清地說：「你不知道我有多喜歡雲邊，它對我來說太重要了。」

雲峴接過她手裡的酒，不讓她再喝了，知道她現在意識不太清晰，但還是很認真地回答說：「我知道，它對我來說也很重要。」

姜迎打了個哈欠。

雲峴輕輕捏她的臉頰：「小酒鬼，回家睡覺了。」

自從那天去了趟酒吧，雲峴不知為何突然對調酒有了興趣。

這天姜迎下班後來到雲邊，他正一個人在後廚忙碌，面前擺了各式各樣的玻璃杯。

姜迎撐著桌沿輕巧一躍，坐到桌面上，問雲峴：「你該不會是咖啡館開膩了要換家酒吧開一開吧，雲老闆？」

雲峴沒回答，夾了一片薄荷葉小心放在酒液表面，他把調好的酒推到姜迎面前，說：「嚐嚐。」

姜迎小心地將玻璃杯舉起，漸變分層效果，橘色混著粉色，冰塊漂浮，柳丁的果香混雜著威士忌：「不錯啊，有模有樣的。」

欣賞完外觀，她拿著吸管喝了一小口，冰涼的液體蔓在舌尖，不辛辣苦澀，只有溫和的清甜。

姜迎仔細品了品，評價道：「好喝，很清爽，不過酒味要是再濃點就好了。」

雲峴笑罵了聲「酒鬼」。

他抱著手臂靠在桌子邊，告訴姜迎：「這杯酒叫落日橙。」

姜迎攪拌著杯子裡的酒，抬起頭看向雲峴：「我的名字啊？那我可要收版權費的。」

雲峴笑了笑，收拾起桌上的杯子：「夏天到了，打算做一個新的調酒系列，這是其中一杯。」

姜迎點點頭：「雲邊最近的生意好像不錯啊，我次次來都坐滿了客人。」

她跳下桌子，幫雲峴一起清理，半玩笑半認真地開口說：「雲老闆，要不然你考慮考慮讓我入個股，我投資你，有錢大家一起賺嘛。」

雲峴擦著杯子瞟她一眼，語氣平淡：「入股就算了吧。」

沒想到被拒絕了，姜迎為自己不平：「不是吧，新品我幫你試吃，牆上的畫我幫你畫，連老闆睡不著我都想辦法哄。現在連入股都不行，我也太虧了吧？」

「是有點虧哦。」雲峴學著她說話的語調，「那只能讓妳做老闆娘補償回來了。」

頓了頓，他又說：「這樣正好連版權費也省了。」

幾秒後，姜迎撓撓腦袋，有些不確定地問：「你剛剛是在和我求婚嗎？」

雲峴接過那杯酒，他花了一點心思調出來的顏色。

燦爛的橘藏著淡粉色，像落日般安靜，又滿目溫暖。

就像眼前的這個人。

「妳喜不喜歡雲邊？」

姜迎不假思索地回答：「喜歡啊。」

「那給妳做聘禮好不好？」

後廚裡的操作檯上雜亂地擺放著餐具，烤箱裡還有蘇丞幾十分鐘前放進去的餅乾，奶油的香味偷偷飄了出來，又甜又暖。

雲邊正在營業中，店員忙碌，客人們在桌邊喝著咖啡聊天。

這一刻平凡普通，與往日並無不同。

姜迎欲言又止，表情說不上喜悅，甚至感到一絲苦惱。

雲峴的手撐在桌面上，彎腰俯身，將視線與她齊平：「怎麼了？沒聽懂嗎？」

姜迎點點頭，又搖搖腦袋：「沒聽懂。」

雲峴牽起她的手：「去院子裡。」

姜迎的腦袋裡一片空白，已經沒有自主思考能力了，聽話地邁開腿跟著他出去。

六點半，夏日黃昏最燦爛的時刻，城市天際在燃燒，綻放出一片橘黃色的雲朵。

姜迎穿著一身白色的長裙，胸口有個蝴蝶結，她記得早上出門的時候詢問雲峴的意見，他說要不然今天穿白色的吧。

她才發現他今天也穿了白色的襯衫。

意識到這個事情，姜迎的呼吸都停了。

車子停在樹下，雲峴從口袋裡摸出鑰匙解鎖，他拉開副駕駛座的車門，捧出一束花。

用白色的紙包著，裡面是向日葵、黃玫瑰和小雛菊。

「妳不用緊張，今天不是正式的求婚。」雲峴說。

姜迎接過花捧在懷裡，長長地鬆了口氣，嚇死她了。

他們三月份認識，五月在一起，現在不到八月，如果雲峴現在求婚，姜迎還真不知道要不要答應，該不該答應。

她問雲峴：「那你要幹什麼？」

他說：「今天早上去花市看看盆栽，看到花就想送妳一束。」
姜迎歪著腦袋：「那剛剛的話呢？認真的嗎？」
雲峴點頭：「當然認真。」
姜迎綁著低馬尾，髮圈上有一個小的白色蝴蝶結，面容素淨，唇色是淡淡的紅。
她在黃昏中仰頭去看雲峴，把被風吹亂的碎髮撥到耳後。
這樣的姜迎在雲峴眼中太漂亮了，他忍不住低頭親她的臉頰。
他拿走阻擋在兩人中間的花束，隨手放在車頭，伸手把姜迎攏進懷裡。
「我以前是很喜歡做計畫的人，幾歲要幹什麼，到哪一個階段要完成什麼目標，都會羅列得清清楚楚。」雲峴在她耳邊說。
姜迎圈著他的腰：「嗯，你也一直完成得很好。」
「昨天晚上打開電腦，看到了很久以前我寫的三十歲規劃。」
姜迎問：「有什麼？」
雲峴回答說：「意外的沒什麼事業上的計畫，反而是很庸俗的結婚買房。」
姜迎笑起來：「不會吧？你這麼現實啊？」
雲峴也掀起唇角，坦然道：「倒也不是現實，可能那時想逃離我媽，我工作以後就有過搬出去的想法，但考慮到是單親家庭，還有個弟弟，是長子也是頂梁柱吧，有責任在身上，所以一直住在家裡。當時覺得要是結婚就可以有自己的家了吧，可能是這樣想的。」

姜迎拍了拍他的背：「辛苦啦。」

「現在離我三十歲結束還有兩個月，這一年發生太多事了。」雲峴抱著姜迎感嘆。

姜迎的下巴擱在他的肩上，認真琢磨一下他的話：「所以你想我幫你完成規劃，是嗎？」

雲峴搖頭否認：「不是幫我完成規劃，以後沒有那些破規劃了。」

姜迎鬆開手臂，拉開兩人的距離，和他面對面：「所以？」

「我決定了。」雲峴牽起她的手，「以後就留在溪城，更準確地說，是妳在哪裡我就在哪裡。姜迎，我來這裡的時間不多，擁有的也只有這一間咖啡館和這一輛車。妳二十五歲，還年輕，我們也剛在一起不久，妳對未來還沒有太切實際的準備，但如果有一天妳覺得，嗯，想安定下來了，覺得我們的感情可以發展到新的階段了，那個時候我再和妳求婚，給妳一個正式的、盛大的儀式，現在這樣太不像樣了。」

雲峴看著她的時候，目光總是柔和溫暖，姜迎沉溺在這樣的溫度裡。

她的小心思被很好的洞察且照顧，雖然在一起的時間不長，但姜迎覺得自己和雲峴之間的相處越來越自在了。

某一瞬間她甚至覺得，如果今天雲峴真的單膝下跪從口袋裡掏出一枚戒指，她腦子一熱說不定會答應。

姜迎笑著說：「好。」

她晃晃牽在一起的手，對雲峴提問：「你是想安定下來了嗎？」

「我已經安定下來了。」他把兩人的手放在自己左胸膛的位置，「這裡，很安定。」

姜迎故意問：「只是安定嗎？」

雲峴笑了笑，到底是年輕女孩，愛使小性子：「也很幸福、甜蜜、滿足。」

姜迎點點頭，這才滿意。

「哦對了。」姜迎睜大眼睛，神情認真地問，「咖啡館真的可以分我一半嗎？」

雲峴愣住，這麼浪漫的氣氛裡，她最關心的是這個？

他揉了揉眉心，又無奈又好笑：「要不然都給妳也行。」

姜迎擺擺手：「別，搞得人家以為我圖你的店一樣。」

雲峴輕輕按了下她的後腦勺：「比起咖啡館的股份問題，有件更重要的事要先辦。」

「什麼？」

「買房啊，總不能一直住在李至誠那裡吧，而且小岍現在在金陵讀書，以後節假日不想回北京也能到我這來。」

姜迎點點頭：「是哦。」

她拍拍雲峴的肩，故作深沉地嘆了一聲氣：「看來你的三十歲還是離不開買房。」

雲峴倒沒覺得什麼，甚至有些期待，因為那是第一個真正意義上屬於他自己的家。

在外面待得太久，不知不覺天都黑了，沿街路燈亮起暖光。

雲峴牽著姜迎，姜迎捧著花，兩人走回店裡。

「打算什麼時候去看房子？」姜迎隨口問。

「儘快吧，李至誠最近有點嫌我煩了。」

姜迎停下腳步：「真的？」

雲峴抓緊機會訴苦：「真的，要不是我還能照顧還還的吃喝拉撒，他早趕我出去了。」

姜迎用肩膀撞了他一下，眨眨眼睛，壓低聲音詢問：「那要不要來我的公寓？找到房子前和我住吧？」

不等雲峴開口，她又說：「我家客廳還蠻大的哦。」

雲峴瞇了瞇眼。

姜迎後退半步，拉開兩人的距離：「你這什麼表情啊？」

雲峴看向別處：「沒什麼。」

「那來嗎？」

雲峴的目光重新落在她身上，嘴角露出弧度：「盛情難卻。」

晚風吹起，攜著花香，滑過髮絲和衣裙。

姜迎站定，轉身向雲峴伸出右手。

雲峴疑惑地握上去：「怎麼了？」

姜迎說：「歡迎一下我的新室友。」

雲峴失笑，握著她的手晃了晃：「相處愉快。」

這個夏天，雲峴開啟了一項人生新任務。

所謂世紀難題，買到一處適合的房子永遠困擾著人類，在這個問題上錢還不是最關鍵的，地理位置、採光、面積、裝潢、格局，要考慮的因素太多了。

雲峴為此沒少苦惱，有的時候一天跑了三個社區也沒找到一個稱心合意的。

夜晚的雲邊，姜迎坐在吧檯上，一邊處理著白天未做完的工作，一邊等雲峴回來。

蘇丞倒了杯檸檬茶給她，姜迎剛拿起飲料還沒放到嘴邊，手裡的杯子就被人搶走。

她的目光跟隨過去，轉身對上李至誠的臉。

「給我喝吧，妳再點一杯。」他手插著腰氣喘吁吁的，往下灌了一大口。

李至誠穿著一身運動裝，姜迎仔細打量他：「去健身了？」

「嗯。」李至誠在她旁邊的座位坐下，留意到她電腦頁面上的文件，欣慰地笑起來，「敬業啊，我的組長。」

姜迎把電腦往他面前推：「正好你在，提案我改好了，你看看。」

李至誠不願意看，逃避道：「明天再說。」

姜迎撇了撇嘴，儲存文件合上電腦。

「雲峴呢？還沒回來？」

「嗯，找他有事？」

李至誠反問：「沒事就不能找他了？」

他把姜迎手邊的蛋糕也搶走，邊吃邊抱怨：「他最近留宿在妳那的次數也太多了吧，我四天沒見到他了，像話嗎？」

姜迎不敢說話，安靜聽著他說。

「妳知道嗎？我今天打開他的衣櫃找被套，發現一半都空了，他怎麼不直接搬到妳那裡去呢？」

姜迎安撫他：「知道了，讓他今天陪你睡。」

李至誠「呵」了一聲：「別，他皇上啊？今天這個宮明天那個宮。」

兩人說話間，雲峴終於回來了。

姜迎笑著招了招手，雲峴也朝她笑了下。

李至誠完全被當作空氣對待，情不自禁地翻了個白眼。

雲峴走到吧檯旁，才發現李至誠也在：「你怎麼來了？」

李至誠微笑道：「你還認得我啊？」

姜迎指著旁邊的人，用口型對雲峴說：吃醋啦。

雲峴撓撓額角，起了個話題問：「打籃球了？」

李至誠回：「嗯，簡牧岩打了沒多久就說要去酒吧，我不想去，順路過來看看。」

姜迎把自己的杯子遞給雲峴喝，問他：「今天看的房子怎麼樣？」

雲峴坐下，抿了口茶啟唇說：「採光還行，但臥室面積不夠大，我看放張梳妝檯都擠，還得再看看。」

李至誠插話道：「找房不好找吧？」

雲峴沉沉嘆了聲氣。

姜迎問：「就沒有稍微滿意一點的嗎？」

李至誠說：「妳不懂，他這種處女座人士，一定要完美才會放心。」

雲峴聳了聳肩，無話反駁。

李至誠吃飽喝足，拍拍手，對雲峴說：「不過你也別著急，那仲介還是挺可靠的，手裡房源也多，慢慢來吧。」

雲峴有些沮喪地說：「也只能這樣了。」

姜迎剛知道雲峴和李至誠的關係時還有點彆扭，但現在已經適應得很好，上班時是老闆，下班了就是男朋友的兄弟，兩者並不衝突。

三人坐著聊了下天，難得有這樣的機會，直到店裡快打烊了才散。

雲峴說要先和李至誠回家取東西，李至誠催他趁早搬走，雖然在他那屬於雲峴的東西也沒剩多少了。

姜迎先回了公寓，等了一個小時也沒見雲峴回來。

她剛拿起手機，恰好雲峴打了電話過來。

「喂。」

『喂，姜迎啊，我今天住李至誠這吧，妳自己早點休息。』

姜迎「哼」了一聲：「果然，我猜到了。」

雲峴的聲音帶上笑意：『好久沒一起喝酒了，就當是the night of men，沒關係吧？』

「當然沒。」姜迎又含糊地嘀咕了一句，「就是有點詭異的不爽。」

雲峴沒聽清：『什麼？』

姜迎煩躁地「啊」了一聲，揉揉頭髮說：「能不能讓李至誠快點找個女朋友啊？」

雲峴在電話裡回：『我也替他著急呢。』

姜迎撇了撇嘴：「你們好好喝吧，我洗澡準備睡覺啦。」

『好，明天想吃什麼早飯？我接妳的時候帶過去。』

「想吃三明治。」

『好。』

背景音裡有李至誠喊雲峴的聲音，姜迎說：「快去吧，別喝太多，早點休息。」

雲峴放輕聲音：『晚安。』

姜迎舒展開眉眼：「晚安。」

一連半個月，找房的事還是沒什麼進展。

大概是失望的次數太多，雲峴最近的狀態肉眼可見的低沉。

姜迎擔心他，提議買房的計畫要不要暫緩，她那小公寓現在住兩個人也綽綽有餘。

雲峴卻搖頭：「不是單純的擁有一間房子那麼簡單，我想找到一個讓我滿意讓我喜歡的，真正意義上屬於我的家。」

姜迎能理解他的心情，但不知如何安慰。

雲峴說：「以前一身輕鬆的看別人為租房、買房煩惱，原來我也逃不過，現在太能理解那種痛苦了。」

姜迎故意逗他：「是啊，家住首都蛋黃區，離家出走跑來溪城還有個富二代朋友可以依靠，你當然不知人間疾苦啦。」

雲峴苦笑了下：「現在知道了。」

姜迎拍拍他的肩：「好事多磨。」

「但願。」

不想再聊不開心的，姜迎轉換話題問：「我們週末幹什麼？」

雲峴想了想：「李至誠好像說蕩口古鎮那裡有個桃子音樂節，妳想去嗎？」

「音樂節？有誰啊？」

雲峴想了想：「李至誠說他喜歡那個什麼落日飛車，妳認識嗎？」

姜迎搖搖頭：「不熟，我不怎麼關注樂隊。」

「那還想去嗎？」

姜迎點頭：「去啊。」

雲峴奇怪：「不是說不喜歡樂隊？」

姜迎嘻嘻笑了下：「可我喜歡湊熱鬧。」

看雲峴的表情有些猶豫，姜迎放平嘴角：「怎麼了，你不想去嗎？」

「不是。」雲峴推了下眼鏡，「週末和仲介約了看房。」

姜迎抱著他的手臂撒嬌：「我們去玩吧，你都看了這麼久了，不差這一天，和仲介換個時間再約吧，陪我去玩啦，好不好？」

雲峴本就沒打算說不好，被她這樣黏糊糊地撒嬌，更是繳械投降毫無反抗之力：「行，玩。」

姜迎一瞬喜笑顏開，舉起手慶祝：「yeah！」

蕩口古鎮是溪城保存最完整的明清建築群，小橋流水，幽靜安寧，典型的江南水鄉。

音樂節在晚上，三人決定一早就出發，趁著天氣晴朗可以在鎮上多逛逛。

心裡惦記著週末的出行，姜迎從週四晚上就開始準備那天的穿著。

週六一大早，不等鬧鐘響她就醒了，興沖沖地起床洗漱，邊化妝邊喊醒雲峴。

「才不到八點呢。」雲峴喚醒手機螢幕看了眼時間，揉揉眼睛，又躺了下去。

姜迎拖著他一條手臂不讓他繼續睡：「快點起來啦，早點去我們還能多逛逛。」

雲峴不得不掀開被子下床：「這麼期待嗎？」

姜迎的公寓小，臥室裡只有一張床，她盤腿坐在全身鏡前，化妝品隨意地擺放在地上。

「當然了，你好久沒和我出去約會了。」

雲峴走到她旁邊，彎腰揉了揉她的頭髮：「知道了，今天帶妳好好玩。」

姜迎抬起頭，指著沙發上的衣服說：「穿那套，我幫你拿好了。」

為了符合桃子音樂節的主題，姜迎今天的妝容是粉色系的，腮紅著重打在臥蠶和眼下，口紅色號也是淡淡的粉。

她換上白色T恤和粉色牛仔短裙，選好配飾，怕白天太陽曬又戴了頂棒球帽。

「我好啦！」

雲峴正在廚房裡，探出半邊身子問她：「幫妳拿瓶青檸汁？」

「好。」

八點半，兩人從家裡出發。

雲峴用早餐機烤了一個火腿雞蛋三明治，準備帶在路上吃。

他睡得晚，總是要熬到凌晨，一走到太陽光下就忍不住打了個哈欠。

姜迎看他有些睏，接過車鑰匙說：「我開吧，你在車上睡一下。」

雲峴點點頭，繞到副駕駛座坐進去。

「李至誠起床了沒？」

「剛問了，說讓我們先去，他自己開車過去。」

「好吧。」

看雲峴一副沒精神的樣子，姜迎問：「要買杯咖啡給你嗎？」

「不用。」雲峴笑了聲，「有點感受到年齡差距了，你們這些年輕人精力都用不完，能熬夜也能早起。」

姜迎啟動車子，打轉方向盤上路：「我可沒嫌棄你。」

「不好意思啊，讓妳開車。」

「欸，停住。」姜迎嚴肅的語氣說：「不要覺得你是男人或者你比我大五歲，我就理所應當是被照顧的一方，我們應該是互相需要和互相依靠的。」

「好，我知道了。」雲峴靠在椅背上，「我睡一下。」

清晨的陽光燦爛耀眼，姜迎分神側目看他一眼，替他拉下擋光板。

雲峴閉著眼睛，從眉骨到鼻梁再到下頷勾勒出一條流暢飽滿的曲線，皮膚白皙，睫毛纖長，臉上一處瑕疵都沒有。

姜迎偷偷感嘆，這哪裡像三十歲的男人啊，保養得這麼好。

雲峴安心地睡著，姜迎在十字路口的紅綠燈前停車，拿出手機對準他偷拍了一張，又把拍好的照片用兩指放大仔細觀賞。

明明這個人每天都見面，但就是看不夠似的，想把關於他的一切都記錄下來。

過了半個小時，雲峴睜開眼睛，活動了下痠痛的肩頸。

「到哪了？」他出聲問。

「再開個幾公里就到風景區了。」

「餓不餓？我把三明治拿出來給妳吃？」

「等到了再說吧，我有點渴了。」

雲峴把青檸汁拿出來，插好吸管遞到姜迎嘴邊。

看姜迎的五官皺在一起，雲峴笑起來：「很酸嗎？」

姜迎還維持著 wink 的表情：「好酸啊，這原榨的嗎？」

雲峴像個老父親一樣念叨：「酸得好，補充點維生素。」

他把瓶子又遞過去：「再喝一口？」

姜迎推拒：「不要了，你喝吧。」

週末出行的人多，到了景點範圍內道路上更加擁堵。

姜迎看著前面的車水馬龍，慶幸道：「還好出門早，不然等等更塞。」

雲峴捧著手機打字，「嗯」了一聲作為應答。

姜迎偏頭看他：「你和誰聊天呢？」

雲峴回答：「仲介，傳了房子的照片給我看。」

「週末他還在工作？」

「嗯，社畜不容易。」

姜迎嘆聲氣，從他手裡抽走手機：「雲峴，這樣不行。」

雲峴抬起頭：「什麼不行？」

姜迎把手機鎖起放到中間的儲物格裡：「你應該忘記買房的事情好好過週末，仲介也應該休息了。」

道理他自然都懂：「是，但我想快點解決。」

姜迎垂眸，咬了咬嘴唇，本來帶他出來玩是想散散心，結果雲峴根本就放不下心。

「我問你，看了那麼多間房子，你就沒有一間覺得還不錯的？」

「有還不錯的，但想再多看看。」

「有一間離超市很近的，上個週末我陪你去看的那間，不是挺好的嗎？你不喜歡？」

雲峴回想了下：「那間還不錯，但樓層有些高，也沒有電梯。」

姜迎試圖開導他：「沒有一間房子會是十全十美的，完美是偽命題。」

雲峴點點頭，聲音有些沒底氣：「我也不是非得要完美，就是感覺不對。」

姜迎提起一口氣，認真道：「我覺得這件事已經讓你產生焦慮了。」

雲峴承認：「是有點。」

姜迎問：「在你心裡，你對房子的標準是什麼？」

雲峴想了想，回答說：「也沒什麼標準，就希望當我站在那裡，我會覺得啊，這是屬於我的地方。」

姜迎安靜聽完，指出問題道：「你是不是弄錯了順序？歸屬感是當它屬於你才會隨之而來的。」

雲峴抬眸看著她，沒說話，神情有些愣怔。

「我的觀點可能和你不太一樣，對我來說住的地方只要舒服乾淨就行，我沒太大要求。我覺得在我的人生裡，去了哪裡、到過哪些地方更重要，家對我來說就是一個休息睡覺的地方。而且啊，所謂安全感和歸屬感，都是因為『家』這個概念帶來的，而不是一間房子。」

姜迎牽起他的手，用指腹蹭了蹭手背：「你不要太焦慮，放輕鬆。」

雲峴剛打開唇縫，後面的車輛就響起刺耳的喇叭聲。

姜迎趕緊把注意力回到方向盤上，踩下油門往前開。

道路疏通，轎車平穩行駛在馬路上，過了一下，雲峴開口說：「我知道了。」

他輕輕嘆了一聲氣，自言自語道：「怎麼老是需要妳來開導我？好像我才是年齡小的那個。」

姜迎聽見他的嘟囔，清清嗓子，挺胸抬頭道：「來，喊聲姐姐聽聽。」

氣氛重新變得輕鬆，雲峴笑著說了聲：「沒大沒小。」

李至誠比他們晚到古鎮，在外頭的停車場會合時，他一看見姜迎和雲峴就遞過來兩隻眼白。

早上姜迎幫雲峴搭配的衣服是白T恤外套一件粉色的襯衫，他皮膚白，穿粉色的還挺好看，主要是顯年輕。

「有必要嗎？什麼年代了還搞情侶裝。」李至誠嫌棄地看著他們。

姜迎和雲峴對視一眼，兩人一個攤手一個聳肩，一點都沒覺得不好意思。

「他是不是酸了？」

「讓他酸吧。」

小情侶旁若無人地說著話，李至誠氣憤地從他們中間穿過，還順帶推了雲峴一把。

「多大了？你幼不幼稚啊？」雲峴踉蹌一步站穩。

姜迎搖搖頭，評價道：「你們沒一個像過了三十的。」

第九杯咖啡

雲朵黑咖啡

李至誠走在前頭，偏過身子問他們：「吃早餐了嗎？」

姜迎回：「雲峴做了三明治，我剛剛吃了兩口。」

李至誠朝雲峴攤開手掌：「我的份呢？」

雲峴拍了一下他的手，理直氣壯道：「沒做。」

李至誠立即拉下臉，斥責他：「娶了老婆忘了娘。」

雲峴笑了：「你不是不愛吃這些東西嗎？」

李至誠爭辯：「你做不做是一回事，我吃不吃是一回，首先是你的態度問題。」

雲峴說不過他：「好好好，我也沒吃呢。這裡好像有家店的餛飩挺出名的。」

李至誠哼道：「那你請我。」

雲峴點頭答應：「行，請你。」

三人沿著河流走在石板路上，前往雲峴說的那家早餐鋪。

已經過了九點半，店裡的食客不多，等餛飩上桌的期間，李至誠又去隔壁打包了三份豆腐花和一屜小籠包。

小吃店裡的裝潢老舊簡樸，但這才最具人文氣息，最地道的美味。

姜迎舀著豆花，問雲峴：「在北京你們早上都會吃什麼啊？有什麼特別好吃的嗎？」

李至誠搶先回答道：「那可多了，牛肉包子、羊雜湯，還有什麼驢打滾、豌豆黃，都很好吃。」

雲峴補充道：「還有炸糖油餅，以前學校外面有一家做得特別好吃，妳老闆天天早上六點起床去排隊呢。」

姜迎瞪大眼睛，轉向李至誠懷疑道：「真的嗎？你會幹出這種事？」

李至誠反問：「我為什麼不會？」

姜迎說：「你看起來不愛早起又討厭排隊。」

李至誠啞口無言，因為他確實是這樣。

雲峴低頭吃著小籠包，笑而不語。

「七桌的餛飩好了。」老闆娘喊道。

李至誠起身去前檯取餐。

他一走，雲峴湊過去和姜迎說悄悄話：「他前女友喜歡吃，外語學院早八多，他以前經常起個大早買早飯送過去，然後回宿舍睡回籠覺。」

姜迎捂嘴驚呼：「天吶，這什麼二十四孝好男友。」

雲峴咳嗽了一聲，示意她李至誠要回來了。

姜迎立刻閉嘴，低頭繼續喝豆腐花。

吃完早飯，三人走進古鎮，裡頭有許多名人故居和雅致店鋪，他們沒有目的地閒逛，遇到有特色的小吃就停下嚐嚐再走。

正值盛夏，暑氣灼熱，但溪邊綠木叢生，遮擋了豔陽，偶爾吹起微風，還算是涼爽。

「這還有咖啡店呢？」姜迎在一家店鋪前停下，指著門口的木牌說。

李至誠率先邁步跨過門檻：「走，進去看看。」

雲峴和姜迎跟著進去，店鋪不大，僅擺放兩張桌子，鋪著藍白格紋的桌布。

「這裡面是露天的嗎？」姜迎指著敞開的後門問。

櫃檯後的咖啡師回答說：「對，外面的座位靠著河，空氣很好。」

他們點完單，穿過後門來到露天平臺。

沿著石階往下就是河岸，木樁上拴著烏篷船，這裡視野開闊，空氣清爽。

姜迎打開雙臂伸了個懶腰，舒服地嘆出一口氣。

李至誠坐在遮陽傘下，對雲峴說：「我們這裡怎麼樣？比北京宜居吧。」

江南山水養人，更別提太湖之畔的溪城。

雲峴舒展眉眼，笑著回：「確實是好地方。」

服務生將他們的咖啡端上桌，李至誠拿起自己的氣泡水喝了一口，催雲峴道：「你趕快把房子的事定了，以後安安穩穩地做我們溪城女婿。」

姜迎眨眨眼睛，低頭去找吸管喝飲料，假裝沒聽到。

雲峴不動聲色地看了姜迎一眼，回答說：「知道了。」

李至誠悠閒地靠在椅背上：「我先說好啊，我是站在姜迎這邊的，算是娘家人。」

雲峴不高興了：「我在這無親無戚你還背叛我？」

「哪無親無戚了，你手底下沒員工？我的員工還被你挖走一個呢。而且之前我和雲岍聊天，那小子也挺喜歡這裡的，說以後想留下來工作。」

雲岍這兩天和同學去別的城市玩了，這個暑假他再也沒有任何煩惱，之前在雲邊打工賺的錢就當作他的旅遊基金了。

雲峴挑起眉梢，露出驚訝的表情：「真的？他怎麼沒和我說過？」

李至誠得意道：「你是他哥，我是他兄弟，懂？」

雲峴：「不懂。」

李至誠進一步解釋：「意思就是我和他比你和他更親，我和小岍可是好朋友。」

「那他喊我哥，你也喊我聲哥？」

李至誠被嗆住，沒話說了。

姜迎樂呵呵地看他們鬥嘴，在李至誠面前雲峴的面部表情才會豐富生動一些，難得見他這樣的一面。

她看江邊景色好，拿出手機想拍照。

李至誠自覺地伸出手：「我幫你們拍吧。」

姜迎不好意思地笑了笑。

雲峴牽起她的手，和她說：「不用不好意思，他以前沒少讓我幹這種事。」

李至誠擺起專業攝影師的架子，揮手示意他們擺好姿勢：「欸，往事不要再提哈。」

雲峴和姜迎站在石欄邊，一個側目一個抬頭，相視一笑，這自然而美好的一幕被抓拍記錄了下來。

李至誠又指揮他們換姿勢，拍了好幾張才放下手機，他打開相簿檢查剛剛拍好的照片，不知想到了什麼，盯著螢幕發起了呆。

「怎麼樣啊？拍得好不好？」姜迎喊道。

「挺好的。」李至誠抬起頭，「俊男美女，天生一對。」

姜迎拉著雲峴小跑回去。

「不錯欸。」她一張張滑過去，把滿意的加入收藏，留著晚上上傳動態。

在姜迎專注於挑選照片時，雲峴站到李至誠身側，冷不防地問：「你問過了嗎？不是說上半年就要回來，怎麼還在英國啊？」

李至誠扯了下嘴角：「回來也一樣，能比倫敦近多少。」

雲峴拍了拍他的肩，沒再多說什麼。

早飯吃得晚，下午又在咖啡館坐了幾個小時，到了晚飯時間三個人都不餓，索性早早到音樂節的場地外等著。

前來遊玩的年輕男女很多，還有樂隊的粉絲在分發應援物。

雲峴和李至誠說著話，一轉頭卻發現身邊的姜迎不見了。

「姜迎呢？」雲峴問李至誠。

李至誠反問：「你女朋友你問我？」

雲峴皺起眉頭，站在原地環顧一圈，周圍人頭攢動，找起來太費力。

李至誠看他一臉著急，揮揮手說：「別擔心，她還能丟嗎？過一下就自己回來了。」

雲峴點頭，但目光還是忍不住四處搜尋。

沒幾分鐘，姜迎就從人群一路擠了過來，回到他們身邊。

「妳去哪了？」雲峴扶著她站穩。

姜迎抬起手腕，給他們展示她剛剛得來的戰利品：「我看那邊有發應援去領了幾個回來，這個手環能發光的，炫吧？」

她手裡還抱著好幾張海報，雲峴歪頭讀出上面的字：「『流浪銀河』，妳認識這個樂隊？」

「沒聽說過。」姜迎搖搖頭，翹起嘴角說：「但他家粉絲挺和善的，給了我好多東西，從今天開始我會喜歡這個樂隊的。」

李至誠聽到動靜，對他們說：「走吧，開始檢票了。」

夏季白日長，天還沒完全黑下來，落日餘暉傾灑在草地上。

他們三人不打算湊到最前頭，找了處相對空曠的地方。

音樂節自由隨性，沒有固定的座椅，當音樂響起，歌手們走上舞臺，絢麗的燈光照耀全場，底下的聽眾沉浸在氣氛裡，跟隨音樂搖擺舞動，臺上臺下就像一場盛大的露天 Party。

下一個出場的是落日飛車，當他們的名字出現在大螢幕上，人群中掀起一陣高潮。

Every time you lie in my place,

I do wanna say it to you my babe,

I'm down to your drain,

Oh jinji don't cry,

In this world out of time.

Old time out of mind.

復古英倫搖滾，主唱的嗓音慵懶磁性，這首歌叫《My Jinji》，抒情、緩慢、放鬆而浪漫。

Cause only you my babe,

Only you can conquer time.

Only you can conquer time.

舞臺的燈光絢爛耀眼，而臺下昏黑。

雲峴低頭去找姜迎，扯了扯她的手。

姜迎的目光從大螢幕上挪開，看向雲峴問：「怎麼了？」

周圍嘈雜，他們聽不清楚對方說了什麼。

雲峴彎腰，提聲在她耳邊喊：「妳說的對，去了哪裡更重要！」

姜迎綻出燦爛的笑容，牽起他的手帶著他跟隨旋律擺動。

「好玩吧？」她誇張的口型問。

雲峴點點頭，認可道：「好玩。」

最後一個登場的樂隊就是流浪銀河，大概是剛出道不久，相較之前的歌手，他們出場時的歡呼聲寥寥，人氣並不高。

而姜迎秉持著誠信原則，賣力地揮手尖叫，還發動身旁的兩位男士和她一起。

李至誠悄悄和雲峴說：「別人還以為她是死忠粉絲呢，其實兩個小時前名字都不認識。」

雲峴笑了笑：「可不是嘛。」

主持人介紹說下面這首歌叫《One day》。

「One kiss a day,Keeps all trouble away.」

沒有伴奏的人聲獨唱，輕快的旋律立刻抓住聽眾的耳朵。

隨著一聲清脆的金屬敲擊音，音樂聲和背景合聲漸漸響起。

「One coffee a day,

Keep the sandman away.

One cookie a day,
Keep the pain away.
One smile a day,
Keep the stranger away.
One Hug a day,
Keep the quarrel away.」

這首歌歡樂輕快，歌詞簡單，聽一遍就能記住旋律，而越是這樣越能讓大家情不自禁地晃動身體。

主唱穿著無袖白T恤和寬鬆的牛仔褲，一隻手隨意地搭在麥克風上，他的嗓音乾淨清透，滿是少年氣息。

吉他、貝斯和架子鼓完美配合，中文rap部分極具節奏感，副歌每句結尾的和聲更是錦上添花。

「One kiss a day，Keep all trouble away.」

但這句歌詞再次唱起，舞臺上的大螢幕將攝影鏡頭對準底下的觀眾，而不知是誰先帶頭還是不約而同，在場的情侶們甜蜜擁吻在一起，場面立刻沸騰，掀起的尖叫和歡呼幾乎要蓋過音樂聲。

原本音樂節進入尾聲，大家都或多或少有些疲憊，但這一首歌又讓氣氛陷入高潮。

舞臺上的他們是流浪在銀河的遊吟詩人，散播快樂，驅逐煩惱。

到後半首歌，就變成了全場齊聲大合唱。

姜迎跟隨人群揮動手臂，聽著聽著卻驀地停下了動作。

她凝眉沉思，半晌後得出肯定的結論：「我在哪裡聽過這首歌。」

直到音樂節結束，散場後他們步行到停車場，姜迎還咬著指甲，專注地回憶那段旋律。

「我真的聽過。」她又一次對雲峴說。

雲峴不以為意：「可能是在網路上聽到過吧，不是說是新歌嗎？可能軟體推送的。」

姜迎篤定：「不是在網路上，而且感覺很早之前就聽過。」

她兀自嘀咕道：「在哪裡呢？」

沒吃晚飯，到了這個時間三人都餓了，決定吃頓宵夜再返程。

他們開車到附近的街道，找了家酸菜魚店。

找到空位坐下，李至誠拿起菜單點菜，雲峴用熱水燙餐具，而姜迎一坐下就摸出手機，時不時滑動一下螢幕在翻找什麼。

「無骨雞爪吃嗎？」李至誠問。

雲峴看向姜迎：「吃嗎？」

姜迎沒抬頭，敷衍地回：「我都行，你們點。」

李至誠搖搖頭，對雲峴說：「完了，著魔了，今天不弄明白她大概不睡了。」

等菜都上桌了，姜迎還盯著手機在看，雲峴夾了塊口水雞到她碗裡，溫聲道：「姜迎，先吃吧，等等再看。」

李至誠就沒那麼好脾氣，用筷頭打在她手背上，拿出家長作風嚴肅語氣說：「別看了，吃飯。」

「等等等等，我好像找到了。」姜迎調高音量鍵放到耳邊，仔細辨認影片裡的聲音。幾秒後，她一拍桌子，激動道：「就是這個！我真的聽過！」

姜迎把影片拿給兩個男人看：「你們聽，是不是很像？」

他們湊上去，腦袋靠著腦袋：「真的欸，歌詞好像也一樣。」

雲峴問：「這是妳錄的？」

姜迎加快語速解釋說：「我剛工作時有一陣子特別不適應，我記得是週五，我下班坐在回家的地鐵上，滑到了一個網紅去鷺島旅遊的vlog。看著她在海邊我也不知道為什麼特別羨慕，一衝動立刻訂了機票，回家收拾東西背著一個雙肩包就走了。我住的酒店離海灘特別近，那個時候應該是凌晨兩三點了，一開始是這個男孩自己抱著吉他在唱，慢慢的大家都靠了過去圍成一圈，互不認識，但氣氛特別好。」

李至誠指著螢幕中央抱著吉他唱歌的男人，驚訝道：「這不就是剛剛那主唱嗎？」

姜迎自己也不敢相信：「怪不得我剛剛覺得他眼熟，沒想到他後來真的組樂隊了，天吶。」

影片裡的歌手抱著吉他清唱，當時那首歌還沒有成型，許多地方都是用哼唱帶過，和今晚演出的效果截然不同。

但輕快的旋律和那句標誌性的歌詞太具有辨識度了。

沒想到還能有這樣的緣分，姜迎感嘆。

雲峴在意的卻是其他：「妳自己一個人跑去鷺島？」

「嗯。」姜迎點點頭。

雲峴皺了皺眉，不敢想她一個女孩跑到陌生的城市會遇到多少危險：「沒有計劃，也沒有準備，就這麼一個人去了？」

姜迎撓撓臉：「我當時沒想那麼多，就覺得自己要是再待在那個環境裡真的會瘋了。我在這裡憋的一口氣，在鷺島的時候完完全全舒出來了。等到週一回來上班，我又充滿元氣啦。既然有錢有時間，想去就去了，其他的沒怎麼考慮。」

李至誠出來打圓場說：「姜迎又不是貪玩的女生，自己有安全意識的，這不是好好在這嗎？」

他又看向姜迎，板著臉問：「還有啊，當時自己狀態不好怎麼不和我及時反映？我們工作室是很人性化的，有問題及時和我溝通。」

姜迎連連點頭：「知道了老闆。」

雲峴垂下睫毛，薄唇緊抿，不知在想什麼。

姜迎抱著手機嗒嗒敲字，說要把這個故事分享到流浪銀河的社群話題裡去，驕傲地稱自己為「一顆音樂新星冉冉升起的見證人」。

她嘴裡哼著歌，還沉浸在氣氛中，激動的心情無法平息。

李至誠夾了一筷涼拌海帶，輕聲對雲峴說：「所以你喜歡她吧，她和你完全不一樣，無論是行為方式還是生活態度。」

雲峴看向姜迎，唇角有了弧度，這個女孩看起來不夠成熟，又遠比世上大多數人活得通透：「不是不一樣才喜歡，因為羨慕和想要成為這樣的人才喜歡。」

「挺不可思議的。」雲峴放下筷子，「我以為謹慎克制的方式是對的，可以避免很多麻煩和危險，但如你所見，我過得並不快樂。而她呢，有的時候讓我覺得就是個沒長大的小女孩，但我活了三十年，比她大五歲，應該如何面對生活這個問題卻總是她在教我。」

杯子裡是茶，但李至誠還是拿起和雲峴碰了個杯：「你找對人了。」

雲峴回以一笑：「說起來，還是托你的福。」

姜迎終於寫好，放下手機拿起筷子，夾了塊魚送進嘴裡，問他們：「你們剛剛說什麼呢？」

李至誠回：「沒什麼。」

雲峴也說：「隨便聊聊。」

姜迎嚼著嫩滑鮮香的魚肉：「好吧。」

返程的路是雲峴開車，姜迎玩了一天，生出倦意，接連打了好幾個哈欠。

「睏了就睡吧。」雲峴說。

姜迎搖搖頭，睜大眼睛，翻出一盒薄荷糖：「不睡，我陪你說話。」

雲峴笑起來：「那妳說。」

姜迎張了張嘴，卻想不到說什麼，洩氣地塌下肩：「我不知道說什麼，我腦子已經轉不動了。」

雲峴哄她：「睡吧，我開著電臺不會無聊。」

姜迎還是堅持：「沒事，我聽聽流浪銀河的歌就不睏了。」

雲峴：「得嘞，再聽又嗨起來了。」

姜迎瞇起眼睛：「雲峴，我發現你還真的挺北京人的。」

「啊？」

「你有的時候嘴特損。」

雲峴聳了聳肩，默認了。

夜深人靜，窗外的風灌進車廂，帶著白日彌留的溫熱。

雲峴說：「我決定了，買房的事先緩緩。」

看著他卸去壓力，心情輕鬆不少，姜迎也跟著高興：「好，不著急，等你知道自己到底想要什麼樣的房子再慢慢決定。」

雲峴打趣道：「反正還有妳那小豬窩。」

姜迎謔了一聲：「嫌棄我的是豬窩那你回李至誠那裡去。」

雲峴搖頭，趕緊認錯：「不去，妳這裡最好。」

姜迎滿意地翹了翹嘴角。

之後幾天，雲峴的大部分時間都在店裡忙碌，英俊溫柔的咖啡館老闆終於重新上線。

好多熟客都說許久沒看見他了，還以為店主換人了。

面對這種情況，雲峴一般都笑笑，回答說：「之前有點事在忙。」

記得幾年前手搖飲料掀起大熱，大街小巷的飲料店如雨後春筍般湧現，而如今咖啡館似乎也有這樣的增長趨勢，短短不到一個月，附近的街道上又多了兩家新開的店鋪。

一家是典型的韓式 ins 風，老闆是位藝術家美女，另一家則要可愛許多，店鋪裝潢以粉綠色調為主，像一間糖果屋。

新店開業必然有促銷活動，再加上新鮮的事物總是吸引人的，雲邊近來的客流量明顯下降了不少。

雲峴本身性子挺佛系的，認為專注經營好自己的店就行，喜歡雲邊的客人總會回來，也不覺得現在的情況有多糟糕。

但姜迎就不這麼想了，她眼看一下午店裡只來了三桌客人，外送訂單量也不如從前，急得團團轉。

雲峴站在櫃檯後擦杯子，發話說：「好了，別操心了，正好大家閒一閒，就當放假了。」

趙新柔附和道：「對啊，不用擔心，昨天不是還有人一下子訂了十幾杯咖啡。」

姜迎無力地嘆了一口氣，道出真相：「那是李至誠看店裡生意不好，幫工作室點的下午茶。」

趙新柔閉上嘴，不說話了。

姜迎表情嚴肅地說：「美國經濟大蕭條，就是因為胡佛實行了放任自由政策，我們不能什麼都不做。」

雲峴看她板著臉振振有詞的樣子，忍不住勾了勾唇角，他放下手中的咖啡杯，走到姜迎身邊，按著她的肩膀坐下：「妳呢，好好上班，店裡的事我會想辦法的。」

他的笑容和目光從容平和，讓人覺得心安，姜迎點點頭：「好。」

《小世界》新章節更新在即，李至誠最近拽著員工們大會小會開不完。

確定好下一章節的主題是海島小鎮，姜迎在一週之內帶著組員趕完策劃。

她帶著文件去找李至誠審批時，在辦公室門口遇上運營總監方宇。

「哥，你是被人打了還是化了煙燻妝啊？」

方宇擠出勉強的笑容：「全世界應該只有我討厭放暑假，對吧？」

暑期線下活動多，全國各地都有漫展，還有各種CV見面會、快閃餐廳、聯名產品，他這個月的工作量翻了好幾倍，睡眠量驟減。

姜迎揮了揮拳頭，幫他打氣：「加油，我與你同在。」

方宇哀嚎一聲回座位上去了。

姜迎敲開李至誠辦公室的門，他正坐在沙發上吃飯。

「你現在才吃午飯啊？」姜迎走到他對面坐下。

李至誠舀了一大勺飯送進嘴裡，朝她伸出手。

姜迎把手裡的文件遞過去。

李至誠邊吃邊翻看起來，臉上的表情精彩紛呈。

姜迎觀察著他的臉色，小心翼翼地問：「有什麼問題嗎？」

李至誠把嘴裡的飯吞咽下去，拿起杯子喝了口水：「海島音樂節、樂隊主唱、年輕陽光少年感，姜迎，我發現了，妳每愛上一個男的就多一個人設靈感是吧？」

「欸。」姜迎伸出手掌，「話可不能這麼說。」

李至誠放下資料夾，重新抱起飯盒：「我又沒說不行，挺好的。」

姜迎解釋說：「海島是之前就確定的，音樂節又是最能代表夏天的主題，清爽的元氣少年也是我們以前沒有過的角色，我可不是為了私心。」

李至誠哼笑一聲，問：「那雲峴和簡影呢？怎麼說？」

姜迎哽住，無法否認，否認也沒用。

「我就知道。」李至誠打了個響指，「我當時看人設圖就覺得不對勁，越看越眼熟，妳乾脆直接照著他畫得了。」

姜迎努努嘴，不說話了。

李至誠回憶起這件事，突然有了感觸：「唉呀，當時還真沒想到你們會在一起。大學時我看著那麼多人喜歡他，他卻一個都不理。」

「是嗎？」姜迎嘴角的弧度若有似無，「我怎麼覺得他還挺好追的。」

「嘖。」李至誠受不了這得意的模樣，要趕她走，「沒事就給我回去上班。」

「那我走了。」姜迎抱著資料夾起身，走到門口又停下，轉過身子對李至誠說：「老闆，你確實該談談戀愛了。」

李至誠冷淡地回：「不勞您費心。」

姜迎聳聳肩，推開門走出去。

等到時針劃過六點，她儲存文件關閉電腦準備走人。

周晴晴背著背包問她：「週五晚上有空嗎，我想吃乾鍋蛙。」

姜迎回：「好，我和我男朋友說一聲。」

周晴晴立刻沉下臉：「妳把男朋友掛在嘴邊的樣子真讓人討厭。」

姜迎抿緊嘴唇，賠笑道：「我錯了，以後不了。」

周晴晴抱著手臂，指責她：「妳說說妳，我當時和妳說樓下咖啡館老闆長得帥，妳還一臉無所謂，結果一聲不吭就跟人家交往了。」

姜迎湊上去挽住她：「一聲不吭嗎？我還以為挺轟轟烈烈的。」

「欸。」周晴晴壓低聲音，「妳男朋友身邊有沒有什麼兄弟朋友啊？」

姜迎想了想：「還真的有兩個。」

周晴晴眼睛放光，勾勾手指說：「快介紹給我。」

姜迎清清嗓子：「一個剛成年，另一個……」

她翹起大拇指指了指身後。

周晴晴回身張望了一眼，疑惑道：「誰啊？」

姜迎繼續擠眉弄眼：「那個。」

「哪個？」

「最裡頭那個。」

周晴晴倒抽一口氣，不敢置信地說：「妳說李天王？」

「嗯，他和雲峴是大學同學，還住同一個寢室。」

周晴晴：「妳說真的？」

「真的，我騙妳幹什麼。」姜迎故意逗她，「要介紹給妳嗎？」

周晴晴連忙擺手拒絕：「不用不用，我消受不起。」

姜迎挑起一抹笑：「很意外吧，我當時也反應了好久。」

周晴晴努力在腦內把那兩人聯繫到一起，深感質疑：「他們不像同個次元的人，居然是好朋友？」

姜迎說：「其實他們私下裡的樣子和平時不太一樣，李至誠沒那麼嚴肅，雲峴也沒那麼安靜。」

一路上周晴晴拉著她問東問西，到了街口兩人才分別。

姜迎轉進雲邊小屋，一進門就聽到趙新柔朝她喊：「姜迎姐，峴哥讓妳來了就去後廚找他。」

「知道了。」

姜迎走向後廚，掀開垂布，看見雲峴和蘇丞正圍在桌邊商量什麼事，檯面上放了兩個大餐盤。

聽到腳步聲，雲峴抬起頭往門口看去：「來了？」

「忙什麼呢？」

蘇丞自覺的把雲峴身邊的空位讓出來，回答說：「峴哥和我在定菜單，就等妳過來試吃。」

姜迎指著餐盤裡的三明治問：「菜單？這個？」

雲峴點頭，說：「其實今年開始店裡的蛋糕銷量就不太樂觀，咖啡需求量穩定，畢竟我們這裡大多數都是像妳一樣的上班族，但除了一些訂購的生日蛋糕或者公司下午茶這樣的大單子，其他情況下蛋糕賣得普通。我和蘇丞之前就商量要不要開一個新的菜單，比如麵包、輕食沙拉這類的。」

姜迎「哦」了一聲，捶他肩膀：「怪不得你不著急，你早就有對策了。」

蘇丞說：「麵包太費時間，而且我們也沒有專業的機器，輕食沙拉附近好幾家店了，想來想去就三明治最好，而且和咖啡也最配。」

姜迎皺了皺眉，提出異議：「但賣三明治的也很多啊。」

雲峴拿起半塊三明治遞給她：「妳嚐嚐。」

蘇丞做的三明治和普通的不太一樣，用的是烘烤過的厚吐司，表皮酥脆，聞起來有奶油的甜香。

姜迎手裡的這個是豬扒厚蛋夾心的，還鋪了生菜和番茄，表面撒了歐芹碎。

她拿起張嘴咬下一大口，多重口感碰撞在一起太讓人滿足了。

姜迎咀嚼著，眼眸閃了閃：「這用了什麼醬？」

不是一般三明治裡會加的番茄醬或蛋黃醬，微微偏甜，但不會膩。

蘇丞打了個響指，得意道：「是我的獨家祕方，熱量很低的，好吃吧？」

姜迎連連點頭，問他：「怎麼做的？」

蘇丞嘖了一聲：「都說獨家祕方當然不能告訴妳了。」

雲峴又拿起另一塊給姜迎：「還有不一樣的呢，妳試試這個。」

蝦仁飽滿，綠色的像是酪梨果泥，姜迎皺起鼻子聞了聞：「怎麼有股泡菜的味道？」

酸酸辣辣的醬汁奇妙的讓本身寡淡的食物變得可口，姜迎又一次對蘇丞刮目相看。

雲峴說：「這些只是一部分，我們還打算做一些甜的。」

姜迎又咬了一口，毫無保留地誇到：「這真的是我吃過最好吃的三明治了，比雲峴做的好吃多了。」

雲峴感到無奈：「就別拿我比較了，我也才知道這小子不只會做甜點。」

蘇丞撓了撓頭：「我爸就是廚師，做墨西哥菜的，這些醬都是他自己研發的，我改了改，拿來放到三明治裡試試，沒想到還不錯。」

姜迎握拳捶了他一下：「有兩把刷子啊蘇丞同學。」

雲峴附和道：「是啊，沒想到我們這家小小咖啡館還藏了個大廚。」

蘇丞覺得不好意思，被誇得臉都紅了：「你們之前也沒問過我，其實我做菜也挺好吃的。」

姜迎看向雲峴，一臉認真道：「要不然我們改開餐館吧？雲老闆你說呢，不能埋沒我們大廚的才能啊。」

雲峴思索了下，點頭認同：「我覺得妳說得對，只做蛋糕太浪費人才了。」

這情侶倆其實就是逗小孩，沒想到蘇丞這個耿直男孩真當真了，著急道：「欸別別別，哥哥姐姐，千萬別有這個念頭，當廚師可比做蛋糕累多了，我不想做圓頭粗脖子的伙夫，我是烘焙師、烘焙師，我就願意做蛋糕。」

姜迎和雲峴互相看看，噗呲一聲笑了出來。

雲峴揶揄他：「你現在不也挺圓頭圓腦袋的嗎？」

姜迎更是幫腔道：「職業不分貴賤，你做蛋糕的還瞧不起顛勺的呢？」

蘇丞說不過他們，氣鼓鼓地去外面找趙新柔。

姜迎坐到桌子上，繼續吃手裡的三明治，聽到餐廳裡蘇丞的嚷嚷，她忍俊不禁，感嘆說：「有的時候覺得他們是家裡的弟弟妹妹，真好。」

雲峴把剩餘的三明治打包好，面部輪廓在燈光下顯得柔和：「就是家裡的弟弟妹妹。」

又到週末，雲峴給趙新柔和蘇丞放了個假，這天只有他和姜迎在店裡。

「咖啡好了，端過去吧。」雲峴把餐盤遞給姜迎。

蘇丞昨天烤了些餅乾，姜迎把它們按份數分好裝進小瓶子裡，時不時偷吃一塊。

她嘴裡還鼓鼓囊囊的，含糊應道：「好的。」

雲峴敲敲桌子，提醒她：「再吃午飯就吃不下了。」

姜迎裝作沒聽見，俐落地端著盤子幫客人上咖啡。

鈴鐺聲響起，玻璃門被推開。

姜迎反射性地喊：「歡迎光臨。」

她回過身，看見李至誠，奇怪道：「你怎麼來了？」

李至誠像是一路趕過來的，還喘著氣呢，張口就抱怨：「傳訊息給你們一個都不回我。」

姜迎解釋說：「店裡忙，沒看手機。」

雲峴也從櫃檯走了出來，問他：「怎麼了？」

李至誠走到吧檯坐下，舔了下嘴唇說：「先倒杯水給我。」

姜迎取了杯子倒好檸檬水。

「一個好消息。」李至誠抬杯灌了一大口水，緩了口氣說，「我剛剛回家，看見前面那棟樓在搬東西，好幾個大箱子。我閒著沒事幹就上去問了一嘴，那大姐告訴我，他老公要調去金陵工作了，她女兒呢現在又在外面上大學。欸，她就是社區外面那條街上開水果店的，雲峴你有印象嗎？」

雲峴和姜迎聽得一頭霧水：「所以呢？好消息到底是什麼？」

李至誠對他們的打斷不滿地嘖了一聲：「馬上就說到了，別急啊。」

姜迎嫌棄道：「你這鋪墊也太長了，能不能直接說重點？」

「好好好。」李至誠言簡意賅一句話道，「大姐決定搬家了，店也租出去了，現在那間房子正在找人買。」

反應過來的姜迎激動地叫了一聲，晃著雲峴的手臂說：「那就趕緊聯絡她去看看房子啊。」

雲峴倒還算是平靜，他問李至誠：「在你們家前面那棟？」

「對，就前面，幾步路。」

「那戶型也和你家一樣？」

「當然，但那大姐說他們住了挺多年了，要重新裝潢。」

雲峴低聲嘟囔，像在自言自語：「面積正合適，採光應該也不錯，離科技園區也近。」

李至誠拍拍自己的胸脯，補充說：「重點是和我離得近。」

雲峴的嘴角露出弧度：「而且我在那裡住過，也熟悉周圍的環境。」

姜迎提議：「先去看看房子吧。」

李至誠摸出手機：「我要了那大姐的電話，她說今天一天都在這搬家，你要不要趁著這個時間去看一眼。」

雲峴果斷做出決定：「好，我現在去一趟。」

他作勢就要走人，姜迎拉住他：「欸欸，你去看房，那誰幫忙看店啊？我一個人不行的。」

雲峴把目光轉向李至誠。

李至誠左右看看，指著自己，似乎覺得很好笑：「你不會是要我留在幫你端盤子吧？」

雲峴遞去懇請的眼神：「可以嗎？」

李至誠的笑容頃刻凝固：「不可以。」

雲峴點頭微笑：「謝謝你了，加油幹。」

李至誠惱了：「我說不可以！」

姜迎把手邊的圍裙扔給李至誠，使喚他：「新來的，去把盤子洗了。」

李至誠作勢要揮拳：「沒大沒小，喊誰呢？」

姜迎立刻怕了，縮著脖子找地方躲：「錯了哥，我去洗。」

雲峴脫下圍裙，拿了車鑰匙準備出門，走前叮囑他們二人：「不許打架，等我回來。」

姜迎喊：「快點回來。」

李至誠也喊：「我按小時收費的！不白幹！」

還好這時人不算多，他們兩個勉強能應付過來。

李至誠把剩餘的餅乾打包好，和姜迎有一搭沒一搭地閒聊：「這餅乾是自己烤的？」

姜迎洗著盤子回答：「對。」

李至誠隨手拈了一塊巧克力的放進嘴裡，品嚐後點點頭：「不錯，比外面做的好吃。」

姜迎指著抹茶口味的說：「你嚐嚐那個，也好吃，有杏仁片的。」

李至誠沒包幾盒，倒是吃了好幾塊：「這小師傅還會做別的嗎？」

「我看他會的挺多的，怎麼了？」

李至誠說：「沒幾個月就中秋了，我們工作室得訂月餅禮盒啊，他要是會做我就找他做。」

姜迎想了想，靈光一閃，打了個響指：「對啊，中秋節我們可以賣月餅。」

李至誠瞇了瞇眼睛，不滿道：「『我們、我們』，到底哪個是妳的正業哪個是妳的副業？」

姜迎趕緊腆起笑臉討好老闆：「當然是做您的遊戲策劃啦。」

店裡來了新客人，點了一杯澳白咖啡。

姜迎收好錢，拱了拱李至誠問：「老闆你會拉花嗎？」

李至誠回給她一個「妳說呢」的表情。

姜迎提起蘋果肌苦笑了下：「那我試試？」

李至誠慫恿她：「妳試試。」

杯子裡盛好濃縮咖啡液，姜迎握著打好的奶泡，深吸一口氣。

李至誠也跟著收緊呼吸，壓低聲音說：「妳手別抖啊。」

姜迎屏息凝神：「好。」

她在腦子裡回憶雲峴教過的步驟和技巧，小心翼翼傾斜奶泡杯的弧度。

半分鐘的沉默後，李至誠啟唇說：「我猜妳想畫個愛心，對吧？」

姜迎搖搖頭：「是葉子，不像嗎？」

李至誠兩眼一黑：「雲峴怎麼還不回來？」

第十杯咖啡

落日橙

也許是那天姜迎的話讓雲峴改變了想法，也許是這套房子確實完美符合他的心理預期。這次雲峴沒有過多猶豫，瞭解清楚情況後就開始準備簽署合約。

八月，他忙著新房子的裝潢，不常在店裡。

看著屬於他的家一點一點成型，雲峴和姜迎說，去年他也是這麼看著雲邊誕生，那是他在這座城市留下的第一個印記。

姜迎告訴他：「你擁有的會越來越多。」

這天週六，姜迎回家裡吃午飯。

姜天暉開門，見門外只站著她一個人，問：「男朋友呢？沒帶回來啊？」

姜迎把手裡的東西一股腦塞給她爸，一邊換鞋一邊回答：「今天有人來油漆牆，他要監工，我等等送點吃的過去給他。」

邵玲芳在廚房裡聽見外頭的說話聲，提聲喊：「雲峴沒來啊？」

「沒，留一口給他就行。」

邵玲芳拎著鍋鏟小跑出來：「為什麼不來啊？特地燉了雞湯。」

「家裡裝潢他走不開。」姜迎算是認清現實了，「所以今天不是喊我回來吃飯的，敢情我是沾了雲峴的光了。」

姜天暉睨她：「怎麼說話呢，當然是想妳了才叫妳回來的。」

飯桌上，姜天暉抿了口酒，清清嗓子問姜迎：「他這麼快就在我們這裡買了房，有打算？」

姜迎沒聽出話外之音，隨口回答：「沒什麼打算啊，可能就錢多想買吧。」

姜天暉「嘖」了一聲，氣這孩子缺根筋。

邵玲芳在一旁解釋說：「妳爸爸是想問妳，他是不是打算結婚了？」

姜迎蹭地一下抬起頭，左右看看他們，自己都有些不確定地說：「應該沒那個意思吧？」

邵玲芳問：「他和妳說過嗎，想和妳結婚之類的話？」

姜迎想了想：「提過吧。」

當父親的一聽，心裡的警報拉響，姜天暉立刻緊張起來：「那妳怎麼想的？」

姜迎埋頭吃菜：「我還沒準備好，以後再說。」

姜天暉一拍桌子，激動道：「對了丫頭！妳千萬別那麼早答應啊，妳還年輕，他著急就讓他急。」

邵玲芳可不這麼想，瞪他說：「二十五還年輕呢？也到年紀了。」

姜天暉反駁：「怎麼不年輕？姜迎畢業都沒幾年呢。老陸家女兒不也二十八才嫁？」

「人家是人家，而且那女生一直在外地沒回來。」

眼看他們就要爭執起來，姜迎放下筷子，伸出手臂擋在他們二人中間：「別吵別吵，我和雲峴談戀愛也沒多久，結婚的事再說吧，不著急啊。」

姜天暉滿意地笑了起來：「妳看吧，我說的，女兒還不想嫁呢。」

邵玲芳哼了一聲：「她現在是這麼想，可能過兩天就自己嚷嚷要嫁給人家了。」

「去去去，我們姜迎可不會。」姜天暉看向姜迎，警告她，「妳可不許這樣啊，丫頭。」

姜迎咬著排骨，含糊地應了一聲。

吃完飯，邵玲芳把打包好的飯菜拿給她，叮囑說：「湯一定要讓他喝完啊，妳外婆特地送過來的雞。」

「知道啦。」

姜天暉又從客廳茶几上拿了一顆石榴要塞給她：「這個也帶著。」

姜迎搖搖頭：「都沒手拿了，你們吃吧。」

走之前二老再三叮囑：「有空帶他回來吃飯。」

姜迎拖長音調懶懶應了聲好。

她帶著大包小包的東西開車回家，上了樓發現雲峴早她一步回來，正在浴室裡洗澡。

新房子這兩天在油漆牆壁，灰塵多，他每次回來都要先沖澡。

姜迎把飯菜取出，看有些涼了，又放進微波爐重新熱了一遍。

裝潢隊的師傅開工早，雲峴經常六七點就得起床，中午也是草草吃一口飯，姜迎看他最近瘦了，臉上本就沒多少肉，是該好好補補。

幾分鐘後雲峴擦著頭髮出來，姜迎剛好把雞湯端上桌。

「我媽下令了啊，這個湯必須喝完。」

雲峴坐到餐桌邊，拿起碗筷：「我還真的餓了。」

姜迎也坐下，陪著他一起吃：「房子怎麼樣了？」

雲峴：「差不多了，可以準備買家具了，明天要不要和我一起去逛逛？」

「好呀。」

「哦對了。」姜迎說：「我下下個禮拜可以休年假了。」

雲峴問她：「有什麼打算嗎？」

姜迎搖搖頭，他肯定抽不出時間，沈暄也懷著孕呢，沒人陪她玩。

她安慰自己：「這麼熱的天，在家休息休息也挺好的。」

八月中旬，新房的裝潢終於訖工，大件家具也陸續安裝完畢。

花了一整天的時間，雲峴和姜迎幫新家做了次大掃除，把裡外都打掃乾淨。

丟完垃圾，在空氣裡噴了兩泵香氛，姜迎癱倒在沙發上，望著眼前嶄新而整潔的一切，又累又有成就感。

裝潢風格是雲峴設計的，和雲邊很像，但更溫馨些，還是以白色為主色調，木製桌椅，豆綠色的沙發和鵝黃色的抱枕，四處有小盆栽作為裝飾。

雲峴在陽臺上裝了一個鞦韆，把姜迎公寓裡的花都搬了過來，他還在窗臺上掛了一串風鈴。

微風一吹，鈴鐺響聲清脆，已經到了傍晚，橘紅的夕陽鋪灑在白瓷磚上。

姜迎摸摸空癟的肚子，把早飯吃剩下的吐司掰開泡進牛奶裡。

麵包吸滿牛奶，變得軟塌塌的，姜迎嚼了兩口，五官皺在一起。

雲峴一走出來就看見她痛苦的表情，問：「怎麼了？」

姜迎艱難咽下口中的食物，和雲峴說：「這泡魯達太難吃了吧。」

雲峴看了看她杯子裡的東西，被逗笑了：「妳叫這泡魯達？太不正宗了吧？」

姜迎癟嘴：「我也想吃正宗的。」

雲峴手裡的動作停住，他愣了愣，突然問：「妳年假還剩幾天？」

姜迎算了算：「四天。」

「我們去西雙版納吧。」

這句話來得太突兀，一點鋪墊都沒有，姜迎一時沒反應過來：「什麼？」

雲峴又語氣認真的重複一遍：「我們去西雙版納吧，吃正宗的泡魯達。」

「好呀，什麼時候去？」

「今天太累了，明天出發？」

姜迎又回到呆滯的表情。

雲峴：「不想去嗎？」

姜迎搖搖頭。

雲峴笑了：「這是想去還是不想去？」

姜迎張了張嘴：「你說真的？」

雲峴點頭：「真的。」

姜迎一骨碌從沙發上爬起來，當即做好決定：「走，今晚就去。你訂機票和酒店，我收拾行李。」

雲峴拉住她：「今晚就去？妳不累嗎？」

「累。」姜迎的聲音裡帶上按捺不住的興奮，「但如果要去，我今天晚上肯定睡不著。」

「那走？」

「走！」

他們用不到兩個小時的時間火速收拾好行李開車到達機場，距離登機還剩二十分鐘。

沒有計劃、沒有準備、沒有做任何攻略，由一碗「山寨泡魯達」引起一場說走就走的旅行。

飛機上，姜迎把手機調至飛行模式，湊到雲峴耳邊小聲說：「我們是不是太衝動了？」

雲峴幫她把口罩往上提了提：「不是妳的宗旨嗎？想做什麼就去做。」

姜迎翹了翹嘴角，有些心虛：「是不是我把你帶壞了？」

「不。」提示廣播響起，雲峴扣好安全帶，他很肯定地告訴她，「是妳解放了我。」

三個小時後，飛機落地春城，他們將在這裡休息一晚，明日再轉機去西雙版納。

酒店在機場周圍，一天的忙碌再加一晚的奔波，兩人早就累癱了，洗漱完就倒頭睡下。

因為事先沒有任何計畫，所以他們的日常安排非常隨意，簡單的說就是幾點起床就幾點出門，沒有壓力，不需要趕時間，怎麼高興怎麼來。

第二天，兩人直到中午才睡醒，休息得十分充足。

他們在附近的小吃店點了兩份過橋米線，姜迎想著難得來一次，幾乎把所有配料都加進去了，滿滿一大碗。

她咬著雞樅菌，美滋滋地說：「為這一碗米線也值了。」

「我以前特別不理解到了節假日就要出去旅遊的人，看著都覺得累。」雲峴的視線落在屋外的街道上，來來往往人的說著他們聽不懂的方言，這裡的一切對他來說都是陌生而新奇的。

姜迎夾起一塊豬血，吹了吹送進嘴裡：「累歸累，但世界那麼大，偶爾也得找找生活裡的新鮮感。」

雲峴點頭：「是。」

真正抵達西雙版納時已經晚上五六點了，他們在預定好的民宿歇了下腳。

等夜幕低垂，他們出發前往位於景洪大金塔下的星光夜市。

夜色濃鬱，而盛大的集市卻熱鬧非凡，各種小攤琳琅滿目，街邊的女孩們穿著傣裝，頭上別著鮮花髮夾，這裡極具東南亞風情，煙火氣蒸騰。

姜迎看見其他女孩都穿著傣式風格的衣裙，心裡便有些蠢蠢欲動。

「雲峴。」

她剛張口，雲峴就知道她下面要說什麼，指著前面一個賣服裝的攤位說：「那邊有，去看看？」

姜迎嘻嘻笑了一下：「你怎麼知道我想穿啊？」

雲峴說：「妳剛剛盯著人家女生都快盯出洞來了。」

姜迎鬆開他的手，興沖沖地跑去衣架前挑選，她拿出兩套問雲峴：「哪套好看？」

雲峴指了下左邊的那套：「這個吧。」

「好。」姜迎選擇相信他的眼光。

和老闆談好價錢付完款，她拿著衣服去試衣間裡更換。

等再出來時，她卻發現外頭的雲峴不見了。

姜迎踮腳四處張望，剛要拿出手機打電話，就聽見雲峴的聲音響起：「換好了？」

她抬起頭，朝著他走過去：「漂亮嗎？」

抹胸是綠色的，搭配淺黃緞面長裙，襯得人皮膚白皙，雲峴上下打量完，由衷誇道：「很漂亮。」

「你剛剛去哪了？」姜迎問他。

雲峴舉起手裡的小東西揮了揮，他走近一步，抬手把髮夾別到她的髮間。

姜迎把長髮綁成了低垂鬆垮的麻花辮，挽到一側，現在頭上多了一朵嬌嫩的雞蛋花，與她的衣裙很相配，顯得整個人更靈動可愛。

「好看嗎？」她掀起眼眸問雲峴。

雲峴不厭其煩地回答：「好看。」

他們牽著手走進集市，小路狹窄，人群熙熙攘攘。

雲峴買了一份椰子冰，讓姜迎捧著吃。

走著走著，姜迎突然蹦出一句：「完了，買錯了呀。」

「什麼買錯了？」

「你看看。」她指著路邊的人，又指了指自己的衣服，怨惱道，「怎麼這套是爆紅款啊，平均三個人就和我穿得一樣，我都怕你等等一轉身牽錯了人。」

雲峴笑起來：「怎麼可能啊？」

姜迎撇著嘴，嘟囔說：「你看看，又一個撞衫的。」

雲峴抓起她的手搭在自己的手臂上：「那就把我看緊一點，別讓我跟著別人跑了。」

姜迎收緊手指，緊緊挽著他，故意問：「我穿好看還是她們穿了好看？」

雲峴目視前方：「她們是誰？我沒注意。」

姜迎譃了一聲：「行啊，不掉進我的坑裡。」

雲峴笑了笑，包容那些調皮的小心思，看到前面有水果攤，他偏頭問：「要不要嚐嚐辣椒芒果？」

市集燈火通明，世界喧鬧，西雙版納的風也熱情，暖呼呼地吹拂在臉上。

因為沒有對這次旅行做事先規劃，所以也就沒什麼期待，更談不上會失望，他們走到哪裡都覺得有意思。

姜迎和雲峴的手裡被特色小吃堆滿，走一路吃一路，有不合胃口的就當嚐嚐鮮。

等玩累了回到酒店，姜迎躺倒在床上，小腿肌肉酸痛，但她的精神是愜意而豐足的。

「我們明天去哪裡啊？」她問雲峴。

「不知道。」雲峴伸手拽她起來，「先去洗澡，洗完早點睡覺。」

姜迎翻了個身，嘴裡哼唧了兩聲，賴著不想動。

雲峴在床沿坐下，握著她的腳踝放到自己大腿上，屈起指節替她揉捏緊繃的肌肉。

「妳就是平時缺少運動，今天兩萬步都沒到呢。」

姜迎哀嚎一聲：「一萬七也很多了好不好？」

這麼按摩了一陣子，雲峴拍拍她：「現在可以去了吧？公主。」

姜迎舉起一隻手臂，雲峴拽著她起來。

姜迎站在地板上，身子搖搖晃晃，也不知道是真的站不穩還是故意的。

雲峴看不下去了，把背給她，微微蹲下身說：「來吧，公主。」

姜迎發出得逞的咯咯笑聲：「你真好。」

雲峴背起她，向浴室走去：「等等妳也幫我按按肩。」

半晌沒聽到回答，他無奈地嘆聲氣，沉下嗓音說：「別給我裝睡。」

姜迎拿臉蹭了蹭他，故意製造出一聲呼嚕聲。

雲峴真是氣笑了：「妳是不是豬？」

姜迎還在戲中，閉著眼，學著說夢話的語氣回答：「不是。」

旅行的第二天，他們依舊是日上三竿了才起床。

出門前，姜迎化好妝，把臉湊到雲峴面前展示。

她雙手捧著臉頰，又是眨眼又是微笑，期待地問他：「有沒有覺得我今天哪裡不一樣？」

雲峴往後拉開一點距離，左看右瞧也沒找到什麼特別之處，只能硬著頭皮猜：「妳換新口紅了？」

姜迎失落地拉下臉：「我今天化了泰妝，眉型眼妝都和我平時不一樣啊，看不出來嗎？我覺得很明顯的啊。」

「哦。」雲峴點點頭，亡羊補牢道，「好像確實不一樣。」

姜迎撇撇嘴，談戀愛之前她剪個瀏海都能發現，在一起久了反倒看不出來了。

雲峴刮她的鼻子：「怎麼看起來這麼委屈啊？」

「你是不是看膩我了？」

雲峴可承受不住這罪，驚慌道：「怎麼可能？誰說的？」

他替自己找藉口：「我近視，視力不好。」

姜迎把臉偏向一邊，咬著下唇不出聲。

雲峴捧著她的臉頰，湊上去，讓兩個人額頭貼著額頭：「我再仔細看看。」

四目相對上，又靠得那麼近，姜迎憋不住，破功笑了出來。

「你討不討厭啊。」她嬌嗔地埋怨了一句，推開雲峴從沙發上起身。

雲峴也站起來，跟在她身後：「餓不餓？去吃飯吧。」

民宿樓下就有一條小吃街，姜迎終於如願吃到了正宗的泡魯達，吐司塊酥脆，牛奶裡有椰子的清香。

雲峴點了一杯老撾冰咖啡，大中午的，外頭烈日當空，正需要冷飲解暑。

隔壁桌也是來玩的遊客，姜迎和他們聊了兩句。

雲峴沒她那麼外向健談，安靜地坐在一旁喝咖啡。

過了一下，姜迎回來告訴他：「那妹妹說他們剛剛去吃了石鍋魚，很好吃，推薦我們去。」

雲峴佩服地看了她一眼，沒成想她是去打探情報的。

在咖啡館坐了一下，兩人就動身前往那家石鍋魚，已經過了吃飯時間，客人不多。

餐桌中間是一口嵌進去的石鍋，湯底用各種菌菇熬製，異常鮮香。

姜迎吃著鮮嫩的魚塊，已經開始計畫下一頓了：「我們晚上吃這邊的特色菜吧？我剛剛聽他們說這裡有傳統的哈尼族餐廳，會有人來到你桌邊給你敬酒呢。」

雲峴聽著，沒多大興趣，反而有些說不出的排斥：「啊。」

姜迎眨著一雙純真無害的眼睛：「怎麼了？你不覺得有意思嗎？」

雲峴擠出笑容：「可以啊，有意思。」

下午天氣熱，他們都不喜歡逛風景區，出一身汗黏糊糊得又難受，索性回到民宿休息。

姜迎在手機上找好一家哈尼族餐廳，看網友的評論，整間店被裝潢成原始部落的風格，很有特色。

等到傍晚太陽下山了，他們才收拾東西準備出門。

搭車到了那家餐廳，沿著石階走上去，彷彿誤入了哪家寨子，門口的牌坊上還掛著一個牛頭。

還沒進門雲峴就開始緊張，姜迎卻興奮極了，到處亂竄，哪裡都覺得有趣。

他們找好位子坐下，點了幾樣當地的民族菜。

姜迎一直東張西望，根本定不下心：「怎麼還不來啊？」

社恐雲峴默默嘆氣，催她好好吃飯。

沒多久，大堂裡就有了動靜，四五個穿著傳統哈尼族服飾的女孩捧著酒碗逐桌唱歌敬酒。

她們唱著祝酒歌，聲音清透嘹亮。

姜迎一直鼓掌歡呼，不知道的還以為她是老闆雇來的氣氛組。

輪到他們這桌時，姜迎非常爽快，接過酒碗就一口悶了，雲峴攔都攔不住。

周圍響起熱烈的掌聲，有人叫好，姜迎抱拳做了個承讓的手勢。

那幾個女孩又繼續前往下一桌。

碗裡的酒不知度數，辣得姜迎皺起眉毛，張著嘴嘶哈嘶哈吸氣。

雲峴倒了杯水給她，打趣說：「跟著妳，我的社恐遲早會治好。」

姜迎接過水杯：「那你該多認識認識沈暄，她才厲害呢。」

無意提到沈暄，姜迎頓住，轉念說：「要不然我們明天先飛申城？我想去看看她了。」

雲峴夾了一塊土雞到她碗裡：「好啊。」

距離沈暄生產沒幾個月了，她近來一直在家裡安心養胎，姜迎好久沒見到她。

在西雙版納短暫地過完了兩日遊，雲峴和姜迎又坐飛機前往申城。

落地後，她撥了通電話給沈暄。

『喂。』聽筒裡的聲音軟綿綿的，看樣子是還沒起床。

「喂，我馬上到妳家啊，趕緊起床準備迎接我。」

『什麼東西？』沈暄一下子清醒了，『妳來申城了啊？』

「嗯，妳沒看我的動態嗎？我去西雙版納玩了，順路來看看妳。」

『這也能順路？』沈暄打了個哈欠，『老周不許我玩手機，我早就與網路世界脫離了。』

姜迎問她：「妳老公呢？」

『不知道，人不在房間裡。妳一個人出去玩啊？』

「當然不是，我和雲峴。」

沈暄也許是沒睡醒，也有可能是一孕傻三年，記性不行了：『誰？』

姜迎瞄了旁邊的人一眼，壓低嗓音飛快地吐出兩個字：「湘琴！還能有誰？」

『哦哦，他不用看店啊？』

「不用，店裡有兩個省心的小孩。」

兩人說了下話，沈暄起床洗漱去了。

雲峴開口問姜迎：「要不要買點禮物？」

這倒是提醒她了，她和沈暄之間不必在意這些，但懷孕之後夫妻倆就搬到周戰衍父母那邊住了，這麼登門拜訪確實是該買些禮物。

兩人在附近的商場下了車，姜迎打算買盒糕點帶過去。

他們起床到現在還沒吃東西，又去星巴克買了兩份早餐。

這裡正處市中心，周圍大廈林立。

雲峴用吸管攪了攪杯子裡的冰塊，說：「想起以前上班的時候了，每天早上一杯冰美式，開啟新的痛苦一天。」

姜迎可不放過這種能拍馬屁的機會：「那我真是幸福多了，每天一杯雲老闆親自製作的拿鐵，開啟我美好的一天。」

雲峴十分受用地笑起來，他看著一大清早就奔走在咖啡店和辦公大樓的年輕白領們，按生活節奏來說，這裡和北京最像，都是欲望之都，現代、繁華、喧囂，人才濟濟。

很偶爾的，就像現在這個時刻，他會懷念起那些忙碌的格子間生活，畢竟那也是他最意氣風發、風華正茂的幾年。

「雲峴？」

聽到有人喊出自己的名字，雲峴回過神，側身看去。

桌邊站著西裝革履的青年男人，左手提著公事包，右手握著一杯冰美式。

「真的是你啊？」那男人驚喜道。

雲峴認出他是誰，眼裡也閃過意外，站起身喊：「學長。」

「唉喲，真是好久不見了。」被他喊學長的人叫作陳亦銘，大雲峴兩屆，也是他的第一任老闆。

他朝雲峴伸出手，寒暄說：「有六七年沒見了吧？」

雲峴回握住：「是，你去申城之後我們就沒見過。」

「這是女朋友？」陳亦銘看向坐在對面的姜迎。

姜迎微微笑了一下，自我介紹道：「你好，我叫姜迎。」

雲峴和她介紹說：「這是陳亦銘，我學長，我當初就是在他的公司實習的。」

姜迎隱約想起雲峴說過這回事：「哦——那真是好巧啊。」

「是巧啊。」陳亦銘注意到他們腳邊的行李箱，「你們來旅遊？雲峴，我怎麼聽說你從豐遇辭職了啊？」

雲峴：「是，我現在在溪城。」

「溪城？」陳亦銘撓撓臉，「溪城有什麼科技公司嗎？你現在做什麼啊？」

雲峴回答：「沒，我開了家咖啡館，不當社畜了。」

陳亦銘臉上的表情僵了一瞬，懷疑自己聽錯了：「你不做這行了？」

雲峴點頭：「目前是這樣。」

陳亦銘看了看他，小聲問：「之前那公司虧待你了？」

雲峴笑起來：「沒有，是我自己不想在那裡待著了，覺得沒意思。」

陳亦銘領會地點點頭，轉而又問：「那你對我們的遊戲還有意思嗎？」

這猝不及防的一問讓雲峴愣住了，他張了張嘴，卻不知如何開口。

陳亦銘進一步說：「之前你說你考慮到家庭還是想留在北京，那現在呢，既然你都在溪城了，這些應該都不是問題了吧？這遊戲你也算是見證人，就問你想不想回來繼續幹？」

雲峴還是不做聲。

陳亦銘也知道這問題不好回答，他緩和表情笑了笑，抬起手腕看了眼自己的錶說：「哎喲，都這個點了，我還有事得先走了。真沒想到今天能遇上你，我說的話你好好考慮考慮。雲峴，換成別人我都不可惜，但你要說不幹了，我真的替你、替整個行業可惜。」

雲峴點點頭：「我知道了，我會好好考慮的。」

陳亦銘趕時間，匆匆和他們打完招呼就離開。

姜迎默默聽著他們的對話，有些疑惑，她問雲峴：「你說實習，我還以為是大學時的見習。看樣子你在學長那工作了很久啊？他好像很看重你。」

雲峴說：「是大學時去的，不過那個時候整個工作室沒多少人，在那的時間也不算長，兩年吧，不到三年。後來這遊戲被一個大公司看中，整個工作室都要搬到申城，我不想去，所以換了工作。」

「那他剛剛說……」

雲峴打斷她：「吃飽了嗎？吃飽我們就走吧。」

姜迎察覺到他的迴避，打消念頭不再提起，拿起背包和桌上沒喝完的咖啡說：「走吧。」

從商場出來到坐上計程車，姜迎一直小心地觀察雲峴的表情。

看他的樣子似乎也沒把學長的話放在心上，也許那句回應就是客套一下吧。

兩人各懷心思，一路無言。

看有些冷場，姜迎主動開啟一個話題：「哦，我忘了告訴你，沈暄的婆婆也在我們那個大學教書，她還是沈暄的直系導師。」

雲峴驚訝地抬眉，好奇道：「所以她和她老公是她婆婆介紹的？」

姜迎搖搖頭：「這裡頭的故事曲折多了，以後有機會再和你說。」

車子在社區門口停下，姜迎和雲峴剛拎著東西下車，就看見一個面相和善的阿姨朝他們走了過來，笑意親切道：「是暄暄的朋友吧？」

「欸，是的。」姜迎應了聲。

「她讓我在門口接你們，喊我羅阿姨就行。」

羅阿姨伸手要來接他們手裡的袋子，雲峴避了避，說：「我來拿就行，您帶路吧。」

路上，姜迎問羅阿姨：「翁老師在不在家呀？」

羅阿姨回：「不在，太太和先生一早就出門了。」

「哦。」姜迎偷偷鬆了口氣。

雲峴看見她的表情，低聲說：「這麼大了還怕老師呢？」

姜迎睨他一眼：「你不怕？」

雲峴：「不怕，老師們都很喜歡我。」

姜迎嘖了一聲，上下端詳他：「雲峴，我以前還以為你是很謙虛的人呢，怎麼最近說話越來越李至誠了？」

雲峴聳了下肩：「近墨者黑吧。」

姜迎拿肩膀撞了他一下：「那你快多貼貼我這個『朱』。」

雲峴失笑：「好的，貼貼妳這隻豬。」

沈暄在家裡也坐不住，見他們遲遲不來，乾脆站到門口院子裡等。

隔著幾十公尺的距離，姜迎看見她的身影，停下腳步，遙遙喊了聲：「沈暄！」

沈暄聽見，朝她揮揮手，姜迎撒腿跑過去。

雲峴拉不住她，只能在後頭喊：「慢點，別跑。」

羅阿姨見狀笑起來，抬頭和他說：「小姐妹可真要好。」

雲峴玩笑道：「看見我都沒這麼激動。」

等羅阿姨和雲峴慢悠悠地走到門口，沈暄和姜迎聊得正開心。

「進去再說吧。」羅阿姨走到前面幫她們開門。

沈暄揮揮手，和雲峴打招呼說：「嗨，湘琴。」

姜迎咳嗽了聲，瞪她一眼。

沈暄這才改口：「你好，雲老闆。」

雲峴不介意這個，笑著回：「妳好。」

走進屋裡，姜迎環顧一圈，問沈暄：「你老公呢？」

沈暄回：「大概在店裡吧。」

羅阿姨為他們端上水果和飲料，開口問：「要不要我打個電話給戰衎？」

沈暄點點頭：「行，妳就說家裡有客人，讓他沒事就先回來吧。」

雲峴聽著他們的對話，小聲問姜迎：「他也開店嗎？」

姜迎嘴裡含著一口芒果說：「刺青店，搞刺青的。」

雲峴做了個 wow 的口型：「酷。」

聊到這個，沈暄對雲峴說：「老周和你差不多大，也在北京上學。」

雲峴微笑著回道：「是嗎？那挺有緣的，說不定還見過。」

「他們家老周可厲害了。」姜迎伸出手指比劃，語氣誇張，「一個單子五位數呢。」

沈暄擺擺手，趕緊吹捧回去：「哪有妳家雲峴厲害呀，大廠裡頭搞IT，那才是真正的人才精英，我們家這個就是做苦力活的哈。」

姜迎譃喲了一聲：「苦力活？你們家周戰衍是藝術家好不好，他要是聽到妳這話可得氣死。」

她們兩個人你一言我一語，旁人根本插不了嘴。

雲峴抬起面前的玻璃杯抿了口橙汁，酸澀的口感讓他皺了皺眉。

沒多久，羅阿姨過來說：「戰衍說他手頭有個客人，一時間回不來，讓我們先吃飯。」

沈暄像是習以為常了：「行吧，那妳幫他留一口。」

姜迎卻沉下臉色，替姐妹不平：「他怎麼不多在家陪陪妳啊？把妳送到婆家讓阿姨照顧妳？」

「沒有。」沈暄趕緊解釋，「他以前習慣晚上做單子，最近全挪到早上了。反正我起得晚嘛，他忙完就回家陪我了，不信妳問羅阿姨。」

羅阿姨連連點頭：「對的對的，小姜妳放心好了，戰衍還是很顧家的。」

姜迎看周戰衍，那就是丈母娘看女婿，要挑剌的地方多著呢：「這還差不多，我就怕妳受委屈。」

沈暄抓了把葡萄塞到她手裡：「您別操心了啊，媽。」

「欸。」姜迎欣然應了這聲稱呼。

兩個人互相看著笑起來，心裡又都有些泛酸。

沈暄沒有父母，唯一一個朋友就是自己，所以站在姜迎的角度，她既是閨密，又是唯一的娘家人。

她們確實在某些時候視對方為「女兒」，操著一顆老母親的心。

氣氛突然變得有些微妙，雲峴咳嗽一聲，轉移話題問：「妳們是大學認識的？」

沈暄搖搖頭：「我和姜迎是在金陵藝考集訓的時候認識的，我和老周就更早了。」

想到什麼，姜迎笑起來，饒有興致地和雲峴分享：「你不知道，剛認識的時候沈暄可高冷了。」

沈暄反駁她：「明明是妳高冷吧？一個人獨來獨往，老孤僻了，天天穿件黑色長羽絨服，板著臉，她們都喊妳無常妹。」

姜迎想要去捂她的嘴：「妳能別揭我老底嗎？」

雲峴安靜地聽著，很難將沈暄口中的這個姜迎和眼前的人聯想到一起。

在幾個月前，餐廳外的臺階上，姜迎點燃了一根菸，和他提過一些學生時期的事。

他記得她說，以前的她性格遠沒有現在那麼開朗，過得也不是很開心。

以及，改變她的人，一個是沈暄，還有就是陸廷洋。

當時聽姜迎這麼說，雲峴並沒有什麼太強烈的感覺，現在心境不一樣了，他突然很感謝這些人。

感謝他們在他不曾到來的日子裡，給予這個女孩愛與溫暖，讓她變得快樂自信。

姜迎回憶說：「大冬天，我們都錯過門禁了，只能在宿舍樓下蹲著。現在想起來太好笑了，兩個大傻子。」

雲峴問：「那妳們晚上都出去做什麼了？」

「她出去買宵夜。」沈暄指著姜迎，又指了指自己，「我是去網咖。」

姜迎繼續補充：「我蹲在臺階上吃炸串，太香了，她一直看著我，那目光能擦出火來，我實在忽視不了，問她要不要一起吃，我們就這麼說上話了。」

她們陸陸續續說了許多曾經的故事，去吃海鮮結果一起腸胃炎打點滴，還有姜迎失戀的時候沈暄陪著她喝酒，醉得不省人事打電話給周戰衍說她也要分手，當時可把人急壞了。

那些酸甜苦辣，如今都能笑著提起，一個已為人妻為人母，一個找到自己的歸宿，屬於她們的少女歲月一去不復返，但新的人生篇章也在悄然開啟。

「那時候真好啊，是我人生最好的時光了。」沈暄感嘆地說。

姜迎卻搖搖頭，糾正她：「當下的每一刻才是最好的。」

午飯只有他們三個人吃，周戰衍的父母在外有應酬，也不回來吃飯。

羅阿姨做了一桌子好菜，沈暄說平時沒這麼豐盛的，他們真有口福。

席間，雲峴的手機鈴聲響起，他道了聲「抱歉」，拿起手機起身。

幾分鐘後他再回來，姜迎擔心地問：「是店裡有事嗎？」

「不是，是亦銘學長，說難得碰面，讓我出去和以前的同事聚一聚。」

「哦。」姜迎的神情有些不自然，「那你去吧。」

雲峴問：「妳想和我一起去嗎？」

姜迎猶疑地搖了搖頭：「我就不了吧，我想多陪陪沈暄。」

雲峴尊重她的意見：「那我結束後來接妳。」

姜迎點點頭，朝他扯開嘴角笑了下：「好。」

吃過飯沒多久，雲峴就走了。

姜迎陪沈暄在沙發上看電視，她懷裡抱著抱枕，一副心不在焉的樣子。

沈暄偷偷瞄她好幾眼，覺察出不對勁，出聲問：「那學長是誰啊？」

姜迎像是沒聽見，還在發呆。

沈暄又踹她一腳：「姜迎？」

姜迎這才有了反應：「啊？」

沈暄把問題重複一遍：「問妳那個學長是誰？」

「哦，雲峴以前和他一起創業做遊戲，今天早上碰巧撞見了，兩個人就聊起來了。」

沈暄鬆了口氣：「我還以為是誰呢，妳在這愁眉苦臉的。」

姜迎否認：「我哪裡愁眉苦臉了？」

沈暄哼笑一聲：「妳心裡在想什麼我猜都不用猜，妳在我面前是透明的，寶貝。」

姜迎煩躁地揉揉頭髮，坦白道：「好吧，我承認我現在的心情確實有點複雜。」

沈暄抓到遙控器按下暫停，挪動身體換了個坐姿：「和我說說。」

姜迎不確定她能不能理解，畢竟她自己都覺得莫名其妙，她嘗試著表達說：「就是，今天那個學長問了雲峴還想不想回去工作，雲峴當時說會好好考慮。雖然沒有明確表態，但我感覺他應該是有點心動的。那可是他人生的第一份工作，而且妳說，他今天晚上和老同事一聚餐，勾起什麼初心，什麼當年一起許下的夢想，我真的怕他一個熱血沸騰就答應了。」

沈暄疑惑：「那不是挺好的嗎？男人就該搞事業，而且妳家雲峴高學歷高智商，做個咖啡館老闆真屈才了。」

姜迎垮下臉，有氣無力地說：「道理我當然都明白啦，他也才三十歲，本來就是正當好的年紀，要搞事業我當然支持，但是。」

她頓住，接下來的話有些說不出口。

沈暄嘆了聲氣，替她把話說完：「但是妳希望他一直待在雲邊，或者說，待在妳身邊。」

姜迎苦惱地抓了抓頭髮：「妳罵我吧，我真是個小女生，我真不懂事。」

沈暄覺得好笑：「妳不都自己罵完了。」

姜迎哀嚎一聲，靠著沈暄躺下，下巴靠在她的肩上說：「前兩天我看到有玩家在論壇裡留言，說不知道為什麼覺得很難過，蘇小一生裡會不斷去新的地方，遇到新的人，而簡影只有這一個春天和這一家咖啡館。他的第一句臺詞是歡迎光臨，最後一句是『歡迎下次光臨』，他在這個世界裡的意義似乎就是等待蘇小。我很害怕，雲峴會不會就像蘇小一樣，溪城只是他旅途中的第一站，雲邊只是第一個章節。等他把這裡的任務做完了，自然就要開啟新的關卡。」

沈暄接著她的話說：「而妳只是個NPC？」

姜迎幽怨地看了她一眼。

沈暄拍拍她的腦袋，寬慰她：「幹嘛搞得這麼傷感啊，你們家遊戲不是治癒向的嗎？」

姜迎在她身上蹭了蹭，像隻倦懶的貓：「治癒？我現在很憂鬱。」

沈暄嘆氣搖搖頭，在這個時代想要純粹的談感情就是癡人說夢，人際關係總是牽扯著許多看似無關緊要又讓人無法忽視的其他因素。

看看，饒是從前在感情上神經大條的姜迎有一天都能變得多愁善感。

沈晅用食指戳了下姜迎的額頭：「我以前怎麼沒發現妳還是個戀愛腦呢？那個時候陸廷洋說要出國交流，你們可能要異地戀，也沒見妳有這些彎彎繞繞的心思啊。」

姜迎拿下她的手：「不是異地不異地的問題，是我心裡沒底，北京他都能說走就走，何況溪城。」

沈晅奇怪：「可他不都買房子了嗎？他之前也和妳說過決定留在溪城了。」

「那是那個情況下他的想法，他也不知道之後有一天會在這裡遇到老同事。」姜迎在這一刻猶如被悲觀主義者附體，做好了最壞的心裡預設，「雲邊只是他的一時興起，也許買房也是，他財務自由，而且被家庭壓抑了這麼久。如果他要留下，房子和我就是理由，是他拒絕學長的藉口，但如果他真想去，那麼這些根本就不是問題。」

沈晅還是第一次見這麼沮喪的姜迎，不免擔心她的狀態：「姜迎，妳沒事吧？」

「他說我是他人生裡遇過最特別的女孩，那如果是他見的人還不夠多呢？也許還有其他千千萬萬個特別的人，只是他還沒遇見，所以才這麼覺得。」

沈晅心裡一沉：「妳是不是想太多了？而且雲峴都沒說要去呢。」

「沈晅。」姜迎癟著嘴，委屈地看著她，「雲邊對我來說很重要，真的很重要，但我不希望對他來說只是人生裡的一小站。」

沈晅聽懂她的意思，伸出手臂圈住她，輕聲安慰：「不會的。」

有些時候就是當局者迷，雲峴有多喜歡姜迎，誰看不出來呢。

晚飯前周戰衍才回來，他和姜迎簡單打過招呼，先回房間換了身衣服。

周戰衍抽走沈暄身側的抱枕，坐到她身邊，看向姜迎問：「妳男朋友呢？」

姜迎回答：「以前的朋友知道他來申城，喊他出去吃飯了。」

周戰衍點點頭：「那可惜了，我還想見見呢。」

沈暄說：「以後總有機會的。」

羅阿姨喊開飯了，三人坐上桌。

沈暄說姜迎心情不好，讓周戰衍挑瓶好酒招待她。

但她自己懷著孕不能喝，周戰衍也說不喝，沒人陪她，姜迎抱著酒瓶看向羅阿姨。

羅阿姨驚慌地擺擺手，跑進廚房了。

「那我自己喝。」姜迎哼了一聲。

周戰衍看出不對勁，湊到沈暄耳邊問：「她怎麼了？」

沈暄吐出兩個字：「閨怨。」

周戰衍頭頂問號：「啊？」

沈暄用手肘推他：「吃飯吃飯。」

不到七點，雲峴就回來接姜迎了。

他看起來神志清明，沒喝什麼酒，姜迎卻有些醉了，臉頰泛著紅，說話不太順暢。

四人站在門口，雲峴攙著姜迎，問：「喝酒了？」

周戰衍和沈暄互相看看，沈暄先發制人指著自己老公說：「都是他，說度數不高，姜迎就喝多了點，沒事啊，她喝酒不煩人，睡一覺就好了。」

周戰衍只能背下這口鍋，對雲峴說：「不好意思啊兄弟。」

雲峴笑了笑：「沒事，她今天來看你們，心裡高興，可能就喝得多了點。」

原本打算晚上就回溪城，但看姜迎這狀態是沒辦法坐高鐵了，雲峴就近找了家酒店。

姜迎一進屋就趴到床上，雲峴放好東西燒了壺水，跪在床沿拍拍她的背：「小豬，先去洗個澡再睡覺。」

「雲峴。」她的聲音悶在被子裡。

「嗯？」

姜迎翻了個身，坐直身子問他：「今天和學長他們聚餐，怎麼樣啊？」

雲峴答：「挺好的啊，大家都有變化了。」

姜迎垂下視線，聲音放低了些：「那你想不想回去工作？」

這次雲峴沒有很快就回答。

在他猶豫的時間裡，姜迎咬著下唇，呼吸一點一點收緊。

「我……」雲峴終於啟唇。

「我們結婚吧。」姜迎卻沒讓他把話說完。

空氣凝滯了一陣子，一個低著頭，一個直直盯著對方，懷疑自己是不是聽錯了。

「妳剛剛說什麼？」

腦袋暈暈的，呼出來的氣也是熱的，姜迎摸了摸喉嚨，有些難受，但她的意識是很清晰的，她知道自己在幹什麼。

「你想去是不是？」

雲峴沒說話。

「那就去吧，你在這裡當個咖啡館老闆，所有人都覺得可惜，你媽媽、李至誠、還有那個學長，大家都覺得委屈了你的才能，但是雲峴。」姜迎的聲音在發抖，她努力抑制哭腔，吸吸鼻子說，「我喜歡的恰恰就是那個在我生日的時候送了我一塊蛋糕，為我點燃蘋果味香薰蠟燭讓我許願的咖啡館老闆啊。」

雲峴抬手摸了下她的臉頰：「那為什麼突然說要結婚？」

姜迎掀起眼皮，開口說：「如果談半年談三年的結果都一樣，那不如早早就結了。如果雲邊和我只是你人生裡經過的一個月臺，那就當我沒說，繼續談戀愛吧，看看我們能走到哪裡。」

在這樣的氣氛下，雲峴卻掀開唇角輕輕笑了：「現在結婚吃虧的可是妳。」

姜迎嘟囔：「有什麼吃虧的，我覺得我賺大了。」

雲峴的笑容弧度更大。

他說：「我承認我有心動過一下下，但我已經拒絕學長了。」

姜迎澈底愣住：「啊？」

「啊什麼啊？」雲峴用雙手捧住她的臉頰，「誰願意回去當社畜啊？這個世界上會有人喜歡替別人打工嗎？」

姜迎搖搖頭：「可是……」

「沒有應不應該，只有想不想要，這是我在妳身上學會的。我不覺得可惜，雲邊就是我餘生需要經營的最大事業。」

雲峴湊上去親了姜迎一口，眉眼彎彎，語氣溫柔道：「關於妳剛剛的提議，我的回答是『好的』。」

——「結婚吧，姜迎，我很確定結果是妳。」

這一切轉變得太快了，姜迎有些反應不過來，捂住臉，又想哭又想笑，她哽咽道：「真的嗎？」

明明說好下次要準備盛大的儀式，但卻更倉促、更不像樣子了。

沒有鑽戒，連鮮花都沒準備，雲峴只能緊緊牽著姜迎的手，把自己交付出去：「真的，我哪裡都不去，就在雲邊。」

屋簷上鈴鐺響，裡頭咖啡香氣瀰漫。

那棟小屋藏於樹木高樓之間，在夜晚亮著暖黃色的燈光。

三月裡的雨夜，姜迎第一次推開它的玻璃門。

雲邊是什麼？

是一家咖啡館，是她的「有求必應屋」，是她與愛人相逢的地方。

是往後一切浪漫的開始，是所有冒險旅途的歸處。

姜迎總感嘆說太巧了，那天凌晨他恰好就留在店裡。

如果像往常一樣早早打烊，也許他們就不會有後來的故事。

雲峴卻笑著問她：「如果我就是在等妳來呢？」

——《雲邊咖啡館》正文完——

番外一

雲邊

上

廣播響起，該登機了。

雲峴摘下耳機，將風衣搭在臂彎處，起身時，他抬頭看了玻璃窗外的天一眼。

難得天氣這麼好，晴空湛藍，萬裡無雲。

雲峴在北京生活了三十年，上學在這，工作在這。

也許是因為要走了，這看了千遍萬遍的景色今天似乎格外漂亮。

他在心底說了聲再見。

沒有眷戀和不捨，說時坦然，說後輕鬆。

三個小時的航程，窗外白雲觸手可及，幾千公尺的高空之上，通訊斷絕，現實的煩惱似乎也能被暫時放下。

雲峴在飛機上睡了一下，昨晚徹夜難眠，這短短幾十分鐘他倒是睡了饜足的一覺。

飛機落地，雲峴剛從出口走出來就一眼瞧見了李至誠。

對方給了他熱烈的擁抱，拍著他的背說：「你都不知道我有多想你！」

李至誠力道太大，雲峴無奈地任他抱著。

北京九月已入秋，他穿著一件長風衣，下了飛機才發現江南暑氣未散，還有些悶熱。

李至誠接過雲峴的行李箱，招呼他：「走，我媽忙了一上午了，就等你到。」

他是雲峴的大學室友，溪城人，讀研究所時就回了江浙滬，現在有一家自己的工作室，做遊戲的，挺受年輕人喜歡。

去年連假雲峴來過溪城一次，李至誠的父母經營一家山莊，江南依山傍水，許多周邊小鎮被開發成生態園區，有美景有美食，吸引城市居民前來休閒度假。

溪城的生活節奏不緊不慢，景色好，城市發展也在全國前列，宜遊宜居，是個好地方。

「你想好接下來怎麼辦了嗎？」車上，李至誠和雲峴閒聊。

雲峴捲著襯衫袖子，回他：「沒，走一步看一步吧。」

「休息休息也挺好的，我們這地方沒什麼特別的，就是適合生活。而且啊，我們這裡美女還多，說不定你能來段溪城愛情故事。」李至誠邊打著方向盤邊不忘調侃他，今天不是週末，車輛不多，一路通暢。

雲峴笑罵了聲滾，對他說：「你先把你自己的終身大事管好了吧。」

李至誠：「我忙事業呢，無心兒女情長。」

雲峴清楚他心裡惦記著誰，也不拆穿他，隨口問道：「你今天不上班？」

李至誠回：「上啊，不是為了你翹了嗎？」

雲峴失笑：「那我真是太感動了。」

李至誠問他：「下午要不要去我工作室看看？」

「行啊。」去年來溪城的時候雲峴幫李至誠考察過幾個地方，但還沒親眼見過裝潢好後的工作室。

「要我說，你就留下跟著我幹好了。」李至誠這話說的半真半假。

雲峴當他在開玩笑：「先不說我對少女類遊戲不感興趣也一竅不通，我這輩子是真的不想再碰程式碼了。」

李至誠低聲笑起來：「你不是剛升職嗎，你那老闆到底怎麼壓榨你的？」

「沒壓榨，他比我還忙呢。一個禮拜跑了三個地方出差，現在咖啡都少喝了，包裡常備著護心丸、護肝片。」

李至誠問：「頭髮呢，還有吧？」

聞言雲峴嘖了一聲：「你這人損不損？」

李至誠笑起來，雲峴也跟著笑。

等兩人把這個點笑過了，雲峴放下嘴角嘆了一聲氣，靠在椅背上說：「我就是看到他這樣，一想假如這就是我的未來，那我還是在現實面前做個逃兵吧。」

李至誠認同地點了點頭，空出一隻手伸過來想拍拍雲峴的肩。

他視線還在前方的路上，右手胡亂摸索，不小心戳到了雲峴的臉。

雲峴啪一下打開他的手，嫌棄道：「專心開你的車，別亂摸。」

李家的山莊有餐廳有民宿，背後還有一片溫室，栽種著瓜果樹木。比起城市裡的高檔酒店，山莊更像一家客棧，裝潢古色古香，別有風味。知道兒子的好友要來，李父李母預訂了一間包廂，準備了一桌子菜。都是當地的家常菜，菜色淳樸但味道鮮美。

李父還拿出了珍藏的好酒，青梅微酸，釀成的酒醇香清洌，回味甘甜。李至誠藉口胃不舒服沒喝，但雲峴盛情難卻，菜吃得多，酒也喝了好幾杯。等吃飽喝足，他吹著午後的暖風，伸了個懶腰，泛出一絲睏意。

「要不要去房間睡一下？」李至誠問他。

「不了，」雲峴拒絕，他不在白天睡覺，怕夜晚更難入眠，「叔叔阿姨還要忙，不打擾他們了，走吧，去你公司看看。」

近兩年溪城政府注重起新興產業開發，為城南規劃了一片新科園區作為重點發展區域，許多年輕創業者將這裡當作追夢的起點。

下車後，李至誠指著面前的建築，和雲峴介紹說：「最後我還是選了這裡。這裡以前是個工廠，倒閉後成了荒地。現在主樓被改造成辦公大樓了，我的工作室就在上面，我們這一樓還有律師事務所，我樓下是搞自媒體運營的，還有幾家文創公司。」

雲峴點點頭，跟著李至誠上了樓。

現在是午休時間，辦公室裡的人都趴在桌上睡了。

這和雲峴曾經工作過的地方不太一樣，他的工作環境嚴肅沉悶，大家都低著頭幹著自己的事，桌上除了文件和辦公用品就見不到其他東西。

而眼前的格子間，牆上貼了一幅漫畫海報，放眼望去，每個人的辦公桌都風格各異，有的拿收納架裝零食，有的在電腦上擺了一排玩偶。

他甚至還看到一個寵物籠，裡面住著兩隻倉鼠，正蜷成一團彼此靠著趴在木屑上，像兩顆軟糯的白湯圓。

在這靜悄悄的午後，牠們也倦懶地靠在一起睡了。

雲峴掃視了一圈，勾唇笑了。

在這裡工作應該挺有意思的吧，空氣裡飄著零食的香味。

李至誠進辦公室拿文件，雲峴站在外頭等他，怕打擾到大家也不敢多走動。

突然，他面前辦公桌上的女孩小幅度地抽顫了一下，做夢時人常會有的反應。

這一抖沒嚇著雲峴，倒是把女孩自己嚇到了。

她騰地一下驚醒從桌上直起身，呆愣愣地盯著前方，視線逐漸上移，定格在雲峴的臉上。

睡迷糊了，臉上一道紅印，表情呆滯，意識還沒反應過來。

雲峴回視她，也不動，覺得有些好笑，唇角忍不住揚了揚。

女孩看了他幾秒，撓了撓脖子，又趴下去調整了下姿勢繼續睡了。

雲峴垂眸，她的工作證被壓在了胳膊下，只能看到名字。

「姜迎。」他默唸。

倒是一個很好聽的名字。

雲峴抬手，把女孩肩上滑落的毯子往上提了提。

走出工作室，下樓的時候，雲峴嘆了一聲氣，和李至誠說：「真羨慕你。」

李至誠問他：「羨慕我什麼？」

傾注心血的事業，志同道合的團隊，有滋有味的人生。

還有最重要的。

——一個清晰明瞭的未來。

雲峴笑了笑，只說：「羨慕你當老闆啊。」

李至誠「嘁」了一聲，攬住雲峴的脖子：「那就來跟我幹唄，我讓你和我平起平坐。」

雲峴順勢用手肘打了一下他的肚子：「怎麼不說你養著我？」

李至誠往後躲了一下，又笑嘻嘻地貼上去：「欸，雲峴，你一直不談戀愛，不會是暗戀我吧？」

雲峴冷哼一聲，像是聽到什麼荒誕的笑話：「李至誠，臆想症是病。」

兩人打打鬧鬧地走出辦公大樓，取車的途中，雲峴無意間瞥到一棟建築物，掃了一眼後他停下腳步，轉身指著那廠房問李至誠：「這裡還沒租出去呢？」

李至誠順著他的目光望過去：「嗯，還沒呢。」

這塊的主樓被重新裝潢改造，但周圍的廠房還廢棄著。去年李至誠帶他來過園區，當時雲峴就說這些小廠房適合拿來開店。

這棟房子大概兩層樓高，背後是一塊空地，栽著兩棵樹，秋季樹葉凋零，樹枝光禿禿的看不出品種，也許是梨樹或桃樹。廠房旁邊就是辦公大樓，又離西門很近，走幾步就是街道，地理位置很好。

當公司的話鄰街車輛來往太吵鬧，面積也不合適，開家店倒是不錯，比如咖啡店、書屋、小飯館。

當時這個想法只是從腦海裡一閃而過。

時隔一年再次路過它，見它還是荒涼破敗。

一個念頭像簇火苗，蹭地在雲峴心裡點燃。

火勢漸大，火光映亮灰暗的四周。

「至誠，你說在這開家咖啡店怎麼樣？」

李至誠隨口應道：「挺好的。怎麼？你要來開啊？」

「對，我。」雲峴的語氣堅定認真，隱隱藏著上揚的興奮。

李至誠以為自己聽錯了：「啊？」

「我說，」雲峴的皮膚白皙，不知是因為酒精作用還是午後陽光燦爛，他的雙頰染上緋紅，眼裡盛滿笑意，在晴天白雲下像是閃著光，「我要在這裡開家咖啡店。」

他許久不曾這麼笑過，也許久不曾像這樣，開始對未來充滿期待。

「名字嘛……就叫雲邊吧。」

下

雲峴花了近半年的時間讓這座廢棄廠房煥然一新。

整個下半年，他的精力都花在雲邊和咖啡上，偶爾被李至誠拉著去周邊城鎮短途遊。

這樣的生活說不上是他真正想要的，但起碼每天都有盼頭，每天都有新的收穫。

他抬頭向上看，能看見光，不再是灰濛濛的一片霧。

李至誠在咖啡館的事情上幫了雲峴不少，開業前一週，雲峴招了兩個店員。

服務生叫趙新柔，一個秀氣文靜的大學生。

應聘甜點師的過程就比較有趣了。

那天雲峴和人約了下午三點。兩點五十的時候，一個小平頭推門進來。

他穿著黑色塗鴉背心和工裝褲，腳上一雙黑色軍靴，懷裡抱著摩托車安全帽。

小平頭面向凶，走起路來氣勢洶洶，一看就不好惹，不知道的還以為是來砸店鬧事的。

雲峴正要張口，就見對方看著他咧嘴笑了，露出一排白牙，凶相全無，反倒有些憨。

小平頭揮了揮手喊：「哥，你好！」

雲峴愣了一下，回過神朝他點點頭：「你好。」他低頭看了看手機，和對方確認：「你是……蘇丞？」

「欸，是我！」小寸頭嗓門挺大，說著就從背包裡拿出兩個盒子，「我剛做的，你嚐嚐！」

蘇丞做的是現在流行的鐵罐蛋糕，一個口味是起司，一個是抹茶。

雲峴看了看賣相，在心裡打了八分。他取出勺子，在蘇丞期待的目光下舀了一勺送入口中。

他對甜品見解不深，評判標準只有好吃與否。

起司味醇香，蛋糕綿密，入口甜而不膩。

雲峴點點頭，評價：「不錯。」

蘇丞問：「那您這是要我了唄？」

雲峴沒想到他會這麼直接，本打算再問兩個問題，最後擺擺架子讓對方回家等通知，但現在看來沒必要了。

他笑著點了下頭：「嗯，要你了。」

三月一日，雲邊咖啡館正式開業。

沒有促銷活動，沒有宣傳廣告。

只是附近來往的年輕工作者們漸漸發現，樓下那間破敗的小廠房不知道什麼時候亮起了暖黃色的光。

不到一週，有關樓下新開咖啡館老闆的討論就頻頻出現在聊天群組裡。

李至誠把這事告訴雲峴，他沒放心上，來看他的還是來喝咖啡的不重要，只要雲邊的生意越來越好他就高興。

雲峴並不總是在店裡，遇到他得看運氣，遇見了大部分的人也只敢遠觀。有膽子大的去要好友，最後都會被他溫和地笑著回絕。

生活漸漸穩定下來，雲峴喜歡溪城，但不覺得這裡就是歸處。

哪怕有了雲邊，當他也厭倦這裡的時候，他仍舊可以提起行李就離開。

他是孤零的一葉舟，身在異鄉，心無歸屬。

在雲峴快要習慣這樣孑然一人的生活時，浪漫忽然而至。

一場陰雨，夜色潮濕。

那天屋裡燈光昏黃，抒情歌低低唱著，空氣裡彌留著咖啡的香味，凌晨的雲邊是雲峴為自己圈出來的一塊祕密花園。

「I've got the strangest feeling,

我總有一種奇怪的感覺，

This isn't our first time around,

這不是我們第一次相遇。」

他沒料到會有人闖進來。

還溫柔地掠去他一顆心。

遇到姜迎以前，雲峴不信一見鍾情。

上一次心動都記不清是什麼時候了，活到三十歲，愛情對於他來說早就可有可無。

但是現在他卻像個毛頭小子一樣陷入了酸甜的浪潮中。

雲峴開始在無聊時抱著手機等待，等姜迎傳訊息給他，問他店裡還有沒有起司蛋糕。

假如姜迎再聰明一點，他的喜歡應該早就露出馬腳了。

起司蛋糕是店裡賣得最好的，但無論姜迎什麼時候問，雲峴都會說：「還有。」

她沒發現他的偏愛。

她也沒發現雲峴的每一次破格、失態、逾矩都是因為她。

在餐廳那次雲峴早就看見姜迎了。

她打扮得很漂亮，和個陌生男人一起。

起初雲峴以為是相親，但觀察一下覺得兩人似乎早就相識。

對面的李至誠吃得津津有味，他卻心不在焉，提不起什麼胃口。

只是低頭又抬頭的一瞬，那桌的氣氛陡然劍拔弩張。

雲峴察覺到不對勁，剛起身還沒邁步就遠遠見姜迎一巴掌落了下去。

他心一沉，加快了腳步匆匆越過半個大廳趕到她身邊。

把人護在自己懷裡的時候，雲峴暗自鬆了口氣。

看她張牙舞爪還要挑釁，他又哭笑不得。

出了餐廳，臺階上姜迎三言兩語和他說完了陳年恩怨，語氣平淡得像是在說別人的故事。

她面上再無所謂，雲峴還是聽出了委屈。

他想不出什麼安慰的話，只是握著人家的手腕，對她通紅的手掌輕輕呼氣，想緩一緩她的疼痛。

那天姜迎在他面前抽了一根菸。

雲峴記得那菸的味道，草莓混著柳丁。

姜迎指間夾著菸，安靜地吞吐。

雲峴的視線落在她的唇上。

白色菸嘴被潤濕，咬在齒間。

煙霧繚繞又散開，她的面容模糊又清晰。

雲峴陪她抽完了一根菸，什麼都沒說。

胡亂冒出來的念頭被他強行趕走。

最後他捏著拳頭屏住呼吸逼自己冷靜下來。

那是他第一次想要吻她。

陪姜迎去申城參加前任婚禮，雲峴原本是不願意的。

因為他有些弄不懂姜迎的想法，他在她眼裡是曖昧對象，抑或只是一個好脾氣的工具人？

所以當姜迎向他提出請求的時候，雲峴的第一個反應是拒絕。

曖昧是霧裡探花，似是而非，是試探和掩藏的爭鋒，是失控和克制的交織。

但不是這樣的不明不了。

雲峴鮮少這麼焦躁，他一向都是心平氣和不慌不忙的樣子。

小鐵盒握在手裡開了又關，他轉念一想，要是他拒絕了，姜迎轉頭找其他男人怎麼辦？

所以他又說「好」，給自己找的藉口是「禮尚往來」。

也許更準確地說，曖昧是場博弈。

——苦澀又甜蜜的博弈。

婚禮當天，入場時姜迎出示請帖，雲峴往那瞟了一眼。

上面寫著「誠邀姜迎小姐和伴侶雲先生」。

繞在心頭的薄霧散開，雲峴咳嗽了聲，偏過頭去偷偷抿唇笑了。

表白不是打算好的，但香水早就買了，一直想送給人家，沒正當理由。

觀光巴士上，雲峴給姜迎的吻是臨時起意也是蓄謀已久。

他早就想吻她。

人類需要親密行為，想要擁抱和親吻心愛的人，這是本能。

所以在一切剛剛好的時候，他撫上姜迎的臉頰，在她唇上落下一吻。

月亮掛在雲邊，他們的眼瞳被彼此占滿，心跳頻率漸漸趨同。

小舟搖曳，停泊在一灣清澈的心湖。

雲峴終於找到了歸處。

「訊號丟失，世俗拋卻，去宇宙遨遊，去冒險去愛，讓靈魂相擁在雲層之上。」

——這是在遇見姜迎以後，雲峴賦予「雲邊」的新意義。

後記

雲峴的失眠好了很多，雖然還是習慣性的晚睡，但不再需要借助藥物強制入眠。

今晚他選了一本紙書作睡前讀物，床頭開著一盞夜燈，他安靜地享受這靜謐的睡前時刻。

姜迎明天還要早起上班，已經在他身邊安穩地睡著了。

翻頁停頓的時候雲峴偏頭瞥姜迎一眼，她側著身子，呼吸綿長，臉頰肉被枕頭擠壓，顯得圓乎乎的，說不出的可愛。

他忍不住多看了一陣子才把注意力回到手中的書本上。

書是從姜迎書架上拿的，卡繆的《夏天集》，有名的那句「在隆冬，我終於知道，我身上有一個不可戰勝的夏天」就出自這裡。

雲峴對文學作品沒多大興趣，純粹是想借助紙張和文字醞釀睡意。

看了四五頁，身邊的姜迎突然抽顫了一下，人在睡眠由淺入深時常常會有的不自主反應，是種正常的生理現象。

姜迎迷糊地囈語了一句什麼。

雲峴放下手中的書，抬手關了檯燈，翻身的同時把姜迎摟進懷裡。

「沒事，睡吧。」

也許是聞到雲峴身上的熟悉味道，姜迎無意識地摟緊了些，往他懷裡更深地鑽了鑽。

雲峴吻在她的額角，輕輕說了聲：「晚安。」

然後活學活用地又補了一句：「我不可戰勝的夏天。」

說完他自己也笑了，怪肉麻的，幸好姜迎沒聽見。

長夜漫漫，月色溫柔，他們相擁入睡，一夜好眠至晨光熹微。

番外二

中秋

這一年的秋天來得突然，上週太陽還燦爛熾熱，彷彿夏日無盡。這週一場連綿數日的陰雨過後，氣溫陡然降了下來。

姜迎下班的時候小雨未停，都說江南煙雨美如詩畫，但那是文學裡才有的意境。真在江浙生活過的人就會明白，天上一沾雨就半月不見陽光有多惱人。

姜迎將外套攏緊些，撐開傘步入雨中。

下雨天卻沒影響雲邊咖啡館的好生意。

天已完全黑了，這座小屋藏在高樓與樹木之間，亮著溫暖的光，像一罐蜂蜜，又像一盞夜燈。

伴隨一聲鈴鐺響，玻璃門被推開。

前檯的工作人員反射性地揚眸看去，同時嘴裡說出一聲：「歡迎光臨雲邊咖啡館。」

姜迎向肖然揮手打了個招呼。

對方指著後廚說：「老闆在裡面。」

姜迎笑了笑，邁步朝著那個方向走去。

新的一學期開始，趙新柔升上大四，準畢業生有一堆事等著忙，就辭去了咖啡館的兼職。肖然是雲峴新招的店員，一個高冷酷girl，留著灰藍色短髮，喜歡穿寬大的衣服和工裝褲。

有人猜她是T，但沒人敢去問她的性取向。

她總是一個人在吧檯安靜地做咖啡，修長纖細的手指握著銀色長柄，左手拇指指根有一處紋身，是一簇燃燒的火苗。

這樣長得好看，氣質獨特，再加上不愛說話的高冷人設，堪稱直女殺手。

於是新科園的女孩們茶餘飯後的話題再也不是雲峴，而變成了雲邊咖啡館那位新來的神祕咖啡師。

姜迎掀開後廚的垂布，雲峴正和蘇丞打包中秋節的月餅禮盒。

雲峴見是她，嘴角立馬揚起：「來啦。」

姜迎「嗯」了一聲，取下自己的包走到他身邊，幫忙包裝。

很奇怪，明明這兩人沒什麼親密的行為，只對視一眼笑了一下，但蘇丞還是被酸到了。

他咳嗽了一聲，往旁邊挪了兩步。

雲峴抬眸看他一眼，打趣道：「知道什麼叫風水輪流轉了吧？以前我看著你和小趙就這個感受。」

蘇丞經不住調侃，面上一臊，說：「我們可沒你們這麼黏。」

姜迎不平：「哪黏了？」

蘇丞說不上來：「反正就黏。」

雲峴知道他是和趙新柔最近分開見不著面，現在看見一對的心裡就難受。

他將禮盒裝進紙袋，打了一個漂亮的蝴蝶結，遞給蘇丞說：「這個是給小趙的，你帶給她吧。」

蘇丞接過：「謝謝老闆。」

雲峴又說：「國慶給你放一天假，小情侶多出去玩玩。」

蘇丞一聽到這個消息眼睛都放光了：「媽呀！」

雲峴嫌棄地皺眉：「喊哥，喊什麼媽？」

蘇丞趕緊響亮地喊：「謝謝峴哥！」

雲峴笑著擺擺手：「去外面幫肖然吧，這裡有我跟你小姜姐就行了。」

蘇丞應了一聲出去了。

後廚只剩下他們兩個人，姜迎和雲峴一個折紙盒一個裝袋，配合默契。

姜迎隨口和他閒聊：「我剛進來的時候，外面的女生都扭著脖子看肖然，那場面太有趣了。」

雲峴帶著疑問語氣地「哦」了一聲。

姜迎又說：「所以你到底從哪裡招來這麼一個寶貝的？她做咖啡的樣子真的太帥了，我恨不得開個直播，這說不定就是雲邊新的財富密碼。」

雲峴停下手中的動作，轉過身子看向姜迎。

對上他的目光，姜迎下意識地往後退了一步：「怎麼了？」

雲峴收回視線：「沒事。」

姜迎嘆了聲氣：「可惜了。」

雲峴問：「可惜什麼？」

姜迎：「就可惜。」

雲峴知道她話裡的意思，又氣又好笑，忍不住抬手彈在姜迎額頭上，力道不重，但女孩子的皮膚薄，立刻有了一道紅印子。

姜迎痛呼一聲，捂著額頭嗔他：「打我幹嘛！」

雲峴反問她：「妳說呢？」

姜迎撅著嘴哼了一聲：「我去找肖然了，不和你玩了。」

她說這就要往外走，雲峴趕緊拉住她，把人摟過來抱在懷裡，輕輕吹了吹額頭上紅了的地方。

他故意說：「真可惜啊？那我要不要放手成全？」

姜迎立刻急眼了：「什麼啊？你什麼意思啊雲峴！」

雲峴懲罰式地捏了捏她的臉頰：「那就少說這種話惹我，玩笑也不行，玩笑我也聽了難受。」

他這麼一說，姜迎又生出深深的負罪感，她踮腳親在他的臉頰上，放輕聲音，是哄他也是實話：「還是我們雲老闆做咖啡的樣子最好看。」

否則當初也不會第一眼就心動。

「這還差不多。」雲峴撫了下姜迎的額頭，問，「疼不疼？」

姜迎搖搖頭，又立刻改為點頭，厚著臉皮撒嬌：「痛死了，但你親我一下應該就不疼了。」

說著她就仰頭撅嘴要湊過來索吻，雲峴失笑，低頭吻在她唇上。

此刻氣氛到了，不幹點什麼就太辜負了。

人前他們一向體面，舉止投足可以說是相敬如賓，但關上門來就是另一種樣子。

剛剛蘇丞罵得沒錯，這兩人就是哪裡都黏。

外頭的大廳裡正熱鬧，說話聊天聲中偶爾夾雜金屬餐具與瓷盤瓷杯碰撞的清脆響聲。

裡頭的後廚逐漸升溫，寂靜而曖昧。

雲峴托了姜迎一把，把她抱到桌上，仰頭吻上她的唇。姜迎摟著他的脖子，配合他的喘息和起伏，呼吸相融在一起，心跳頻率慢慢同步。

接吻總是愉快的，唇瓣相貼，身心都只屬於對方，這樣的親密最簡單也最纏綿。

剛剛淋了點雨，身上沾著寒氣，這時姜迎從臉到脖子都浮上一層粉紅，額頭上冒汗，她覺得悶熱胡亂拉下衣服的拉鍊，要脫不脫的掛在身上。

咖啡館的生意因為肖然的到來而更上一層樓，雲峴作為老闆自然高興，但有的時候連姜迎都忍不住撐著下巴呆愣愣地盯著人家看。

平時他能玩笑似的板著臉咳嗽一聲，提醒她：「注意一點，有婦之夫。」

但今天這句「可惜了」就太過分了。

「可惜嗎？」雲峴貼著她問。

姜迎胸膛劇烈起伏，說不清楚話，只是搖搖頭。

雲峴又吻下去。

一個綿長的吻結束，雲峴抱著姜迎平復呼吸。

姜迎重新穿好外套，舔了一下下唇，問他：「你偷吃什麼好東西了？」

雲峴想了想，笑著說：「兔子布丁，蘇丞做的中秋節限定款，我剛試吃了一下。」

姜迎還沒吃晚飯呢，嚐到點甜的就饞了：「還有沒有啊？」

雲峴搖搖頭：「分完了。」

姜迎失落地「啊」了一聲。

「明天再做，不會少了妳的份。」

姜迎又高興了：「那當然不能少了我的，我是誰啊。」

雲峴裝不知道：「妳是誰啊？」

「我是誰你不知道？」

「不知道，誰啊？」

「那你是誰？」

「我是這裡的老闆。」

「我是這裡的老闆娘。」

「哦。」雲峴伸出手，還在戲裡，「幸會幸會。」

姜迎回握住，也陪著他繼續演：「多多指教。」

中秋那天是個涼爽的好天氣，恰逢國慶假期，雲邊一早就坐滿了客人。

姜迎起床的時候雲峴已經走了，留了早飯給她，附帶一句「中秋快樂、國慶快樂，天天快樂」。

剛醒的那股賴糊勁全被這張字條消解了，姜迎喝著粥，吃了小半個月餅，雙蛋黃餡的。

她傳訊息給雲峴，問他店裡怎麼樣。

雲峴說這時人少了，今天街上熱鬧，讓她趕緊起床。

姜迎回了個兔子打滾的貼圖，收拾收拾準備出門。

今天她起得晚，到店的時候正好是午飯時間，上午的客人已經離開。

姜迎饞的兔子布丁一個早上就賣得差不多了，蘇丞做的數量有限，上傳了動態之後更是被預訂了好幾份。

牛奶布丁凍成兔子的模樣，口感Q彈香甜，主要是顏值高，長得太可愛了，大家都喜歡。

雲峴在後廚藏了兩個給姜迎，讓她留著當飯後甜點。

下午有客人特地來買，肖然的「不好意思已經賣完了」說了一遍又一遍。

看著失落而去的客人們，姜迎饜足地吃著碗裡的布丁，笑嘻嘻地朝雲峴說：「當關係戶的感覺還不錯哦。」

蘇丞早見怪不怪，兩人沒在一起的時候雲峴就老往後廚冰箱藏東西給姜迎。

做完今早的份他就休假了，走之前蘇丞拍拍肖然的肩，幸災樂禍道：「然姐我先走了，妳在這裡慢慢當電燈泡吧。」

肖然倒是不這麼覺得，老闆和老闆娘很般配，長得好看性格又好，他們站在一起讓人覺得舒服，有的時候她看著看著都會不自覺地笑起來。

下午的時候李至誠來了，帶著貓包，裡面裝著橘貓還還。

看到姜迎圍著圍裙在這裡，他嘖了兩聲，討問雲峴：「我員工怎麼又在你這裡打工呢？」

姜迎笑笑不說話，問他想喝什麼。

雲峴說：「她不打工，她是我老闆。」

李至誠挑了挑眉：「喲，那我就是你老闆的老闆了。」

雲峴揉了團紙砸他身上，笑著罵：「你真是什麼便宜都占唄。」

這兩人加起來都有六十多了吧，相處方式還是跟小學生一樣。

姜迎不理他們，端著盤子去給客人上菜。

李至誠把貓包放到桌上，對雲峴說：「我出門兩天，貓主子託付給你了。」

雲峴上下打量他，明知故問：「去哪啊？找誰啊？」

李至誠不正經地回：「月球，嫦娥。」

雲峴還想說兩句，那人就起身要走了。

「怕晚了塞車，我先走了啊。」

「行，路上小心。」

到了晚上他滑動態的時候看見李至誠的最新動態，圖片上一桌子好菜，以及不知是有意還是無意，坐在對面的人也入了鏡，粉紅色上衣，纖細的手臂，一看就是女人。

這人怎麼秀恩愛也暗藏心機，雲峴搖搖頭，幫李至誠點了個讚。

中秋月圓，適逢國慶，這樣的佳節難遇，和心愛的人在一起，湊一個團圓美滿，那是最好不過的。

晚上八點，雲邊咖啡館提前打了烊。

雲峴倒了兩杯檸檬茶，取了三四塊月餅裝在瓷盤上，又把木桌和木椅擺在店外的院子裡。

夜空如墨，圓月金黃，周遭安靜，晚風徐徐吹拂，空氣裡飄著桂花香。

雲峴和姜迎坐在木椅上，一起仰天望月。

時光在這一刻似乎放慢了步調，姜迎眼睛裡裝著月亮，心裡盈著愜意，她將手探過去牽住雲峴。

從春天到秋天，他們在一起的時間說長不長，說短不短，但一想到往後有許許多多個這樣的日子等著她們，姜迎就對未來充滿期待。

雲峴從口袋裡摸出手機，單隻手操作著，不知道做了什麼，一下子就收了起來。

晚上入睡前，姜迎翻著訊息，才知道他那時在寫一篇動態。

三張圖片，第一張是天上的月亮，第二張是桌上的月餅，第三張是牽在一起的手。

他說——以前喜歡節日是因為有假可放。現在喜歡節日是因為想有個理由和妳約會。

中秋快樂，明年也要陪我一起賞月。

——《雲邊咖啡館》番外完——

——《雲邊咖啡館》全文完——

高寶書版集團
gobooks.com.tw

YH 159
雲邊咖啡館

作　　者　Zoody
責任編輯　吳培禎
封面設計　恬　恙
內頁排版　賴姵均
企　　劃　何嘉雯

發 行 人　朱凱蕾
出　　版　英屬維京群島商高寶國際有限公司台灣分公司
　　　　　Global Group Holdings, Ltd.
地　　址　台北市內湖區洲子街88號3樓
網　　址　gobooks.com.tw
電　　話　(02) 27992788
電　　郵　readers@gobooks.com.tw（讀者服務部）
傳　　真　出版部(02) 27990909　行銷部 (02) 27993088
郵政劃撥　19394552
戶　　名　英屬維京群島商高寶國際有限公司台灣分公司
發　　行　英屬維京群島商高寶國際有限公司台灣分公司
法律顧問　永然聯合法律事務所
初　　版　2024年5月

本著作物《雲邊咖啡館》，作者：Zoody，由北京晉江原創網絡科技有限公司授權出版。

國家圖書館出版品預行編目(CIP)資料

雲邊咖啡館/Zoody著. -- 初版. -- 臺北市：英屬維京群島商高寶國際有限公司臺灣分公司, 2024.05
冊；　公分. --

ISBN 978-986-506-978-0(平裝)

857.7　　113005863